Eugénie Grandet

Livros do autor publicados pela **L&PM** EDITORES:

Como fazer a guerra – máximas e pensamentos de Napoleão (**L&PM** POCKET)

A COMÉDIA HUMANA:

História dos treze (*Ferragus, o chefe dos devoradores*; *A duquesa de Langeais*; *A menina dos olhos de ouro*)

Coleção **L&PM** POCKET:

Ascensão e queda de César Birotteau
O coronel Chabert seguido de *A mulher abandonada*
A duquesa de Langeais
Esplendores e misérias das cortesãs
Estudos de mulher
Eugénie Grandet
Ferragus
Ilusões perdidas
O lírio do vale
A menina dos olhos de ouro
A mulher de trinta anos
O pai Goriot
A pele de Onagro
A vendeta seguido de *A paz conjugal*

Leia na SÉRIE BIOGRAFIAS **L&PM** POCKET:

Balzac – François Taillandier

Honoré de Balzac

A COMÉDIA HUMANA

ESTUDOS DE COSTUMES

CENAS DA VIDA PROVINCIANA

EUGÉNIE GRANDET

Tradução de IVONE C. BENEDETTI

www.lpm.com.br

L&PM POCKET

Coleção **L&PM** POCKET, vol. 522

Texto de acordo com a nova ortografia.
Título original: *Eugénie Grandet*
Primeira edição na Coleção **L&PM** POCKET: junho de 2006
Esta reimpressão: julho de 2011

Tradução: Ivone C. Benedetti
Capa: Ivan Pinheiro Machado sobre óleo de Alexandre Cabanel *Portrait de la contesse de Kessler* (Museu d'Orsay, Paris).
Revisão: Bianca Pasqualini e Jó Saldanha

ISBN 978-85-254-1477-9

B198e Balzac, Honoré de, 1799-1850.
Eugénie Grandet / Honoré de Balzac; tradução de Ivone C. Benedetti. – Porto Alegre: L&PM, 2011.
224 p. ; 18 cm. -- (Coleção L&PM POCKET, v.522)

1.Literatura francesa-Romances de costumes da vida provinciana. I. Título. II.Série.

CDU 821.133.3-311.2

Catalogação elaborada por Izabel A. Merlo, CRB 10/329.

Rua Comendador Coruja, 314, loja 9 – Floresta – 90220-180
Porto Alegre – RS – Brasil / Fone: 51.3225.5777 – Fax: 51.3221.5380

Pedidos & Depto. comercial: vendas@lpm.com.br
Fale conosco: info@lpm.com.br
www.lpm.com.br

Impresso no Brasil
Inverno de 2011

Sumário

A comédia humana

A comédia humana é o título geral que dá unidade à obra máxima de Honoré de Balzac e é composta de 89 romances, novelas e histórias curtas.[1] Este enorme painel do século XIX foi ordenado pelo autor em três partes: "Estudos de costumes", "Estudos analíticos" e "Estudos filosóficos". A maior das partes, "Estudos de costumes", com 66 títulos, subdivide-se em seis séries temáticas: *Cenas da vida privada, Cenas da vida provinciana, Cenas da vida parisiense, Cenas da vida política, Cenas da vida militar* e *Cenas da vida rural.*

Trata-se de um monumental conjunto de histórias, considerado de forma unânime uma das mais importantes realizações da literatura mundial em todos os tempos. Cerca de 2,5 mil personagens se movimentam pelos vários livros de *A comédia humana*, ora como protagonistas, ora como coadjuvantes. Genial observador do seu tempo, Balzac soube como ninguém captar o "espírito" do século XIX. A França, os franceses e a Europa no período entre a Revolução Francesa e a Restauração têm nele um pintor magnífico e preciso. Friedrich Engels, numa carta a Karl Marx, disse: "Aprendi mais em Balzac sobre a sociedade francesa da primeira metade do século, inclusive nos seus pormenores econômicos (por exemplo, a redistribuição da propriedade real e pessoal depois da Revolução), do que em todos os livros dos historiadores, economistas e estatísticos da época, todos juntos".

---

1. A ideia de Balzac era que *A comédia humana* tivesse 137 títulos, segundo seu *Catálogo do que conterá A comédia humana*, de 1845. Deixou de fora, de sua autoria, apenas *Les cent contes drolatiques*, vários ensaios e artigos, além de muitas peças ficcionais sob pseudônimo e esboços que não foram concluídos.

Clássicos absolutos da literatura mundial como *Ilusões perdidas, Eugénie Grandet, O lírio do vale, O pai Goriot, Ferragus, Beatriz, A vendeta, Um episódio do terror, A pele de onagro, A mulher de trinta anos, A fisiologia do casamento*, entre tantos outros, combinam-se com dezenas de histórias nem tão célebres, mas nem por isso menos deliciosas ou reveladoras. Tido como o inventor do romance moderno, Balzac deu tal dimensão aos seus personagens que já no século XIX mereceu do crítico literário e historiador francês Hippolyte Taine a seguinte observação: "Como William Shakespeare, Balzac é o maior repositório de documentos que possuímos sobre a natureza humana".

Balzac nasceu em Tours em 20 de maio de 1799 em uma família pequeno-burguesa que se emancipara economicamente a partir das oportunidades geradas pela sociedade pós-Revolução Francesa. Com dezenove anos convenceu seus pais a sustentá-lo em Paris na tentativa de tornar-se um grande escritor. Obcecado pela ideia da glória literária e da fortuna, foi para a capital francesa em busca de periódicos e editoras que se dispusessem a publicar suas histórias – num momento em que Paris se preparava para a época de ouro do romance-folhetim, fervilhando em meio à proliferação de jornais e revistas. Consciente da necessidade do aprendizado e da sua própria falta de experiência e técnica, começou publicando sob pseudônimos exóticos, como Lord R'hoone e Horace de Saint-Aubin. Escrevia histórias de aventuras, romances policialescos, açucarados, folhetins baratos, qualquer coisa que lhe desse o sustento. Obstinado com seu futuro, evitava usar o seu verdadeiro nome para dar autoria a obras que considerava (e de fato eram) menores. Em 1829, lançou o primeiro livro a ostentar seu nome na capa – *A Bretanha em 1800* –, um romance histórico em que tentava seguir o estilo de *Sir* Walter Scott (1771-1832), o grande romancista escocês autor de romances históricos clássicos, como *Ivanhoé*. Nesse momento, Balzac sente que começou um grande projeto literário e lança-se fervorosamente na sua execução. Paralelamente à enorme produção que detona a partir de 1830, seus delírios de grandeza levam-no a bolar investimentos que vão desde gráficas e revistas até minas de prata. Mas fracassa como homem de negócios. Falido e endividado, reage criando obras-primas para pagar seus credores numa destrutiva jornada de trabalho de até dezoito horas diárias. "Durmo às seis da tarde e acordo à meia-noite, às vezes passo 48 horas sem dormir...", queixava-se em cartas aos amigos. Nesse ritmo alucinante, ele produziu alguns de seus livros mais conhecidos e despontou para a fama e para a glória. Em 1833, teve a antevisão do conjunto de sua obra e passou a formar uma grande "sociedade", com famílias, cortesãs, nobres, burgueses, notários, personagens de bom ou mau-caráter, vigaristas, camponeses, homens honrados, avarentos, enfim, uma enorme galeria de tipos que se cruzariam e voltariam em várias histórias diferentes sob o título geral de *A comédia humana*. Convicto da importância que representava a ideia de unidade para todos os seus romances, escreveu à sua irmã, comemorando: "Saudai-me, pois estou seriamente na iminência de tornar-me um gênio". Vale ressaltar que nesta imensa galeria de tipos, Balzac criou um espetacular conjunto de personagens femininos que – como dizem unanimemente seus biógrafos e críticos – tem uma dimensão muito maior do que o conjunto dos seus personagens masculinos.

Aos 47 anos, massacrado pelo trabalho, pela péssima alimentação e pelo tormento das dívidas que não o abandonaram pela vida inteira, ainda que com projetos e esboços para pelo menos mais vinte romances, já não escrevia mais. Consagrado e reconhecido como um grande escritor, havia construído em frenéticos dezoito anos este monumento com quase uma centena de livros. Morreu em 18 de agosto de 1850, aos 51 anos, pouco depois de ter casado com a condessa polonesa Ève Hanska, o maior amor da sua vida. O grande intelectual Paulo Rónai (1907-1992), escritor, tradutor, crítico e coordenador da publicação de *A comédia humana* no Brasil, nas décadas de 1940 e 1950, escreveu em seu ensaio biográfico "A vida de Balzac": "Acabamos por ter a impressão de haver nele um velho conhecido, quase que um membro da família – e ao mesmo tempo compreendemos cada vez menos seu talento, esta monstruosidade que o diferencia dos outros homens".[2]

A verdade é que a obra de Balzac sobreviveu ao autor, às suas idiossincrasias, vaidades, aos seus desastres financeiros e amorosos. Sua mente prodigiosa concebeu um mundo muito maior do que os seus contemporâneos alcançavam. E sua obra projetou-se no tempo como um dos momentos mais preciosos da literatura universal. Se Balzac nascesse de novo dois séculos depois, ele veria que o último parágrafo do seu prefácio para *A comédia humana*, longe de ser um exercício de vaidade, era uma profecia:

> A imensidão de um projeto que abarca a um só tempo a história e a crítica social, a análise de seus males e a discussão de seus princípios autoriza-me, creio, a dar à minha obra o título que ela tem hoje: *A comédia humana*. É ambicioso? É justo? É o que, uma vez terminada a obra, o público decidirá.

Ivan Pinheiro Machado

---

2. RÓNAI, Paulo. "A vida de Balzac". In: BALZAC, Honoré de. *A comédia humana*. Vol. 1. Porto Alegre: Globo, 1940. Rónai coordenou, prefaciou e executou as notas de todos os volumes publicados pela Editora Globo.

O amor maior de Eugénie Grandet

Tão logo foi publicado, naquele início de inverno de 1833, *Eugénie Grandet* foi considerado uma obra-prima por setores da crítica parisiense nem sempre tão amáveis com seu autor, Honoré de Balzac. Os primeiros capítulos da história haviam sido publicados durante o verão na revista *L'Europe Littéraire*, e o livro com a história completa fora lançado com estardalhaço em anúncios e cartazes que proclamavam o início da publicação das *Cenas da vida provinciana*.

Vaidoso, sempre vigilante no controle das opiniões sobre a sua obra, fascinado pelos elogios e vingativo com os críticos, Balzac, no entanto, não saboreou completamente este sucesso. Estava ocupado demais, escrevendo dezoito horas por dia e concebendo seu projeto monumental, que recém iniciava. O ano de 1833 seria também o da publicação de *Louis Lambert, O ilustre Gaudissart, O médico da campanha, Ferragus* e *A duquesa de Langeais*.

Em correspondência para Mme. Hanska, sua musa polonesa, ele expressava certa irritação com as loas feitas ao livro, considerando-as um exagero. De fato, Balzac tinha os olhos no futuro, pois em sua cabeça já fervilhava o enorme *sistema* ficcional que seria sua *Comédia,* com os personagens frequentando vários romances que "pintariam" (para usar a palavra predileta de Balzac) a sociedade parisiense e provinciana com seus paradoxos, com sua nobreza e seus *parvenus*; o mundo dos negócios, os salões, as alcovas; os dândis, as cortesãs, as grandes damas virtuosas, as grandes damas nem tão virtuosas, os agiotas, os políticos, os burgueses e os aristocratas, enfim, o pequeno mundo que se constituía na hegemonia social e econômica da França do período da revolução até a restauração da monarquia depois da queda de Napoleão.

Enquanto elogiavam *Eugénie Grandet,* Balzac olhava à frente, pois já estava ocupado em erguer um dos pilares da *Comédia,* os três livros que se encadeariam: *O pai Goriot, Ilusões perdidas* e *Esplendores e misérias das cortesãs* – quase 1.500 páginas que se destacariam entre o monumental conjunto de quase uma centena de obras.

A verdade é que mesmo recentemente, alguns críticos, como o especialista e editor da primeira tradução brasileira de *A comédia humana*, Paulo Rónai, consideraram este livro um dos principais de Balzac. Ou, até mesmo, o principal.

Grandet, o pai de Eugénie, é sem dúvida um dos grandes avarentos da literatura universal, perdendo em importância literária apenas para o de Molière. Homem de vastos recursos, vinhateiro e produtor na cidadezinha de Saumur, ele personifica e exemplifica toda a patologia do avaro. Embora publicamente fosse bem-considerado, já que fora prefeito de Saumur (com boa gestão), sendo originário da burguesia que prosperou no período pós-Revolução, recolheu-se aos seus negócios tão logo foi afastado – sem ressentimentos – por Napoleão que, segundo Balzac, não gostava de republicanos. Mme. Grandet vive à sombra do marido e perde em espaço dentro do romance para Nanon, a empregada doméstica da casa, um personagem fascinante que conquista o leitor. Nessa casa provinciana, cresceu, filha de um pai avarento e de uma mãe submissa, Eugènie Grandet que, ao completar a maioridade, é disputada pelas famílias Cruchot e Grassin, que desejam ardentemente casar um dos herdeiros com a filha do riquíssimo comerciante. Tudo vai bem, nos suaves vagares da rotina da província, quando surge Charles Grandet, um rapaz típico da sociedade parisiense, filho do irmão do avarento Grandet que, tendo ido mal nos negócios, envia o rapaz para a casa do tio com uma carta em que diz que vai se suicidar para não enfrentar a vergonha de uma falência. Grandet, contrariado, acolhe o sobrinho, que passa a morar com a família, no interior. O jovem inicialmente arrogante, após saber da morte do pai, enternecido, acaba se apaixonando – e é correspondido por Eugénie –, mas, estimulado pelo tio, viaja rumo às colônias para adquirir fortuna. O romance trata dessa história de amor ardente e ao mesmo tempo resignado, na qual Eugénie simboliza o amor total, que resiste a tudo, à separação, à distância e às desilusões. Um amor tão formidável que dificilmente estará à altura do amado.

I.P.M.

Às primeiras edições 1833-1839

No fundo das províncias encontram-se algumas mentes dignas de estudo sério, caracteres cheios de originalidade, existências tranquilas na superfície, mas secretamente devastadas por paixões tumultuosas; no entanto, as asperezas mais salientes, as exaltações mais apaixonadas desses caracteres acabam por dissipar-se na constante monotonia dos costumes. Nenhum poeta tentou descrever os fenômenos dessa vida que desaparece, abrandando-se sempre. Por que não? Se há poesia na atmosfera de Paris, onde turbilhona um *simum* que arrebata fortunas e destrói corações, não haverá poesia também na lenta ação do siroco da atmosfera provincial, que afrouxa as mais bravas coragens, relaxa as fibras e desarma as paixões, tirando-lhes o gume? Se tudo ocorre em Paris, tudo passa na província: lá, não há relevo nem saliência; mas lá há dramas no silêncio; lá há mistérios habilmente dissimulados; lá, há desfechos de uma só palavra; lá é enorme o valor atribuído pelo cálculo e pela análise às ações mais corriqueiras. Lá se vive em público.

Se os pintores literários abandonaram as admiráveis cenas da vida da província, não foi por desdém nem por falta de observação; talvez haja impotência. De fato, para despertar o interesse por um drama quase mudo, presente menos na ação do que no pensamento; para pintar figuras que à primeira vista são pouco coloridas, mas cujos detalhes e semitons exigem hábeis pinceladas; para restituir a esses quadros as suas sombras cinzentas e seus claro-escuros; para sondar uma natureza vazia na aparência, mas cujo exame revela plenitude e riqueza sob uma casca coesa, não será preciso uma miríade de preparativos, de cuidados extremos, e, para tais retratos, não caberão as sutilezas da miniatura antiga?

A soberba literatura de Paris, parcimoniosa no tempo, empregando suas horas no ódio e nos prazeres, em detrimento da arte, quer dramas prontos; quanto a procurá-los, ela não tem tempo, numa época em que falta tempo aos acontecimentos; quanto a criá-los, o autor que manifestasse essa pretensão provocaria, com esse ato viril, a revolta de uma república onde, há muito, em nome da crítica dos eunucos, é proibido inventar formas, gêneros e ações quaisquer.

Essas observações eram necessárias, tanto para revelar a modesta intenção do autor, que aqui só pretende ser um humilde copista, quanto para estabelecer incontestavelmente seu direito de demorar-se nas divagações exigidas pelo círculo de minúcias no qual ele é obrigado a mover-se. Por fim, numa época em que se dá às obras mais efêmeras o glorioso nome de *conto*, nome que só deve pertencer às criações mais vivazes da arte, decerto lhe será perdoada a descida às mesquinhas proporções da história, história vulgar, narrativa pura e simples daquilo que se vê todos os dias na província.

No futuro, ele contribuirá com seu grão de areia para o monte levantado pelos trabalhadores da época; hoje, o pobre artista apenas apanhou uma daquelas brancas filandras que a brisa carrega pelos ares, com que brincam as crianças, as moças e os poetas; com que os intelectuais pouco eruditos quase não se preocupam, mas que, segundo dizem, uma celeste fiandeira deixou cair de sua roca[1]. Atenção! Há *moralidade* nessa tradição campestre! Por isso, o autor a usa como epígrafe. Ele mostrará como, durante o mais belo período da vida, certas ilusões, brancas esperanças, fios argênteos descem dos céus e para ele voltam sem terem tocado o chão.

Setembro de 1833

1. Na França, essas filandras são chamadas de *fios da Virgem* (*fils de la Vierge*). (N.T.)

EUGÉNIE GRANDET

A MARIA

Que seu nome, senhora cujo retrato é o mais belo ornamento desta obra, seja aqui como o ramo de buxo bendito, colhido de uma árvore qualquer, mas santificado pela devoção e sempre renovado, enverdecido, por mãos piedosas, para proteger a casa.

DE BALZAC

Em certas cidades da província existem casas cujo aspecto inspira melancolia igual à provocada por claustros sombrios, charnecas desoladas ou ruínas tristonhas. Em tais casas talvez haja ao mesmo tempo o silêncio do claustro, a aridez das charnecas e os esqueletos das ruínas. Nelas, a vida e o movimento são tão tranquilos que um estrangeiro as acreditaria desabitadas, caso não deparasse de súbito com o olhar mortiço e frio de alguma pessoa imóvel, vulto quase monástico, a apontar na janela, sempre que ecoe o ruído de passos desconhecidos. Esses traços de melancolia existem na fisionomia de uma casa situada em Saumur, no fim da rua montuosa que leva ao castelo, na parte alta da cidade. Aquela rua, agora pouco frequentada, quente no verão, fria no inverno, escura em alguns pontos, é notável pela sonoridade do empedrado miúdo do calçamento, sempre limpo e seco, pela estreiteza do leito tortuoso, pela paz das casas pertencentes à cidade antiga, dominada por muralhas. Habitações de três séculos lá estão ainda sólidas, embora feitas de madeira, e a diversidade dos seus aspectos contribui para a originalidade que torna aquela parte de Saumur digna da atenção de arqueólogos e artistas. É difícil passar pela frente daquelas casas sem admirar as enormes vigas de madeira com estranhas figuras talhadas nas extremidades a coroarem com um baixo-relevo negro o pavimento térreo da maioria delas. Aqui, travessas de madeira são cobertas de ardósia e desenham linhas azuis por sobre os frágeis muros de alguma casa arrematada por um teto de madeirame aparente, empenado pelos anos, com tábuas apodrecidas e entortadas pela alternância de chuva e sol. Acolá se veem sacadas desgastadas, enegrecidas, com delicadas esculturas que mal se enxergam, parecendo leves demais para o vaso de argila castanha do qual se projetam os cravos e as rosas de alguma operária pobre. Mais adiante, portas guarnecidas de tachões enormes, onde o gênio de nossos ancestrais traçou hieróglifos domésticos cujo sentido nunca se conhecerá. Nesta, algum protestante deixou a marca de sua fé; naquela, algum partidário da Santa Liga amaldiçoou Henrique IV[1]. Em outra, algum burguês gravou as insígnias de sua nobreza de campanário[2], a glória de esquecida almotaçaria. A história da França está lá, inteira. Ao lado da casa precária de alvenaria grosseira, onde o artesão divinizou sua plaina, eleva-se o palacete de algum fidalgo, e sobre o arco de pedra de sua porta ainda se veem vestígios de brasões avariados pelas muitas revoluções que agitaram o país a partir de 1789. Naquela rua, o comércio do andar térreo não é composto de lojas ou armazéns: ali, os amantes da Idade Média encontrariam a oficina de nossos ancestrais em toda a sua cândida simplicidade. Aquelas salas baixas, sem fachada, vitrina ou vidraça, são fundas, escuras e sem ornamentos externos ou internos. A porta se abre em duas partes, guarnecidas de ferros grosseiros; a parte superior se dobra para dentro, enquanto a inferior, munida de uma sineta com mola, vai e vem constantemente. O ar e a luz entram naquela espécie de antro úmido por cima da porta ou pelo espaço que fica entre a abóbada, o teto e a mureta de meia altura na qual se encaixam janelas sólidas, retiradas pela manhã e recolocadas à noite, com chapas de ferro atarraxadas. A mureta serve para que o negociante exponha as mercadorias. E nada de charlatanismo. De acordo com a natureza do comércio, as amostras consistem em duas ou três tinas de sal e bacalhau, alguns rolos de lona, cordas, latões pendentes dos caibros do teto, aros encostados às paredes, ou algumas peças de tecido em prateleiras. Entremos. Uma moça

1. Henrique IV (1553-1610): protestante, venceu os partidários da Santa Liga católica, em 1589-1590. Morreu assassinado. (N.T.)

2. Trata-se da nobreza municipal. (N.T.)

asseada, irradiando juventude, de xale branco e braços rosados, larga o tricô e chama o pai ou a mãe, que vêm e nos vendem o que quisermos, com fleuma, complacência ou arrogância, conforme seu caráter, quer se trate de dois soldos, quer de mil francos de mercadoria. Veremos um comerciante de tábuas de carvalho sentado à porta, a girar os polegares enquanto conversa com um vizinho: aparentemente, só possui tábuas ruins para garrafeiras ou duas ou três braçadas de ripas, mas, no porto, o seu entreposto abarrotado abastece todos os toneleiros de Anjou; sem errar uma aduela, ele sabe quantos tonéis *vai dar*[3], se a colheita for boa; uma estiada o enriquece, uma pancada de chuva o arruína numa única manhã, e os barris podem valer onze francos ou cair para seis libras. Naquela terra, tal como em Touraine, as vicissitudes da atmosfera dominam a vida comercial. Vinhateiros, proprietários, comerciantes de madeira, toneleiros, hospedeiros, barqueiros, todos estão à espreita de um raio de sol; à noite, quando se deitam, tremem ao pensar que, na manhã seguinte, poderão ficar sabendo que à noite geou; temem a chuva, o vento e a seca; querem água, calor e nuvens a gosto. Há um duelo constante entre o céu e os interesses terrenos. O barômetro ora entristece, ora sossega, ora alegra as fisionomias. De uma ponta à outra da rua, da antiga rua principal de Saumur, as palavras "Viva o tempo de ouro!" são o código que corre de porta em porta. E cada um responde ao vizinho: "Chovem luíses", sabendo o que um raio de sol, o que uma chuva oportuna lhes trazem. Nos sábados de primavera, mais ou menos ao meio-dia, ninguém consegue nem mesmo um soldo de mercadoria daquela gente industriosa. Cada um tem sua vinha, sua granja, e vai passar dois dias no campo. Ali, como tudo está previsto – compra, venda, lucro –, os comerciantes empregam dez das doze horas do dia em passatempos, observações, comentários, espionagens contínuas. Nenhuma dona de casa compra uma perdiz sem

3. Aqui Balzac se aproveita de um uso intransitivo do verbo *pouvoir*, que parece típico da região. Traduzi por *dar* porque mais adiante esse mesmo verbo é usado com sentido mais explícito. Também está indicado com itálico.

que os vizinhos perguntem ao marido se ela estava no ponto. Nenhuma moça põe a cabeça para fora da janela sem ser vista por todos os grupos de ociosos. Ali, pois, as consciências estão às claras, assim como aquelas casas impenetráveis, negras e silenciosas não têm mistérios. A vida quase sempre se passa ao ar livre: cada família se senta à porta para almoçar, jantar, brigar. Ninguém que passe pela rua deixa de ser estudado. Por isso, antigamente, quando um estrangeiro chegava a uma cidade da província, era ridicularizado de porta em porta. Essa é a origem das boas histórias, do apelido de *remendadores* dado aos habitantes de Angers, que se esmeravam nessas pilhérias urbanas. Os antigos palacetes da cidade velha situam-se no alto daquela rua outrora habitada pelos fidalgos da terra. A casa melancólica onde se deram os acontecimentos aqui narrados era precisamente um daqueles edifícios, restos veneráveis de um século no qual as coisas e os homens tinham a simplicidade que os costumes franceses vão perdendo dia a dia. Depois de seguirmos as curvas daquele caminho pitoresco, em que cada pequeno acidente desperta lembranças, em que a impressão geral tem o efeito de fazer mergulhar numa espécie de devaneio maquinal, distinguimos uma reentrância escura, em cujo centro se esconde a porta da casa do senhor Grandet. É impossível entender o valor dessa expressão provincial sem apresentar a biografia do senhor Grandet.

Em Saumur, o senhor Grandet gozava de uma reputação cujos motivos e efeitos não serão inteiramente entendidos por quem não tenha vivido na província, mesmo que por pouco tempo. O senhor Grandet, também chamado de tio Grandet por algumas pessoas – mas o número desses velhos diminuía sensivelmente –, em 1789 era um mestre toneleiro bastante remediado, que sabia ler, escrever e contar. Assim que a República Francesa pôs à venda os bens do clero na circunscrição de Saumur, o toneleiro, que então tinha quarenta anos, acabava de se casar com a filha de um rico comerciante de aduelas. Munido de sua fortuna líquida e do dote, munido de dois mil luíses de ouro, Grandet foi então ao distrito, onde, graças aos duzentos luíses dobrados oferecidos pelo sogro ao feroz republicano que supervisionava a venda dos domínios nacionais, recebeu por um naco de pão, legalmente, se não legitimamente, as mais belas vinhas dos arredores, uma velha abadia e algumas quintas. Os habitantes de Saumur eram pouco revolucionários, e o tio Grandet foi visto como um homem audacioso, um republicano, um patriota, um espírito dado às novas ideias, embora na verdade o toneleiro fosse dado mesmo às suas vinhas. Foi nomeado membro da administração do distrito de Saumur, e sua influência incontestável se fez sentir em termos políticos e comerciais. Politicamente, protegeu os nobres depostos e impediu com todas as forças a venda dos bens dos emigrados; comercialmente, forneceu aos exércitos republicanos mil ou dois mil barris de vinho branco, pelo que recebeu soberbos prados pertencentes a uma comunidade de religiosas, reservada como um último lote. Durante o Consulado, o bom Grandet tornou-se prefeito, administrou bem, vindimou melhor ainda; durante o Império, tornou-se senhor Grandet. Napoleão não gostava de republicanos: substituiu o senhor Grandet, que diziam ter usado o barrete vermelho, por um grande proprietário, por um homem que tinha um *de*[4] no nome, um futuro barão do Império. O senhor Grandet abandonou as honras municipais sem lamentar. Construíra, no interesse da cidade, excelentes estradas que levavam às suas propriedades. Sobre sua casa e seus bens, cadastrados de modo muito vantajoso, incidiam impostos moderados. Depois da classificação de suas diferentes propriedades rurais, suas vinhas, graças aos cuidados constantes, passaram a ser *cabeça* da região, termo técnico em uso para indicar as vinhas que produzem vinho de primeira qualidade. Poderia ter pleiteado a cruz da Legião de Honra. Tais acontecimentos ocorrem em 1806. O senhor Grandet tinha então 57, e a mulher, cerca de 36. Uma filha única, fruto do legítimo amor dos dois, estava com dez anos. O senhor Grandet – que a Providência provavelmente quis confortar da desgraça administrativa – recebeu

4. Sinal de nobreza. (N.T.)

naquele ano, sucessivamente, heranças da senhora La Gaudinière[5], nascida La Bertellière[6], mãe da senhora Grandet, e depois do velho senhor La Bertellière, pai da finada; também recebeu herança da senhora Gentillet[7], sua avó materna: três sucessões cujo valor ninguém conheceu. A avareza daqueles três velhos era tão apaixonada que, havia muito, juntavam dinheiro para poder contemplá-lo secretamente. O velho senhor La Bertellière chamava aplicação de prodigalidade, lucrando mais com o aspecto do ouro do que com os juros da usura. A cidade de Saumur, portanto, presumiu o valor das economias pelos rendimentos que vieram à luz. O senhor Grandet recebeu então o novo título de nobreza que nossa mania de igualdade nunca extinguirá: tornou-se *o maior contribuinte*[8] da região. Explorava cem jeiras de vinhas, que nos anos férteis lhe davam de setecentos a oitocentos barris de vinho. Possuía treze quintas e uma velha abadia, onde, por economia, murou os vãos das janelas, as ogivas e os vitrais[9], o que as conservou; possuía também 127 jeiras de prados, onde cresciam e engrossavam três mil choupos plantados em 1793.

Por fim, a casa onde moravam lhe pertencia. Assim, era possível calcular sua fortuna exterior. No que se refere aos capitais, apenas duas pessoas podiam presumir vagamente seu valor: uma delas era o senhor Cruchot[10], notário encarregado das aplicações usurárias do senhor Grandet; a outra era o senhor Des Grassins, o banqueiro mais rico de Saumur, de cujos lucros o vinhadeiro participava conveniente e secretamente. Embora dotados da profunda discrição que na província engendra confiança e fortuna, o velho Cruchot e o senhor Des

5. Personagem fictícia de *A comédia humana*. (N.E.)

6. Personagem fictícia de *A comédia humana*. (N.E.)

7. Personagem fictícia de *A comédia humana*. (N.E.)

8. Segundo P.-G. Castex, a administração publicava listas de contribuintes, hierarquicamente classificados em ordem decrescente, segundo o montante dos impostos pagos. Era uma honra estar nos primeiros lugares. Fonte: Sacy, S, *Eugénie Grandet*. Gallimard Folio Classique, 1972, nota da p. 26. (N.T.)

9. Na época, pagava-se imposto sobre o número de janelas e portas. (N.T.)

10. Personagem fictícia de *A comédia humana*. (N.E.)

Grassins demonstravam publicamente tanto respeito pelo senhor Grandet que os observadores podiam aquilatar o tamanho dos capitais do ex-prefeito pela dimensão da obsequiosa consideração de que era alvo. Em Saumur não havia quem não estivesse convencido de que o senhor Grandet tinha um tesouro particular, um esconderijo cheio de luíses, de que na calada da noite se entregava aos inefáveis gozos que a visão de tão grande massa de ouro propicia. Os avarentos tinham uma espécie de certeza quando viam os olhos do bom Grandet, aos quais o metal amarelo parecia ter transmitido seus reflexos. O olhar de um homem acostumado a extrair altos juros de seus capitais, tal como o olhar do voluptuoso, do jogador ou do cortesão, adquire, necessariamente, certos hábitos indefiníveis, movimentos furtivos, ávidos, misteriosos, que não escapam a seus correligionários. Essa linguagem secreta constitui, de alguma maneira, a franco-maçonaria das paixões. O senhor Grandet, portanto, inspirava a estima respeitosa à qual tinha direito como homem que nunca devia nada a ninguém, como velho toneleiro, velho vinhateiro que adivinhava com precisão de astrônomo quando era preciso fabricar mil barris ou apenas quinhentos para a colheita; que não perdia uma única especulação, sempre tinha tonéis para vender quando um tonel custava mais que a mercadoria que devia conter, podia guardar a vindima nos celeiros e esperar o momento de oferecer um barril por duzentos francos, quando os pequenos proprietários davam o seu por cinco luíses. Sua famosa colheita de 1811, sabiamente armazenada e lentamente vendida, rendera-lhe mais de 240 mil libras. Do ponto de vista financeiro, o senhor Grandet tinha algo de tigre e de jiboia: sabia agachar-se, encolher-se, estudar a presa por muito tempo, dar o bote, para depois abrir a goela da bolsa, engolir uma carga de escudos e deitar-se tranquilamente, como cobra digerindo, impassível, frio, metódico. Ninguém que o visse passar deixava de sentir um misto de admiração, respeito e terror. Quem em Saumur não havia sentido a laceração polida de suas garras de aço? Para um, Cruchot arranjara o dinheiro necessário à compra de uma propriedade, mas com juros de onze por cento; para outro, Des Grassins descontara umas letras, mas com a subtração de juros tremendos. Não se passavam muitos dias sem que o nome do senhor Grandet fosse pronunciado no mercado ou nas conversas noturnas da cidade. Para algumas pessoas, a fortuna do velho vinhateiro era motivo de orgulho patriótico. Por isso, não eram poucos os negociantes, os hospedeiros que diziam aos estrangeiros, com certa satisfação:

– Cavalheiro, temos aqui duas ou três casas milionárias; mas, quanto ao senhor Grandet, nem ele mesmo conhece a riqueza que tem.

Em 1816, os calculadores mais hábeis de Saumur avaliavam os bens territoriais do bom Grandet em cerca de quatro milhões; mas como, em média, devia ter extraído de suas propriedades cem mil francos por ano, de 1793 a 1817, era de se presumir que possuía em dinheiro uma soma quase igual à de seus imóveis. Por isso, quando, depois de uma partida de bóston ou de alguma conversa sobre vinhas, alguém falava do senhor Grandet, os entendidos diziam:

– O tio Grandet?... O tio Grandet deve ter coisa de cinco a seis milhões.

– O senhor é mais esperto que eu, pois nunca consegui saber o total – respondiam Cruchot ou Des Grassins, quando ouviam a conversa.

E, se algum parisiense falasse de Rothschild ou de Laffite, a gente de Saumur perguntava se eles eram ricos como Grandet. Se o parisiense proferisse, a sorrir, um *sim* desdenhoso, eles se entreolhavam balançando a cabeça com ar de incredulidade. Tamanha fortuna cobria com um manto de ouro todas as ações daquele homem. Se, de início, alguns pormenores de sua vida haviam dado ensejo ao ridículo e à zombaria, zombaria e ridículo eram coisas do passado. Em seus mínimos atos, Grandet tinha a seu favor a autoridade da coisa julgada. Palavras, roupas, gestos, um piscar de olhos daquele homem eram lei na terra, onde cada um, depois de estudá-lo como um naturalista estuda os efeitos do instinto nos animais, pudera reconhecer a profunda e muda sabedoria de seus mais leves movimentos.

– O inverno vai ser rigoroso – dizia-se –, o tio Grandet vestiu luvas forradas: é bom fazer a vindima.

– O tio Grandet está comprando muitas aduelas; haverá vinho este ano.

Grandet nunca comprava carne e pão. Seus rendeiros lhe levavam todas as semanas provisão suficiente de capões, frangos, ovos, manteiga e trigo. Ele tinha um moinho cujo locatário, além de lhe pagar o aluguel, devia vir retirar certa quantidade de grãos e devolvê-los em forma de farelo e farinha. A Grande Nanon[11], sua única criada, embora já não fosse jovem, amassava o pão da casa pessoalmente todos os sábados. Grandet acertara com seus locatários hortelões que lhe fornecessem verduras. Quanto às frutas, colhia tal quantidade, que vendia boa parte no mercado. A lenha que aquecia sua casa era cortada de suas sebes ou retirada de velhos tocos meio apodrecidos que lhe demarcavam os campos; seus rendeiros a transportavam para a cidade já pronta para o uso, arrumavam-na por cortesia na lareira e recebiam seus agradecimentos. Suas únicas despesas conhecidas eram o pão bento, as roupas da mulher e da filha e o pagamento de assento para as duas na igreja; a luz, o salário de Nanon, a estanhagem das caçarolas; a quitação dos impostos, a manutenção de seus prédios e os custos de exploração de suas plantações. Tinha seiscentas jeiras de bosques recentemente compradas, de cuja vigilância incumbia o guarda de um vizinho, a quem prometia compensação. Feita essa aquisição, começou a comer carne de caça. Os costumes daquele homem eram muito simples. Falava pouco. Geralmente exprimia as ideias com frases curtas, sentenciosas e ditas a meia-voz. Depois da Revolução – período durante o qual atraiu as atenções –, o bom Grandet gaguejava de maneira exasperadora sempre que precisava discorrer por muito tempo ou manter alguma discussão. Essa tartamudez, a incoerência

11. Personagem fictícia de *A comédia humana*. (N.E.)

de suas palavras, o fluxo de palavras em que ele afogava seu pensamento, sua aparente falta de lógica, atribuídos à falta de instrução, eram afetados e serão explicados a contento por alguns acontecimentos desta história. Aliás, quatro frases exatas, como se fossem fórmulas algébricas, serviam-lhe para abarcar e resolver todas as dificuldades da vida e do comércio: "não sei, não posso, não quero, vamos ver". Ele nunca dizia *sim* nem *não,* e nunca escrevia. Se alguém lhe falasse, ele ouvia com frieza, sustentando o queixo com a mão direita e apoiando o cotovelo direito no dorso da mão esquerda; em todos os assuntos tinha opiniões das quais não abria mão. Meditava demoradamente os mínimos negócios. Quando, depois de uma conversa séria, algum adversário lhe revelava o segredo de suas pretensões, acreditando que ele estava em suas mãos, ele respondia:

– Não posso fazer nada antes de consultar minha mulher.

Mulher que, reduzida por ele ao hilotismo absoluto, era seu anteparo mais cômodo em negócios. Ele nunca visitava ninguém, não convidava ninguém nem oferecia jantares; nunca fazia barulho e parecia economizar tudo, até movimentos. Não estragava nada em casa alheia por uma questão de respeito à propriedade. No entanto, apesar da voz baixa, apesar do comportamento circunspecto, a linguagem e os hábitos do toneleiro transpareciam mais em casa, quando se continha menos do que em outros lugares. Fisicamente, Grandet media cinco pés[12], era atarracado, quadrado, com doze polegadas[13] de circunferência nas batatas das pernas, rótulas nodosas e ombros largos; seu rosto era redondo, bronzeado, marcado pela varíola; o queixo era reto, os lábios não tinham sinuosidades, e os dentes eram brancos; seus olhos tinham a expressão calma e devoradora que o povo atribui ao basilisco; à testa, cheia de rugas transversais, não faltavam protuberâncias significativas; os cabelos amarelados e grisalhos eram prata e ouro, como diziam alguns jovens que não sabiam da gravidade de uma

12. 1,62 m. (N.T.)

13. Cerca de 30 cm. (N.T.)

brincadeira a respeito do senhor Grandet. O nariz, grosso na ponta, suportava um lobinho que o vulgo – não sem razão – achava bem-malicioso. Era uma figura que anunciava uma fineza perigosa, uma probidade sem calor, o egoísmo de um homem habituado a concentrar os sentimentos no gozo da avareza e no único ser que significava realmente alguma coisa para ele: a filha Eugénie, única herdeira. Atitude, modos, maneiras, tudo nele, aliás, demonstrava a autoconfiança de quem está acostumado a sempre se sair bem no que empreende. Por isso, apesar do jeito aparentemente acessível e solto, o senhor Grandet tinha um caráter de bronze. Sempre vestido da mesma maneira, quem o visse hoje o veria tal como fora desde 1791. Usava sapatos reforçados, amarrados com cordões de couro; estava sempre de meias de lã, culote curto de pano grosso marrom com fivelas de prata, colete de veludo com listras amarelas e marrons, bem-abotoado, casaca marrom, larga, de amplas faldas, gravata preta e chapéu de *quaker*. As luvas, sólidas como as dos gendarmes, duravam vinte meses e, para mantê-las limpas, ele as punha na aba do chapéu, sempre no mesmo lugar, com um gesto metódico. Saumur não sabia nada mais sobre essa personagem.

Apenas seis habitantes tinham o direito de ir àquela casa. O mais considerável dos três primeiros era o sobrinho do senhor Cruchot. Depois de ter sido nomeado presidente do tribunal de primeira instância de Saumur, o jovem acrescentara Bonfons[14] ao nome Cruchot e fazia de tudo para que Bonfons prevalecesse a Cruchot. Já assinava C. de Bonfons. O advogado mal-informado que o chamasse de senhor Cruchot percebia, já na audiência, a asneira cometida. O magistrado protegia quem o chamasse de senhor presidente, mas brindava com seus mais simpáticos sorrisos os bajuladores que dissessem "senhor de Bonfons". O senhor presidente tinha 33 anos e possuía o domínio de Bonfons *(Boni Fontis)*, que lhe valia sete mil libras de renda; esperava a sucessão do tio tabelião e a do tio

---

14. Personagem fictícia de *A comédia humana*. (N.E.)

padre, dignitário do capítulo de Saint-Martin-de-Tours, ambos tidos por muito ricos. Esses três Cruchot, apoiados por bom número de primos e contando com a aliança de vinte famílias da cidade, formavam um partido, tal como outrora os Medici em Florença; e, tal como os Medici, os Cruchots tinham seus Pazzi. A senhora Des Grassins, mãe de um rapaz de 23 anos, participava assiduamente das partidas da senhora Grandet, na esperança de casar seu caro Adolphe com Eugénie. O senhor Des Grassins, banqueiro, apoiava vigorosamente as manobras da mulher com frequentes e secretos serviços prestados ao velho avarento, chegando sempre a tempo ao campo de batalha. Esses três Des Grassins também tinham aderentes, primos, aliados fiéis. Do lado dos Cruchots, o padre – o Talleyrand da família –, bem-sustentado pelo irmão tabelião, disputava ardorosamente o terreno com a mulher do financista e tentava reservar a rica herança para seu sobrinho juiz. Essa batalha secreta entre os Cruchots e os Des Grassins, cujo prêmio era a mão de Eugénie Grandet, despertava paixões nas diversas rodas de Saumur. A senhorita Grandet vai se casar com o senhor presidente ou com o senhor Adolphe Des Grassins[15]? A essa pergunta, uns respondiam que o senhor Grandet não daria a mão da filha a nenhum dos dois. Diziam que o antigo toneleiro, ralado de ambição, queria para genro algum par de França, que, por trezentas mil libras de renda, aceitaria todos os tonéis passados, presentes e futuros dos Grandets. Outros replicavam que o senhor Des Grassins e senhora eram nobres, muitíssimo ricos, que Adolphe era um gentilíssimo cavalheiro e que, a não ser que houvesse um sobrinho do papa na manga, aliança tão conveniente devia satisfazer a gente vinda do nada, a um homem que Saumur inteira vira de enxó na mão e que, aliás, havia usado barrete vermelho. Os mais sensatos notavam que para o senhor Cruchot de Bonfons a entrada da casa estava aberta a qualquer hora, ao passo que seu rival só era recebido aos domingos. Uns afirmavam que a senhora Des Grassins, mais ligada às mulheres da família Grandet

15. Personagem fictícia de *A comédia humana*. (N.E.)

que os Cruchots, podia inculcar-lhes certas ideias que, cedo ou tarde, a fariam conseguir o que queria. Outros replicavam que o padre Cruchot era o homem mais insinuante do mundo, e que partida de mulher contra monge dá empate.

– Estão pau a pau – dizia um espirituoso de Saumur.

Mais bem-informados, os veteranos alegavam que os Grandets eram espertos demais para deixarem que os bens saíssem da família e que a mão da senhorita Eugénie Grandet de Saumur seria dada ao filho do senhor Grandet de Paris, rico atacadista de vinho. A isso cruchotinos e grassinistas respondiam:

– Em primeiro lugar, os dois irmãos não se encontraram nem duas vezes nos últimos trinta anos. Em segundo lugar, o senhor Grandet de Paris tem grandes pretensões para o filho. Ele é administrador de uma circunscrição, deputado, coronel da guarda nacional, juiz do tribunal de comércio; renega os Grandets de Saumur e pretende unir-se a alguma família ducal com as graças de Napoleão.

O que não se diria de uma herdeira da qual se falava num raio de vinte léguas, e até nas diligências de Angers a Blois? No início de 1818, os cruchotinos ganharam considerável vantagem sobre os grassinistas. As terras de Froidfond, notáveis pelo parque, pelo admirável castelo, pelas quintas, pelo rio, pelos lagos e florestas, que valiam três milhões, foram postas à venda pelo jovem marquês de Froidfond, que era obrigado a capitalizar. Mestre Cruchot, o juiz Cruchot e o padre Cruchot, ajudados por seus aderentes, conseguiram impedir a venda por pequenos lotes. O notário fechou um excelente negócio com o jovem marquês, convencendo-o de que haveria processos sem-conta contra os adjudicatários antes de embolsar o preço dos lotes; seria melhor vender ao senhor Grandet, homem adimplente, capaz, aliás, de pagar em dinheiro vivo. O belo marquesado de Froidfond foi então carreado para o esôfago do senhor Grandet, que, para grande espanto de Saumur, pagou com desconto, depois de cumpridas as formalidades. O negócio repercutiu em Nantes e Orléans. O senhor Grandet foi ver seu castelo, aproveitando uma carreta que para lá voltava. Depois de passear o olhar do dono sobre a propriedade, voltou para Saumur, certo de ter feito excelente aplicação e dominado pelo magnífico pensamento de complementar o marquesado de Froidfond com todos os seus bens. Depois, para encher de novo seu cofre quase vazio, decidiu derrubar todas as árvores de seus bosques e florestas e tirar proveito dos choupos de seus prados.

Agora é fácil entender todo o significado das palavras: a casa do senhor Grandet, casa sem cor, fria, silenciosa, situada na cidade alta e protegida pelas ruínas das muralhas. Os dois pilares e a abóbada do vão da porta, tal como a casa, haviam sido feitos de tufo, pedra branca típica das margens do Loire, tão mole que sua vida média é de apenas duzentos anos. Os buracos desiguais e numerosos, bizarramente desenhados pelas intempéries, davam ao arco e ao umbral a aparência das pedras vermiculadas da arquitetura francesa e alguma semelhança com o pórtico de um calabouço. Acima do arco reinava um longo baixo-relevo de pedra dura esculpida, que representava as quatro estações, figuras já corroídas e negras. O baixo-relevo era encimado por uma platibanda saliente, sobre a qual se elevavam várias plantas das que nascem ao acaso, parietárias amarelas, corriolas, convólvulos, tanchagem e uma pequena cerejeira, já bastante alta. A porta, de carvalho maciço, castanha, ressecada, com fendas por todo lado, de aparência frágil, era solidamente sustentada pelo seu sistema de tachões que representavam desenhos simétricos. Uma grade quadrada, pequena, mas de barras fechadas, vermelhas de ferrugem, ocupava o centro do postigo e, por assim dizer, servia de pretexto para uma aldrava a ela presa por um aro, que batia sobre a carantonha de um tachão mestre. Essa aldrava, de forma oblonga e do tipo chamado por nossos ancestrais de *jaquemart*, parecia um grande ponto de exclamação; um antiquário que a examinasse com atenção encontraria nela alguns indícios da figura essencialmente grotesca que tinha representado outrora, agora apagada pelo uso. Pela gradezinha, destinada ao reconhecimento dos amigos nos tempos das guerras civis, os curiosos podiam perceber, no fundo de uma abóbada escura e esverdeada, alguns degraus deteriorados pelos quais se subia para um jardim pitorescamente delimitado por paredes espessas, úmidas, cheias de limo e tufos de arbustos mirrados. Tais paredes faziam parte da muralha sobre a qual se erguiam os jardins de algumas casas vizinhas. No andar térreo da casa, o aposento mais considerável era uma *sala* cuja entrada ficava sob a abóbada que encimava o portão. Poucas pessoas conheciam a importância de uma sala nas pequenas cidades de Anjou, Touraine e Berry. A sala é, ao mesmo tempo, antessala, sala de visitas, escritório, budoar, sala de jantar; é o teatro da vida doméstica, o lar; nela, o barbeiro do bairro cortava os cabelos do sr. Grandet duas vezes por ano; nela entravam os rendeiros, o vigário, o vice-governador, o moleiro. Aquele aposento, cujas duas janelas davam para a rua, era assoalhado; painéis de madeira cinzenta, com molduras antigas, forravam-no de alto a baixo; o teto era composto por vigas aparentes, também cinzentas, com entremeios preenchidos de estuque branco, já amarelecido. Uma velha pêndula de cobre incrustada de arabescos imbricados ornava o pano da chaminé, feito de pedra branca, mal-esculpida, sobre o qual havia um espelho esverdeado, cujas bordas, chanfradas para deixar à mostra sua espessura, projetavam um filete de luz ao longo de um consolo gótico de aço damasquinado. Os dois candelabros de cobre dourado que decoravam cada uma das quinas da chaminé tinham duas finalidades: retirando-se as rosas que lhes serviam de arandela, cujo ramo principal se adaptava ao pedestal de mármore azulado ornado de cobre antigo, podia-se usar esse pedestal como castiçal para todos os dias. As cadeiras de estilo antigo eram guarnecidas de estofos que representavam as fábulas de La Fontaine; mas era preciso saber disso para reconhecer os motivos, tão difícil era distinguir as cores desbotadas e as figuras crivadas de cerziduras. Nos quatro cantos da sala havia cantoneiras, bufetes terminados por prateleiras ensebadas. Uma velha mesa de jogo marchetada, com tampo que servia de tabuleiro de xadrez, ficava no tremó que separava as duas janelas. Acima dessa mesa havia um barômetro oval, de moldura preta, enfeitado por tiras de madeira dourada; nelas as moscas se divertiam com tamanha licenciosidade que a douradura se tornara problemática. Na parede oposta à chaminé, dois retratos em pastel supostamente representavam o avô da sra. Grandet, o velho senhor La Bertellière, como lugar-tenente das guardas francesas, além da finada sra. Gentillet, vestida de pastora. Nas duas janelas drapejavam cortinas vermelhas, de seda encorpada de Tours, guarnecidas por cordões de seda com borlas de igreja. Essa decoração luxuosa, tão pouco condizente com os hábitos de Grandet, já fazia parte da casa quando esta foi comprada, assim como o espelho, a pêndula, o móvel estofado e as cantoneiras de pau-rosa. Junto à janela mais próxima da porta, havia uma cadeira de palha em cujos pés havia calços, para erguer a sra. Grandet a uma altura que lhe permitisse enxergar os transeuntes. Uma mesa de costura, de cerejeira descorada, preenchia o vão, e a poltrona de Eugénie Grandet ficava ao lado. Havia quinze anos, todas os dias da mãe e da filha transcorriam pacatamente naquele lugar, em trabalho constante, de abril a novembro. No primeiro dia deste último mês elas podiam ir passar a temporada de inverno junto à lareira. Só nesse dia Grandet permitia que se acendesse fogo na sala, fogo que ele mandava apagar no dia 31 de março, sem considerar os primeiros dias frios da primavera, nem os do outono. Um fogareiro, alimentado com brasas do fogão, que a Grande Nanon espertamente reservava para elas, ajudava mãe e filha a passar as manhãs ou os anoiteceres mais frescos dos meses de abril e outubro. Mãe e filha cuidavam de toda a roupa da casa e empregavam seus dias com tanto zelo nesse verdadeiro trabalho de operária que, se Eugénie quisesse bordar uma gola para a mãe, era obrigada a roubar algumas de suas horas de sono, enganando o pai para ter luz. Fazia tempo o avarento distribuía a vela para a filha e a Grande

Nanon, assim como, todas as manhãs, distribuía o pão e os mantimentos necessários ao consumo do dia.

A Grande Nanon talvez fosse a única criatura humana capaz de aceitar o despotismo do patrão. Toda a cidade invejava os Grandets por causa dela. A Grande Nanon – que era assim chamada por ter de altura cinco pés e oito polegadas[16] – pertencia a Grandet havia 35 anos. Embora só recebesse sessenta libras de salário, era vista como uma das criadas mais ricas de Saumur. Graças a essas sessenta libras, juntadas durante 35 anos, ela recentemente conseguira aplicar, junto a Cruchot, quatro mil em títulos de renda vitalícia. Esse resultado das longas e persistentes economias da Grande Nanon pareceu gigantesco. Toda criada sentia inveja, ao ver que a pobre sexagenária havia garantido o pão da velhice, sem pensar na dura servidão com que ele fora ganho. Quando tinha 22 anos, a pobre moça não conseguia emprego em casa alguma, tão repugnante era sua aparência; na verdade, esse sentimento era bem injusto: o rosto dela teria sido admiradíssimo no pescoço de algum granadeiro da guarda; mas – como se costuma dizer – cada coisa em seu devido lugar. Obrigada a abandonar uma fazenda incendiada, onde tomava conta das vacas, foi para Saumur procurar emprego, animada por uma coragem robusta que não refuga nada. O tio Grandet estava então pensando em casar-se e já queria montar casa. Reparou na moça rejeitada de porta em porta. Entendedor da força física, em sua qualidade de toneleiro, adivinhou o proveito que podia tirar de uma criatura fêmea com talhe de Hércules, plantada nos próprios pés como um carvalho sexagenário nas raízes, forte de ancas, quadrada de costas, com mãos de carroceiro e probidade vigorosa, como, aliás, sua intacta virtude. Nem as verrugas que enfeitavam aquele rosto marcial, nem a tez atijolada, nem os braços nervosos, nem os andrajos de Nanon assustaram o toneleiro, que ainda estava na idade em que o coração se comove. Ele então vestiu, calçou e alimentou

16. O equivalente a 1,82 m. (N.T.)

a coitada, deu-lhe um salário e um emprego, sem ser rude demais. Vendo-se assim acolhida, a Grande Nanon chorou secretamente de alegria e apegou-se com sinceridade ao toneleiro, que, aliás, a explorou feudalmente. Nanon fazia de tudo: cozinhava, preparava a água de barrela, ia até o Loire lavar a roupa e a trazia de volta nas costas; levantava-se com o dia, dormia tarde; preparava a comida de todos os vindimadores durante as colheitas, tomava conta dos rebuscadores[17]; defendia, como cão fiel, os bens do patrão; enfim, confiando cegamente nele, atendia sem murmurar a todas as suas fantasias mais esquisitas. No famoso ano de 1811, em que a colheita exigiu um esforço inaudito, depois de vinte anos de serviços prestados Grandet resolveu dar seu relógio velho a Nanon, único presente que ela jamais ganhou dele. Embora ele deixasse os sapatos velhos para ela (cabiam-lhe), é impossível considerar como presente o aproveitamento trimestral dos sapatos de Grandet, tão gastos ficavam. A necessidade tornou tão avarenta a pobre moça, que Grandet acabou por gostar dela como se gosta de um cão, e Nanon deixara que lhe pusessem no pescoço uma coleira pontuda cujas farpas já não a farpeavam. Se Grandet cortasse o pão com parcimônia um tanto exagerada, ela não se queixava; participava alegremente dos bons efeitos produzidos sobre a saúde pelo regime severo da casa, onde nunca ninguém ficava doente. Além disso, Nanon fazia parte da família: ria quando Grandet ria, entristecia-se, enregelava-se, aquecia-se, trabalhava com ele. Quantas boas compensações nessa igualdade! O patrão nunca censurava a criada pelos pêssegos, as ameixas ou as nectarinas comidas debaixo da árvore.

– Faça bom proveito, Nanon – dizia ele nos anos em que os ramos vergavam sob o peso dos frutos, que os rendeiros eram obrigados a dar aos porcos. Para uma moça da roça que na juventude colhera maus-tratos, para uma moça pobre

17. A palavra usada é *halleboteurs*, que parece ser um regionalismo. Sacy explica que são *grappilleurs*, as pessoas que iam recolher os restos da vindima. (N.T.)

recolhida por caridade, o riso equívoco do tio Grandet era um verdadeiro raio de sol! Aliás, o coração simples e a cabeça estreita de Nanon só conseguiam conter um sentimento e uma ideia. Fazia 35 anos que ela se via chegando diante do armazém do tio Grandet, descalça, maltrapilha, e ainda ouvia o toneleiro dizer-lhe:

– O que deseja a menina?

E seu reconhecimento continuava jovem. Às vezes Grandet, ao pensar que aquela pobre criatura nunca tinha ouvido nenhuma palavra lisonjeira, que desconhecia todos os doces sentimentos que a mulher inspira, que um dia podia apresentar-se a Deus mais casta do que a própria Virgem Maria, Grandet, tomado de piedade, dizia a olhá-la:

– Pobre Nanon!

Essa exclamação era sempre seguida de um olhar indefinível, que ele lançava à velha criada. Essas palavras, ditas de vez em quando, foram formando com o tempo uma cadeia ininterrupta de amizade, a que cada exclamação somava um elo. Essa piedade, posta no coração de Grandet e recebida com grande agrado pela solteirona, tinha algo de horrível. Aquela atroz piedade de avarento, que despertava mil prazeres no coração do velho toneleiro, era o quinhão de felicidade que cabia a Nanon. Quem não dirá também "Pobre Nanon!". Deus reconhecerá seus anjos pelas inflexões da voz e pela secreta compaixão. Havia em Saumur grande quantidade de famílias cujos criados eram mais bem-tratados, mas nem por isso os patrões tinham mais satisfação. Por isso esta outra frase:

– O que os Grandets fazem à sua Grande Nanon para que ela tenha tanto apego por eles? Ela se jogaria no fogo por eles!

A cozinha, com janelas gradeadas que davam para o pátio, estava sempre em ordem, limpa, fria, verdadeira cozinha de avarento onde nada podia ser perdido. Depois de lavar a louça, guardar os restos de comida e apagar o fogo, Nanon saía da cozinha, que era separada da sala por um corredor, e ia fiar cânhamo com as patroas. Uma única vela bastava para a família à noite. A criada dormia no fundo daquele corredor, num cubículo iluminado por uma claraboia. Sua robusta saúde permitia-lhe habitar impunemente aquela espécie de buraco, de onde conseguia ouvir o menor ruído, graças ao silêncio profundo que reinava noite e dia na casa. Tal como um cão policial, devia dormir com um olho só e repousar vigiando.

A descrição das outras partes da casa estará ligada aos acontecimentos desta história; mas, pelo esboço da sala, onde resplendia todo o luxo da família, pode-se desconfiar da nudez dos andares superiores.

Em 1819, num anoitecer de meados de novembro, a Grande Nanon acendeu a lareira pela primeira vez. O outono havia sido lindo. Era conhecido dia de festa de cruchotinos e grassinistas. Por isso, os seis antagonistas se preparavam para, munidos de todas as armas, ir defrontar-se na sala e superar-se mutuamente em provas de amizade. Pela manhã, toda Saumur vira as duas Grandets, acompanhadas de Nanon, a caminho da igreja paroquial para ouvir a missa, e todos se lembraram que era dia do natalício de Eugénie. Por isso, calculando a hora em que o jantar devia acabar, mestre Cruchot, o padre Cruchot e o senhor C. de Bonfons apressaram-se para chegar antes dos Des Grassins e cumprimentar a srta. Grandet. Os três levavam enormes buquês colhidos em suas pequenas estufas. Os caules das flores que o juiz pretendia dar estavam engenhosamente envolvidos numa fita de cetim branco, ornada de franjas douradas. Pela manhã, o sr. Grandet, como era costume nos dias memoráveis do natalício e onomástico[18] de Eugénie, fora acordá-la e oferecer-lhe solenemente o presente de pai, que, fazia treze anos, consistia numa moeda de ouro para coleção. A sra. Grandet costumava dar à filha um vestido de inverno ou de verão, segundo a circunstância. Esses dois vestidos, as moedas de ouro que ganhava do pai no primeiro dia do ano e no dia do aniversário compunham uma pequena renda de mais ou menos cem escudos, que Grandet gostava de vê-la

18. Dia do nascimento e dia do santo do mesmo nome. (N.T.)

acumular. Acaso não significava passar o dinheiro de um cofre para outro e, por assim dizer, cevar a avareza da herdeira?, a quem às vezes pedia contas de seu tesouro, outrora engordado pelos La Bertellière, dizendo:

– Este vai ser seu *douzain* de casamento.

O *douzain* é um antigo uso ainda em vigor e religiosamente mantido em alguns lugares do centro da França. Em Berry, em Anjou, quando uma moça se casa, sua família ou a do noivo deve dar-lhe uma bolsa onde se encontram, segundo a riqueza, doze moedas ou doze dúzias de moedas ou mil e duzentas moedas de prata ou ouro. As camponesas mais pobres não se casariam sem seu *douzain*, nem que composto de soldos. Em Issoudun ainda se fala de certo *douzain* dado a uma herdeira rica, que continha 144 moedas de ouro portuguesas. O papa Clemente VII[19], tio de Catarina de Médici[20], ao casá-la com Henrique II[21], deu-lhe de presente uma dúzia de medalhas antigas de ouro, de inestimável valor. Durante o jantar, o pai, felicíssimo de ver sua Eugénie mais bonita num vestido novo, exclamou:

– Já que é aniversário de Eugénie, vamos acender a lareira! Vai ser de bom agouro.

– A patroazinha se casa este ano – disse a Grande Nanon, retirando os restos de um ganso, faisão de toneleiros.

– Não conheço partido para ela em Saumur – respondeu a sra. Grandet, olhando o marido com um ar tímido que, a considerar-se a idade, mostrava a completa servidão conjugal na qual penava a coitada.

Grandet contemplou a filha e exclamou alegre:

– A menina está fazendo 23 anos hoje, logo vamos precisar cuidar dela.

19. Papa Clemente VII, ou Giulio de Médici (1478-1534), eleito sumo-pontífice em 1523. (N.E.)

20. Catarina de Médici (1519-1589), tornou-se rainha da França em 1547. Aparece, também, em *Ilusões perdidas*. (N.E.)

21. Henrique II (1519-1559): segundo filho de François I e de Claude de France, foi rei da França de 1547 até sua morte. É mencionado em vários títulos de *A comédia humana*, entre os quais *A casa Nucingen*. (N.E.)

Eugénie e a mãe trocaram um silencioso olhar de entendimento.

A sra. Grandet era uma mulher seca e magra, amarela como um marmelo, desajeitada e lerda; uma daquelas mulheres que parecem feitas para ser tiranizadas. Tinha ossos grandes, nariz grande, testa grande, olhos grandes e, à primeira vista, tinha vaga semelhança com essas frutas esponjosas que não têm gosto nem sumo. Os dentes eram escuros e raros, a boca, enrugada, e o queixo mais mereceria o nome de queixada. Era excelente mulher, verdadeira La Bertellière. O padre Cruchot sabia encontrar algumas ocasiões para lhe dizer que ela não havia sido de se jogar fora, e ela acreditava. A doçura angelical, a resignação de inseto atormentado por crianças, a rara devoção, a inalterável uniformidade da alma, o bom coração, tais coisas faziam que todos a lamentassem e respeitassem. O marido nunca lhe dava mais de seis francos juntos para as despesas miúdas. Embora ridícula na aparência, aquela mulher, que dera ao tio Grandet mais de trezentos mil francos, somando-se dote e sucessões, sempre sentira profunda humilhação com a dependência e o hilotismo em que vivia, mas a mansidão de sua alma impedia que ela se revoltasse; por isso, nunca pedia um vintém, nem fazia nenhuma observação sobre os documentos que mestre Cruchot lhe apresentava para assinar. Essa altivez tola e secreta, essa nobreza de alma constantemente ignorada e ferida por Grandet dominavam a conduta daquela mulher. A sra. Grandet usava constantemente um vestido de levantina esverdeada, que se habituara a fazer durar quase um ano; usava um grande xale de algodão branco estampado, um chapéu de palha costurada e quase sempre estava com um avental de tafetá preto. Como saía pouco de casa, gastava pouco os sapatos. Enfim, nunca queria nada para si. Por isso, Grandet, tomado às vezes de remorsos ao se lembrar do muito tempo que se passara desde o dia em que dera seis francos à mulher, sempre lhe destinava uns trocados para alfinetes[22] quando vendia as colheitas do

22. Despesas miúdas. (N.T.)

ano. Os quatro ou cinco luíses oferecidos pelo holandês ou pelo belga que adquirisse a vindima Grandet constituíam o mais claro rendimento anual da sra. Grandet. Mas, depois que ela recebia seus cinco luíses, o marido muitas vezes lhe dizia, como se tivessem bolso comum:

– Tem uns trocados para me emprestar?

E a coitada, feliz por poder fazer alguma coisa pelo homem que seu confessor lhe apresentava como amo e senhor, devolvia-lhe, no correr do inverno, alguns escudos do dinheiro dos alfinetes. Quando Grandet tirava do bolso a moeda de cem soldos destinada todos os meses às despesas miúdas – linha, agulhas e a toalete da filha –, nunca deixava de dizer à mulher, depois de abotoar o bolso:

– E a mãe, quer alguma coisa?

– Veremos, meu amigo – respondia a sra. Grandet animada por um sentimento de dignidade maternal. Sublimidade desperdiçada! Grandet se achava muito generoso com a mulher. Os filósofos que deparam com Nanons, senhoras Grandets e Eugénies não terão motivos para acreditar que a ironia é o cerne do caráter da Providência? Depois daquele jantar em que se falou, pela primeira vez, do casamento de Eugénie, Nanon foi buscar uma garrafa de cassis no quarto de Grandet, e quase levou um tombo quando descia as escadas.

– Infeliz – disse-lhe o patrão –, vai cair agora como qualquer uma?

– Patrão, é este degrau que está frouxo.

– Ela tem razão – disse a sra. Grandet. – O senhor deveria ter mandado arrumar esse degrau faz tempo. Ontem Eugénie quase machucou o pé.

– Pronto – disse Grandet a Nanon quando a viu pálida –, já que é aniversário de Eugénie e você quase caiu, tome um cálice de cassis para se recobrar.

– Bem que eu mereço – disse Nanon. – No meu lugar, muita gente tinha quebrado a garrafa; mas eu preferia quebrar o braço para segurar ela no ar.

– Pobre Nanon! – disse Grandet servindo-lhe o cassis.

– Machucou? – perguntou Eugénie olhando-a com interesse.

– Não, porque eu me equilibrei me apoiando nas ancas.

– Bom! Já que é aniversário de Eugénie – disse Grandet – vou arrumar o degrau. Vocês aí não sabem pôr o pé no canto, no lugar onde ele ainda está firme.

Grandet pegou o castiçal, deixou a mulher, a filha e a criada apenas com a luz da lareira, que lançava chamas altas, e foi até o depósito de lenha buscar madeira, pregos e ferramentas.

– Precisa de ajuda? – gritou Nanon quando o ouviu martelar na escada.

– Não! Não! Disto entendo eu – respondeu o ex-toneleiro. No momento em que Grandet arrumava pessoalmente sua escada carunchosa, assobiando a mais não poder, lembrando a juventude, os três Cruchots bateram à porta.

– É o senhor, *seu* Cruchot? – perguntou Nanon olhando pela grade.

– Sou eu – respondeu o juiz.

Nanon abriu a porta, e o clarão da lareira, que se refletia na abóbada, permitiu que os três Cruchots enxergassem a entrada da sala.

– Ah! Vieram para a festa – disse Nanon cheirando as flores.

– Desculpem, cavalheiros – gritou Grandet ao reconhecer a voz dos amigos –, já, já vou aí! Não sou orgulhoso, eu mesmo estou aqui dando um jeito num degrau da escada.

– Fique à vontade, sr. Grandet, *cada um é prefeitamente*[23] *rei em sua casa* – disse sentenciosamente o juiz, rindo à socapa da alusão que ninguém entendeu.

Eugénie e a sra. Grandet levantaram-se. O juiz, aproveitando a escuridão, disse a Eugénie:

---

23. O trocadilho de Balzac faz um jogo entre *maitre* (dono) e *maire* (prefeito). O provérbio português diz: "Cada um é rei em sua casa". Introduzi o *prefeitamente* para fazer alusão ao prefeito. (N.T.)

– Permita-me, senhorita, desejar-lhe hoje, no dia de seu natalício, que esta data se repita por muitos anos e que a senhorita continue gozando dc boa saúde.

E ofereceu um grande buquê de flores raras em Saumur; depois, segurando a herdeira pelos cotovelos, beijou-a dos dois lados do pescoço, com um deleite que deixou Eugénie acanhada. O juiz, que mais parecia um prego enferrujado, achava que assim fazia a corte.

– Estejam à vontade – disse Grandet voltando. – Como o senhor é expansivo em dias de festa, senhor juiz!

– Mas, com a senhorita – respondeu o padre armado de seu buquê –, todos os dias seriam de festa para meu sobrinho.

O padre beijou a mão de Eugénie. Mestre Cruchot, por sua vez, beijou a jovem com a maior naturalidade nas duas faces e disse:

– Atrás do tempo, tempo vem! Todo ano doze meses tem.

Ao pôr a luz diante do relógio, Grandet, que nunca abandonava um gracejo e o repetia à saciedade quando o achava engraçado, disse:

– Já que é aniversário de Eugénie, vamos acender os candelabros!

Retirou cuidadosamente os ramos dos candelabros, pôs a arandela em cada pedestal, pegou das mãos de Nanon uma vela nova embrulhada num pedaço de papel, enfiou-a no orifício, fixou-a, acendeu-a e foi sentar-se ao lado da mulher, olhando alternadamente para os amigos, a filha e as duas velas. O padre Cruchot, homenzinho rotundo, gorducho, de peruca ruiva e achatada, com cara de velha brincalhona, perguntou, avançando os pés bem-calçados por sapatos robustos, com fivelas de prata:

– Os Des Grassins não vieram?

– Ainda não – respondeu Grandet.

– Mas devem vir? – perguntou o velho notário com um esgar na face esburacada como escumadeira.

– Acho que sim – respondeu a sra. Grandet.

– As colheitas terminaram? – perguntou o juiz de Bonfons a Grandet.

– Todas! – disse o velho vinhateiro levantando-se para passear ao longo da sala e erguendo o tórax com um movimento cheio de orgulho como aquela palavra, todas! Pela porta do corredor que levava à cozinha, viu então a Grande Nanon, que, sentada junto ao fogão, com uma luz, se preparava para fiar, sem se misturar à festa.

– Nanon – disse ele, avançando pelo corredor –, faça o favor de apagar o fogo e a vela e vir para cá conosco. Diacho! A sala é bem grande para nós todos.

– Mas, patrão, o senhor vai receber gente *beau-monde*.

– E você não tem o mesmo valor? Eles são feitos da costela de Adão, como você.

Grandet aproximou-se do juiz e lhe disse:

– O senhor vendeu sua colheita?

– Bem, não, fiquei com ela. Se agora o vinho é bom, daqui a dois anos será melhor. Os proprietários, como o senhor sabe, comprometeram-se a manter os preços convencionados, e este ano os belgas não vão levar a melhor. Se forem embora, azar, terão de voltar.

– Sim, mas precisamos ter cuidado – disse Grandet num tom que fez o juiz estremecer.

"Estará em negociações?", pensou Cruchot.

Nesse momento, o som da aldrava anunciou a família Des Grassins, e sua chegada interrompeu uma conversa iniciada entre a sra. Grandet e o padre.

A sra. Des Grassins era uma dessas mulherzinhas vivas, rotundas, branco-rosadas, que, graças ao regime claustral das províncias e aos hábitos da vida virtuosa, ainda estão jovens aos quarenta anos. São como as últimas rosas do outono: a aparência dá prazer, mas as pétalas têm certa frieza, e o perfume definha. Vestia-se até bem, mandava buscar roupas em Paris, dava o tom à cidade de Saumur e oferecia recepções. O marido, ex-quartel-mestre da Guarda Imperial, gravemente ferido em Austerlitz[24] e na reserva, apesar da consideração que tinha por Grandet, conservava a manifesta franqueza dos militares.

– Boa noite, Grandet – disse ao vinhateiro, apertando-lhe a mão e demonstrando uma espécie de superioridade debaixo da qual sempre esmagava os Cruchots.

– Senhorita – disse a Eugénie depois de cumprimentar a sra. Grandet –, sempre bela e modesta, na verdade não sei o que a senhora pode desejar.

A seguir, ofereceu uma caixinha trazida por seu doméstico, que continha uma urze do Cabo, flor recentemente vinda para Europa, raríssima.

A sra. Des Grassins abraçou Eugénie com grande afetuosidade, apertou-lhe a mão e disse:

– Adolphe se encarregou de lhe dar minha lembrancinha.

Um jovem alto e loiro, pálido e grácil, de modos distintos, tímido na aparência, mas que nos últimos tempos gastara em Paris – onde tinha ido fazer Direito – oito ou dez mil francos além do valor de sua pensão, adiantou-se para Eugénie, beijou-lhe as duas faces e ofereceu-lhe uma caixa de costura cujos instrumentos eram todos feitos de *vermeil*, verdadeira mercadoria de pacotilha, a despeito do escudete, no qual um "E. G." bem-gravado em letras góticas podia levar a acreditar que se tratasse de objeto fino. Ao abri-la, Eugénie demonstrou uma dessas alegrias inesperadas e totais que fazem as moças enrubescerem, estremecerem, tremerem de gosto. Voltou os olhos para o pai, como para saber se tinha permissão para aceitar, e o sr. Grandet disse um "Aceite, minha filha!" com uma inflexão que daria fama a qualquer ator. Os três Cruchots ficaram estupefatos com o olhar alegre e animado dirigido a Adolphe Des Grassins pela herdeira, para quem semelhantes riquezas pareciam inauditas. O sr. Des Grassins ofereceu uma pitada de rapé a Grandet, serviu-se de outra, deu um piparote no pozinho que caiu na fita da Legião de Honra, presa à lapela

24. Austerlitz, burgo da Morávia onde Napoleão venceu os austríacos e os russos em 2 de dezembro de 1805. (N.T.)

da casaca azul, e depois olhou para os Cruchots com um ar de quem parecia dizer: "Aparem esse golpe!". A sra. Des Grassins voltou o olhar para os vasos azuis onde estavam os buquês dos Cruchots, procurando os presentes deles com a boa-fé fingida das zombeteiras. Naquela delicada conjuntura, o padre Cruchot deixou que todos se sentassem em círculo diante do fogo e foi passear no fundo da sala com Grandet. Quando os dois velhotes chegaram diante da janela mais distante dos Des Grassins, o padre cochichou ao ouvido do avarento:

– Essa gente joga dinheiro pela janela.

– Que mal há nisso, se vem cair na minha adega? – replicou o vinhateiro.

– Se o senhor quisesse dar tesouras de ouro à sua filha, bem que poderia – disse o padre.

– Dou-lhe coisa melhor que tesouras – respondeu Grandet.

"Meu sobrinho é um bobão", pensou o padre olhando o juiz, cujos cabelos desgrenhados aumentavam ainda mais a sem-gracice de seu semblante amorenado. Não poderia ter inventado uma bobagenzinha de valor?

– Podemos jogar, se quiser, sra. Grandet – disse a sra. Des Grassins.

– Mas estamos todos juntos, *damos* duas mesas...

– Já que é aniversário de Eugénie, joguem víspora – disse o tio Grandet –, assim as duas crianças participam. – O ex-toneleiro, que nunca jogava nada, apontou para a filha e Adolphe.

– Vamos, Nanon, ponha as mesas.

– Nós ajudamos, srta. Nanon – disse animada a sra. Des Grassins, felicíssima com a alegria que havia causado em Eugénie.

– Nunca na vida fiquei tão contente – disse-lhe a herdeira. – Nunca vi nada tão bonito.

– Foi Adolphe que a trouxe de Paris, que a escolheu – cochichou-lhe a sra. Des Grassins.

“Vá em frente, maldita intrigante!”, ia pensando o juiz; “se um dia você ou seu marido tiverem de enfrentar um processo, nunca terão ganho de causa”.

O notário, sentado em seu canto, olhava para o padre com ar calmo, pensando: “Não adianta o esforço dos Des Grassins; minha riqueza, a do meu irmão e a do meu sobrinho somam juntas um milhão e cem mil francos. Os Des Grassins têm no máximo metade disso, e ainda têm uma filha: podem presentear o que quiserem! Herdeira e presentes, tudo será nosso um dia”.

Às oito e meia da noite, duas mesas estavam prontas. A bela sra. Des Grassins conseguira pôr o filho ao lado de Eugénie. Os atores daquela cena interessantíssima, comum só na aparência, munidos de cartões coloridos, numerados, e de fichas de vidro azul, pareciam prestar atenção às brincadeiras do velho notário, que não sorteava um número sem fazer alguma observação; mas todos pensavam nos milhões do sr. Grandet. O velho toneleiro contemplava com vaidade as plumas rosadas, a roupa jovial da sra. Des Grassins, a cabeça marcial do banqueiro, a de Adolphe, o juiz, o padre, o notário, e dizia com seus botões: “Estão aqui por causa dos meus escudos. Vêm aqui se entediar por causa de minha filha. Pois bem! Minha filha não será de nenhum deles, e toda essa gente me serve de anzol para pescar!”.

Aquela alegria familiar, na velha sala cinzenta, mal-iluminada por dois castiçais; aquele riso, acompanhado do ruído da roca da Grande Nanon, riso que só era sincero nos lábios de Eugénie e da mãe; aquela pequenez somada a tão grandes interesses; aquela jovem que, parecendo um pássaro vitimado pelo alto preço que lhe atribuem – e que ele ignora –, estava sendo acuada, encurralada por provas de amizade da qual era vítima; tudo contribuía para tornar aquela cena tristemente cômica. Aliás, não estaremos diante de uma cena de todos os tempos, de todos os lugares, mas reduzida à expressão mais simples? A figura de Grandet a examinar a falsa afeição das duas famílias, a extrair dela enormes lucros, dominava e aclarava o drama. Não estaremos diante do único deus moderno em que todos acreditam, o Dinheiro em sua onipotência, expresso por uma única fisionomia? Ali, os bons sentimentos da vida ocupavam lugar secundário, animavam três corações puros: Nanon, Eugénie e a mãe. No entanto, quanta ignorância nessa ingenuidade! Eugénie e a mãe não conheciam a riqueza de Grandet, só avaliavam as coisas da vida à luz fraca de suas pálidas ideias, e não prezavam nem desprezavam o dinheiro, acostumadas que estavam a passar sem ele. Seus sentimentos, ultrajados sem que soubessem, mas vivazes, o segredo de sua existência, eram interessantes exceções naquela reunião de gente cujos únicos interesses na vida eram puramente materiais. Medonha condição do homem! Não há uma só alegria que não provenha de alguma ignorância. No momento em que a sra. Grandet ganhava dezesseis soldos, o maior prêmio jamais posto em jogo naquela sala, em que a Grande Nanon ria de gosto ao ver a patroa embolsar aquela riqueza, um golpe da aldrava ressoou na porta da casa, fazendo tamanho barulho, que as mulheres pularam de susto nas cadeiras.

– Não é gente de Saumur batendo assim – disse o notário.

– Como alguém pode bater desse jeito? – disse Nanon. – Estão querendo quebrar nossa porta?

– Que diabo é isso? – exclamou Grandet.

Nanon pegou uma das duas velas e foi abrir, acompanhada por Grandet.

– Grandet, Grandet! – exclamou sua mulher, que, impelida por um vago sentimento de medo, correu para a porta da sala. Todos os jogadores se entreolharam.

– Acho bom irmos todos – disse o sr. Des Grassins. – Essa martelada me parece mal-intencionada.

O sr. Des Grassins mal teve tempo de avistar a figura de um jovem acompanhado do contínuo do Serviço de Diligências, carregando duas malas enormes e arrastando sacos de viagem. Grandet voltou-se bruscamente para a mulher e disse:

– Sra. Grandet, volte para sua víspora. Eu me entendo com este senhor.

Depois, empurrou com força a porta da sala, onde os jogadores, agitados, voltaram a seus lugares, mas não continuaram jogando.

– É alguém de Saumur, sr. Des Grassins? – perguntou-lhe a mulher.

– Não, é um viajante.

– Só pode ter vindo de Paris. Aliás – disse o notário puxando o velho relógio, de dois dedos de espessura, que mais parecia um navio holandês – *são* nove horas. Raios! A diligência da Agência Central nunca se atrasa.

– E esse senhor é moço? – perguntou o padre.

– É – respondeu o sr. Des Grassins. – Está trazendo uma bagagem que deve pesar no mínimo trezentos quilos.

– E Nanon que não volta! – disse Eugénie.

– Só pode ser algum parente seu – disse o juiz.

– Vamos às apostas – disse baixinho a sra. Grandet. – Pela voz, percebi que o sr. Grandet ficou contrariado, talvez não goste de saber que estamos falando de seus negócios.

– Senhorita – disse Adolphe à vizinha –, deve ser seu primo Grandet, um moço bonito que vi no baile do sr. de Nucingen[25]. – Adolphe não continuou, porque a mãe lhe pisou no pé; depois, pedindo-lhe em voz alta dois soldos para a aposta, disse-lhe ao ouvido:

– Quer ficar calado, bobalhão!

Nesse momento, Grandet voltou sem a Grande Nanon, cujos passos ressoavam na escada, junto com os do contínuo. Vinha seguido pelo viajante que nos últimos minutos havia excitado tantas curiosidades e preocupado tantas imaginações; sua chegada naquela casa, sua queda naquele mundo poderiam ser comparadas à entrada de um caracol numa colmeia ou de um pavão nalgum obscuro galinheiro de aldeia.

– Sente-se junto ao fogo – disse Grandet.

---

25. Nucingen, barão Frédéric, personagem fictícia de Balzac: rico banqueiro judeu da Alsácia, encarna o poder financeiro. (N.T.)

Antes de se sentar, o jovem estrangeiro cumprimentou graciosamente a assembleia. Os homens levantaram-se para responder com uma inclinação polida, e as mulheres fizeram uma reverência cerimoniosa.

– O senhor deve estar com frio – disse a sra. Grandet – deve estar chegando de...

– Essas mulheres! – disse o velho vinhateiro parando de ler uma carta que tinha na mão. – Deixe o cavalheiro descansar.

– Mas, papai, esse senhor pode estar precisando de alguma coisa – disse Eugénie.

– Ele tem língua – respondeu severo o vinhateiro.

Só o desconhecido se surpreendeu com a cena. As outras pessoas estavam afeitas aos modos despóticos do bom Grandet. No entanto, depois da troca das duas perguntas e respostas, o desconhecido levantou-se, deu as costas ao fogo, ergueu um pé para aquecer a sola da bota, e disse a Eugénie:

– Prima, muito obrigado, jantei em Tours. E – acrescentou olhando para Grandet – não preciso de nada, nem cansado estou.

– O senhor vem da capital? – perguntou a sra. Des Grassins.

O senhor Charles – pois esse era o nome do filho do sr. Grandet de Paris –, ouvindo que o interpelavam, pegou um pequeno lornhão pendente de uma corrente no pescoço, colocou-o no olho direito para examinar o que havia na mesa e as pessoas sentadas ao seu redor, mediu a sra. Des Grassins com muita impertinência e respondeu depois de ter visto tudo:

– Sim, minha senhora. Está jogando víspora, titia – acrescentou –, por favor, continue o jogo, é divertido demais para parar...

"Tinha certeza de que era o primo", pensava a sra. Des Grassins, olhando-o de soslaio.

– Quarenta e sete – gritou o velho padre. – Marque aí, sra. Des Grassins, não é número seu?

O sr. Des Grassins pôs uma ficha sobre o cartão da mulher, que, dominada por tristes pressentimentos, observava ora o primo de Paris, ora Eugénie, sem prestar atenção à víspora. De vez em quando, a jovem herdeira lançava olhares furtivos ao primo, e a mulher do banqueiro não teve dificuldades em neles descobrir um crescendo de espanto ou curiosidade.

O sr. Charles Grandet, belo jovem de 22 anos, naquele momento contrastava estranhamente com os bons provincianos, em quem suas maneiras aristocráticas já causavam alguma revolta; e todos o estudavam, para poderem zombar dele.

Isso exige explicação. Com 22 anos, os jovens ainda estão bastante próximos da infância para se entregarem a criancices. Por isso, de cem deles, 99 talvez se comportassem da forma como Charles Grandet se comportou. Alguns dias antes daquela noite, o pai lhe dissera que fosse passar uns meses em casa do irmão de Saumur. Talvez o sr. Grandet de Paris estivesse pensando em Eugénie. Charles, que caía na província pela primeira vez, teve a ideia de se mostrar com a superioridade de um jovem da moda, de abafar os circundantes com seu luxo, marcar época, importar as novidades da vida parisiense. Por fim, para resumir com uma palavra, em Saumur ele pretendia passar mais tempo do que em Paris a lustrar-se as unhas e a dar mostras do excessivo requinte no vestir, que às vezes os homens elegantes trocam por uma negligência não desprovida de encantos. Charles então levou o traje de caça mais bonito, o rifle mais bonito, a faca mais bonita, a bainha de espada mais bonita de Paris. Levou uma coleção dos coletes mais engenhosos: cinzentos, brancos, pretos, cor de escaravelho, com reflexos dourados, com lantejoulas, mescla, com dobras, transpassados com gola ou retos sem gola, de gola virada, com botões até o pescoço, com botões de ouro. Levou todas as variedades de colarinhos e gravatas apreciados na época. Levou duas casacas de Buisson[26] e roupa branca da mais fina. Levou o belo estojo de toalete, de ouro, presente

26. Buisson, Jean (1800-1873), alfaiate estabelecido em Paris. (N.T.)

da mãe. Levou suas bugigangas de dândi, sem esquecer uma encantadora escrivaninha portátil dada pela mais graciosa das mulheres – pelo menos para ele –, por uma grande dama que ele chamava de Annette, dama que estava viajando conjugalmente, aborrecidamente, pela Escócia, vítima de algumas desconfianças pelas quais se fazia necessário sacrificar momentaneamente a felicidade; além disso, um lindíssimo papel para escrever-lhe uma carta por quinzena. Era, enfim, uma carga de futilidades parisienses tão completa quanto possível, na qual, desde a *badine* que serve para começar um duelo, até as belas pistolas cinzeladas que o terminam, encontravam-se todos os instrumentos aratórios usados pelos jovens ociosos na lavoura da vida. Como o pai lhe dissera que fosse sozinho e com discrição, viajara no compartimento dianteiro da diligência, reservado só para ele, contente até por não precisar estragar uma deliciosa carruagem, encomendada para ir ter com Annette, a grande dama que... etc., que ele esperava rever no próximo mês de junho, nas estâncias de Baden. Charles contava encontrar centenas de pessoas em casa do tio, caçar com cães nas florestas do tio, viver, enfim, vida de castelo; não sabia que o encontraria em Saumur, onde pedira informações dele para perguntar o caminho de Froidfond; mas, ao saber que ele estava na cidade, acreditou que o acharia em algum grande palácio. Para apresentar-se convenientemente em casa do tio, fosse em Saumur ou em Froidfond, vestira o traje de viagem mais elegante, o mais despojadamente requintado, o mais adorável, para usar a palavra que no tempo resumia as qualidades especiais de uma coisa ou de um ser humano. Em Tours, um cabeleireiro acabara de frisar novamente seus belos cabelos castanhos; trocara de roupa, pondo uma gravata de cetim preto, que combinava com uma gola redonda, de uma maneira que emoldurava agradavelmente seu rosto branco e sorridente. Uma sobrecasaca de viagem abotoada até o meio marcava-lhe a cintura e deixava à vista um colete de caxemira transpassado, sob o qual havia um segundo colete branco. O relógio, negligentemente largado ao acaso num bolso, era preso por uma corrente curta de ouro a uma das botoeiras. As calças cinzentas eram abotoadas dos lados, onde as costuras eram enfeitadas por desenhos bordados em seda preta. Ele manejava galantemente uma bengala cujo castão de ouro esculpido não alterava a jovialidade das luvas cinzentas. Por fim, a boina era de excelente gosto. Só um parisiense, e um parisiense das altas esferas, podia arrumar-se assim sem parecer ridículo e harmonizar com fatuidade todas essas frivolidades, sustentadas, aliás, por um ar altivo, o ar de um homem que tem boas pistolas, tiro certeiro e Annette. Agora, quem quiser entender bem a surpresa recíproca da gente de Saumur e do jovem parisiense, distinguir perfeitamente o brilho vivo que a elegância do viajante lançava em meio às sombras cinzentas da sala e às figuras que compunham o quadro de família, que tente imaginar os Cruchots. Os três cheiravam rapé e, havia muito, já não pensavam em evitar o defluxo nasal nem os salpicos pretos disseminados pelos peitilhos das camisas surradas, de colarinho amarrotado e dobras amareladas. As gravatas moles que usavam enrolavam-se como corda tão logo amarradas ao pescoço. A enorme quantidade de roupa branca, que lhes permitia fazer uma lavagem a cada seis meses e deixar a roupa guardada no fundo do armário, dava ao tempo ensejo de imprimir nela seus tons grises e velhuscos. Havia neles perfeito acordo de falta de graça e senilidade. Os rostos, desbotados como suas casacas puídas, enrugados como suas calças, pareciam deteriorados, ressequidos, e careteavam. O desmazelo geral dos outros trajes, todos incompletos, sem jovialidade, tal como é o modo de trajar-se da província, onde todos, imperceptivelmente, deixam de vestir-se para os outros e passam a prestar atenção ao preço de um par de luvas, combinava com o descuido dos Cruchots. O horror à moda era o único ponto no qual grassinistas e cruchotinos se entendiam perfeitamente. Enquanto o parisiense usava o lornhão para examinar os acessórios esquisitos da sala, as vigas do teto, o tom dos forros de madeira ou dos pontos que as moscas tinham imprimido – suficientes para pontuar toda a *Encyclopédie méthodique* e *Le Moniteur*[27] –, os jogadores de víspora levantavam o nariz para examiná-lo com a curiosidade que teriam demonstrado por uma girafa. O sr. Des Grassins e o filho, que não desconheciam o aspecto de um homem da moda, associaram-se, porém, ao espanto dos vizinhos, quer por sentirem a indefinível influência de um sentimento geral, quer por consentirem com eles, dizendo aos compatriotas, com olhares cheios de ironia: "Vejam como *eles* são em Paris". Aliás, todos podiam observar Charles à vontade, sem medo de desagradar o dono da casa. Grandet estava absorto na longa carta que tinha nas mãos, para cuja leitura havia pegado a única luz da mesa, sem se preocupar com os hóspedes e com o divertimento deles. Eugénie, que desconhecia inteiramente aquele tipo de perfeição, tanto no vestuário quanto na pessoa, acreditava estar vendo, no primo, alguma criatura descida de regiões seráficas. Respirava deliciada os perfumes exalados por aquela cabeleira tão brilhante, tão graciosamente cacheada. Gostaria de poder tocar a pele branca daquelas luvas belas e finas. Invejava as mãos pequenas de Charles, sua tez, o frescor e a delicadeza de seus traços. Enfim, se uma imagem pode resumir as impressões que o jovem elegante causou numa moça ignorante, que passara a vida a consertar meias, a remendar o guarda-roupa do pai, vida que se escoara debaixo daqueles painéis imundos, sem ver naquela rua silenciosa mais que um transeunte por hora, diremos que a imagem do primo fez nascer em seu coração as emoções da sutil volúpia causada nos jovens pelas fantásticas figuras de mulheres desenhadas por Westall nos *keepsake* ingleses e gravadas pelos Finden[28] com um buril tão hábil, que tememos, soprando o velino, fazer aquelas aparições celestes alçar voo. Charles tirou do bolso um lenço bordado pela grande dama

27. *Le Moniteur* era um jornal. A *Encyclopédie méthodique* era uma obra com mais de duzentos volumes. (N.T.)

28. Westall, Richard (1765-1836), pintor e gravurista inglês. Finden, William (1787-1852) e Edward-Francis (1791-1857), gravuristas ingleses. O *keepsake* era uma espécie de álbum dado como recordação. (N.T.)

que viajava pela Escócia. Ao ver aquele belo trabalho feito com amor durante as horas roubadas ao amor, Eugénie olhou o primo para descobrir se ele realmente ia usá-lo. As maneiras e os gestos de Charles, o modo como segurava o lornhão, sua impertinência afetada, seu desprezo pelo estojo que ainda há pouco dera tanto prazer à rica herdeira – estojo que ele, evidentemente, achava sem valor ou ridículo –, tudo, enfim, que chocava os Cruchots e os Des Grassins agradava-lhe muitíssimo, de tal modo que, antes de adormecer, houve de sonhar durante muito tempo com aquele primo fênix.

Os números iam sendo sorteados bem devagar, mas logo a víspora parou. A Grande Nanon entrou e disse em voz alta:

– Patroa, vai precisar me dar lençóis para fazer a cama desse senhor.

A sra. Grandet saiu com Nanon. A sra. Des Grassins disse então em voz baixa:

– Vamos guardar o dinheiro e acabar com a víspora.

Cada um pegou de volta seus dois soldos no velho pratinho desbeiçado onde os tinham posto; depois, o grupo mexeu-se em massa e fez um giro de noventa graus em direção ao fogo.

– Pararam? – perguntou Grandet sem largar a carta.

– Paramos, sim – respondeu a sra. Des Grassins tomando assento perto de Charles.

Eugénie, movida por um daqueles pensamentos que nascem no coração das moças quando neles se aloja pela primeira vez um sentimento, saiu da sala e foi ajudar a mãe e Nanon. Se interrogada por algum confessor hábil, certamente teria confessado que não estava pensando na mãe nem em Nanon, mas que estava sendo apoquentada pelo pungente desejo de inspecionar o quarto do primo, cuidar do primo, remediar algum descuido, prever tudo, para tornar aquele quarto o mais elegante e asseado possível. Eugénie já acreditava ser a única capaz de entender os gostos e as ideias do primo. De fato, felizmente chegou a tempo de provar à mãe e a Nanon, que já voltavam crentes de terem feito tudo, que tudo estava por fazer. Deu à Grande Nanon a ideia de passar o ferro com brasas sobre os lençóis; cobriu pessoalmente a velha mesa com um centrinho e recomendou bem a Nanon que o trocasse todas as manhãs. Convenceu a mãe da necessidade de acender um bom fogo na lareira e ordenou a Nanon que trouxesse de baixo, sem dizer nada ao pai, um bom monte de lenha para o corredor. Foi correndo buscar numa das cantoneiras da sala uma bandeja de velha laca, herança do finado velho sr. La Bertellière, e aproveitou para pegar também um copo de cristal de seis faces, uma colherinha desdourada, uma garrafa antiga, com cupidos gravados, e pôs tudo, triunfante, num canto da lareira. Em quinze minutos haviam-lhe ocorrido mais ideias do que desde que viera ao mundo.

– Mamãe – disse ela –, meu primo jamais vai suportar o cheiro de vela de sebo. E se comprássemos velas de cera?... – E foi, ligeira como um pássaro, tirar da bolsa o escudo de cem soldos recebido para as despesas do mês.

– Tome, Nanon – disse –, vá correndo.

– Mas, o que seu pai vai dizer?

Essa objeção terrível foi feita pela sra. Grandet, ao ver a filha armada de um açucareiro de porcelana antiga de Sèvres, trazido do castelo de Froidfond por Grandet.

– Onde vai buscar açúcar? Está louca?

– Mamãe, Nanon vai comprar açúcar e vela de cera.

– Mas e seu pai?

– E fica bem o sobrinho dele não poder beber um copo de água com açúcar? Aliás, ele nem vai fazer caso.

– Seu pai vê tudo – disse a sra. Grandet balançando a cabeça. Nanon estava hesitante, conhecia o patrão.

– Vai logo, Nanon, já que hoje é meu aniversário!

Nanon soltou uma gargalhada ao ouvir o primeiro gracejo feito na vida pela patroazinha, e obedeceu. Enquanto Eugénie e a mãe se esforçavam por embelezar o quarto destinado por Grandet ao sobrinho, Charles ia sendo objeto das atenções da sra. Des Grassins, que lhe fazia faceirices.

– O senhor é bem corajoso – dizia ela – de largar os prazeres da capital no inverno e vir morar em Saumur. Mas, se não o assustamos demais, o senhor verá que ainda é possível divertir-se por aqui.

E lançou-lhe um olhar significativo, típico da província, no qual, por hábito, as mulheres põem tanta reserva e prudência, que acabam por comunicar-lhe a gulosa concupiscência dos eclesiásticos, para quem todo prazer parece roubo ou pecado. Charles estava tão desajustado naquela sala, tão longe do imenso castelo e da vida luxuosa que supunha para o tio, que, olhando atentamente para a sra. Des Grassins, percebeu, afinal, uma imagem semiapagada dos rostos parisienses. Respondeu com graça àquela espécie de convite que lhe faziam e deu início, com naturalidade, a uma conversação na qual a sra. Des Grassins foi baixando gradualmente a voz, para harmonizá-la com a natureza de suas confidências. Havia nela e em Charles uma mesma necessidade de confiança. Por isso, depois de alguns momentos de conversa galante e gracejos sérios, a esperta provinciana conseguiu dizer-lhe, acreditando não ser ouvida pelo outros, que falavam sobre a venda de vinhos, assunto do momento de todo habitante de Saumur:

– Se nos der a honra de nos visitar, dará muito prazer a meu marido e a mim. Nosso salão é o único em Saumur onde é possível encontrar, reunidos, o alto comércio e a nobreza: pertencemos às duas sociedades, que só querem encontrar-se lá, porque lá é possível divertir-se. Meu marido, digo com orgulho, goza da consideração de ambas. Por isso, vamos procurar distraí-lo, para amenizar o tédio de sua estada aqui. Se o senhor ficar nesta casa, qual será o seu fim, meu Deus! Seu tio é um sovina que só pensa em mergulhões, sua tia é uma devota que não sabe costurar duas ideias, e sua prima é uma tolinha, sem distinção, comum, sem dote, que passa a vida remendando trapos.

"Essa mulher é fina", pensou Charles Grandet em resposta às denguices da sra. Des Grassins.

– Querida, parece que você está querendo monopolizar o cavalheiro – disse rindo o gordo e grande banqueiro. Ao ouvirem a observação, notário e juiz proferiram palavras mais ou menos maliciosas; mas o padre os olhou com ar finório e resumiu seus pensamentos enquanto aspirava uma pitada de rapé e oferecia a tabaqueira ao círculo:

– Quem melhor que madame para fazer ao cavalheiro as honras de Saumur?

– Ora essa! O que está querendo dizer, padre? – perguntou o sr. Des Grassins.

– Cavalheiro, estou dizendo isso no sentido mais favorável para o senhor, para madame, para a cidade de Saumur e para o cavalheiro – acrescentou o velho astuto, voltando-se para Charles.

Sem parecer estar prestando atenção, o padre Cruchot havia adivinhado a conversa entre Charles e a sra. Des Grassins.

– Cavalheiro – disse por fim Adolphe a Charles, com um jeito que ele esperava ser despreocupado –, não sei se guarda alguma lembrança de mim; tive o prazer de ser seu *vis-à-vis* num baile oferecido pelo sr. barão de Nucingen, e...

– Perfeitamente, cavalheiro, perfeitamente – respondeu Charles –, surpreso por se ver alvo das atenções de todos.

– O cavalheiro é seu filho? – perguntou à sra. Des Grassins.

O padre olhou para a mãe com malícia.

– Sim, senhor – disse ela.

– O senhor então foi bem jovem para Paris? – disse Charles a Adolphe.

– E como não, cavalheiro! – disse o padre. – Assim que desmamam, nós os mandamos para Babilônia.

A sra. Des Grassins interrogou o padre com um olhar espantosamente profundo.

– É preciso vir à província – continuou o padre – para encontrar mulheres de trinta e poucos anos assim novas como madame, mesmo tendo filhos que em breve se formarão em Direito. Lembro-me como se fosse hoje de quando os jovens e as senhoras subiam nas cadeiras para vê-la dançar – acrescentou o padre voltando-se para seu adversário de saias. – Para mim, é como se esses seus feitos tivessem ocorrido ontem...

"Ai! Esse velho bandido!", pensava a sra. Des Grassins, "Será que adivinhou tudo?"

"Parece que vou ter muito sucesso em Saumur", pensava Charles desabotoando a sobrecasaca, enfiando a mão no colete e lançando um olhar vago pelo espaço, para imitar a pose de lorde Byron retratado por Chantrey[29].

A desatenção do tio Grandet, ou melhor, a preocupação em que estava mergulhado com a leitura da carta, não escapou ao notário nem ao juiz, que tentavam conjeturar seu conteúdo pelos imperceptíveis movimentos do rosto do velhote, então bem-iluminado pela vela. O vinhateiro mantinha com dificuldade a calma habitual da fisionomia. Aliás, qualquer um poderia imaginar a fingida compostura daquele homem enquanto lia esta carta fatal:

> Caro irmão, já faz 23 anos que não nos vemos. Meu casamento deu ensejo a nosso último encontro, e depois dele nos afastamos, ambos alegres. Na verdade, eu não podia prever que você seria um dia o único sustentáculo da família, cuja prosperidade você então auspiciava. Quando esta carta estiver em suas mãos, já não existirei. Na posição em que estava, não quis sobreviver à vergonha de uma falência. Segurei-me à beira do abismo até o último instante, esperando salvar-me. Mas é preciso cair. A bancarrota de meu agente de câmbio e de meu notário Rognin[30], juntas, sugam-me os últimos recursos e nada me deixam. Sofro por dever quase quatro milhões e não poder pagar mais de 125 por cento de ativo. Os vinhos que tenho no estoque enfrentam neste momento a baixa ruinosa causada pela abundância e pela qualidade de suas colheitas, meu irmão. Daqui a três dias, Paris estará

29. Chantrey, Francis Legatt (1781-1842), pintor e escultor inglês. (N.T.)

30. Rognin, personagem fictício de Balzac. (N.T.)

dizendo: "O sr. Grandet era um safado!". E eu, que sou honesto, serei enterrado numa mortalha de infâmia. Privo meu filho de um nome, que maculo, e da fortuna da mãe. Ele não sabe de nada, pobre menino que idolatro. Nós nos despedimos com afeição. Felizmente, ele não sabia que minhas últimas vagas de vida se derramavam naquele adeus. Um dia me amaldiçoará, quem sabe. Irmão, irmão, a maldição de um filho é coisa medonha; eles podem apelar diante da nossa, mas a deles é irrevogável.

Grandet, você é o mais velho, deve-me proteção: não permita que Charles diga palavras de rancor sobre meu túmulo! Meu irmão, se estivesse escrevendo com sangue e lágrimas, não seria tão grande a dor que ponho nesta carta; pois estaria chorando, sangrando, morrendo, e já não sofreria; mas estou sofrendo e olhando a morte com olhos secos. Você agora é pai de Charles! Ele não tem parentes do lado materno, você sabe por quê. Por que não fiz caso dos preconceitos sociais? Por que cedi ao amor? Por que me casei com a filha natural de um nobre? Charles já não tem família. Pobre filho! Meu filho! Ouça, Grandet, não imploro nada para mim; aliás, os bens que você possui talvez não sejam tão consideráveis a ponto de suportar uma hipoteca de três milhões; imploro por meu filho! Fique sabendo, meu irmão, que minhas mãos suplicantes se unem quando penso em você. Grandet, morrendo, confio-lhe Charles. Enfim, olho para as pistolas sem sofrer, pensando que você lhe servirá de pai. Charles me amava muito; eu era tão bom para ele, nunca o contrariava: não me amaldiçoará. Aliás, você vai ver; ele é dócil, puxou da mãe, nunca lhe causará desgosto. Pobre menino! Acostumado aos prazeres do luxo, não conhece nenhuma das privações às quais nós dois fomos condenados por nossa primeira miséria... Agora está arruinado e sozinho. Sim, todos os amigos fugirão dele, e a causa dessa humilhação serei eu. Ah! Gostaria de ter braços fortes o bastante para, com um só impulso, mandá-lo para o céu, para junto da mãe. Loucura! Volto à minha desgraça, à de Charles. Mandei-o aí para que você o informe com jeito de minha morte e seu futuro. Seja um pai para ele, mas um bom pai. Não o arranque de chofre da vida ociosa: isso o mataria. Peço a ele de joelhos que renuncie aos direitos que, na qualidade de herdeiro da mãe, poderia exigir de mim. Mas é um pedido supérfluo; ele é honrado e perceberão que não deve unir-se a meus credores. Faça-o renunciar à minha sucessão em tempo hábil. Revele-lhe as duras condições da vida em que o ponho; e, se ele ainda tiver afeição por mim, diga-lhe em meu nome que nem tudo está perdido para ele. Porque o trabalho, que nos salvou a ambos, poderá devolver-lhe a fortuna que lhe arrebato; e, se ele quiser ouvir o conselho de um pai, que por ele sairia do túmulo, que se vá, que vá para as Índias. Meu irmão, Charles é um jovem probo e corajoso: prepare-lhe uma pacotilha, ele preferiria morrer a deixar de reembolsar o primeiro capital que você lhe emprestasse; sei que fará esse empréstimo, Grandet! Caso contrário, terá remorsos. Ah! Se meu filho não encontrasse socorro nem afeição em você, eu pediria eternamente que Deus castigasse sua dureza. Se eu tivesse conseguido salvar alguns valores, teria o direito de transferir para Charles alguma coisa por conta do patrimônio da mãe; mas os pagamentos do fim do mês absorveram todos os meus recursos. Não gostaria de morrer na dúvida sobre o destino de meu filho; gostaria de sentir santas promessas no calor de sua mão de irmão, que me aqueceria; mas falta-me tempo. Enquanto Charles viaja, sou obrigado a fazer o balanço. Tentarei provar, pela boa-fé que rege meus negócios, que na minha derrocada não há culpa nem improbidade. Com isso não estarei cuidando de Charles? Adeus, meu irmão. Que Deus o cubra de bênçãos pela generosa tutela que lhe confio, que você aceitará, não duvido. Haverá sempre uma voz a rogar por você no mundo para onde deveremos ir todos um dia, onde já estou.

VICTOR-ANGE-GUILLAUME GRANDET.

– Estão conversando? – disse o tio Grandet dobrando a carta com exatidão, nas mesmas dobras, e pondo-a no bolso do colete. Olhou para o sobrinho com um jeito humilde e tímido, sob o qual escondia suas emoções e seus cálculos.

– Estão aquecidos?

– Muito, querido tio.

– Ah, bom! E onde estão nossas mulheres? – perguntou o tio, já esquecido de que o sobrinho dormiria em sua casa. Naquele momento Eugénie e a sra. Grandet voltavam.

– Está tudo arrumado lá em cima? – perguntou o velhote recobrando a calma.

– Está, papai.

– Muito bem! Sobrinho, se estiver cansado, Nanon pode levá-lo até seu quarto. Claro que não será um apartamento de *peralvilho*! Mas o menino há de desculpar os pobres vinhateiros que nunca têm um tostão. Os impostos nos sugam tudo.

– Não queremos ser indiscretos, Grandet – disse o banqueiro. – Você pode precisar conversar com seu sobrinho, desejamos uma boa noite. Até amanhã.

Dito isso, o grupo levantou-se, e cada um fez a reverência de acordo com seu caráter. O velho notário foi pegar a lanterna atrás da porta e voltou para acendê-la, oferecendo-se aos Des Grassins para acompanhá-los. A sra. Des Grassins não previra o incidente que encerraria prematuramente a noitada, e seu doméstico ainda não tinha chegado.

– Dá-me a honra de aceitar meu braço, senhora? – disse o padre Cruchot à sra. Des Grassins.

– Obrigada, padre. Tenho meu filho – respondeu ela secamente.

– As senhoras não se comprometem a meu lado – disse o padre.

– Ora, dê o braço ao sr. Cruchot – disse-lhe o marido. O padre conduziu a bela dama com bastante rapidez, para ficarem alguns passos à frente da comitiva.

– Bonito rapaz – disse ele apertando-lhe o braço. – *Cala-te cesto, já não vais à vindima!* Precisamos nos despedir da srta. Grandet, Eugénie ficará com o parisiense. A menos que o priminho esteja de amores com alguma parisiense, seu filho Adolphe terá nele o rival mais...

– Não se preocupe, senhor padre. Esse rapaz não vai demorar a perceber que Eugénie é uma simplória, uma moça sem vida. Prestou atenção nela? Hoje estava amarela como um marmelo.

– A senhora já deve ter chamado a atenção do primo para isso.

– E não me custou nada...

– Fique sempre perto de Eugénie, minha senhora, e não será preciso falar muito mal da prima àquele rapaz, ele mesmo fará comparações que...

– Aliás, ele prometeu ir jantar depois de amanhã em minha casa.

– Ah! Se a senhora quisesse... – disse o padre.

– E o que o senhor padre quer que eu queira? Está querendo dar-me maus conselhos? Não cheguei à idade de 39 anos com uma reputação imaculada, graças a Deus, para comprometê-la, nem que fosse pelo império do Grão-Mogol[31]. Nós dois estamos numa idade na qual se conhece o peso das palavras. Para um eclesiástico, o senhor tem ideias bem descabidas. Fora! Isso é digno de *Faublas*[32].

---

31. Império de origem mulçumana fundado em 1526 pelo príncipe Babur, descendente de Tamerlão e Gêngis Khan, na Índia, na fértil região do vale dos rios Indo e Ganges. Durou até 1707. (N.E.)

32. *Les amours du chevalier de Faublas* [Os amores do cavaleiro de Faublas], de Louvet de Couvray (1760-1797), obra vista como exemplo de literatura libertina. (N.T.)

– Então a senhora leu *Faublas?*

– Não, padre, eu queria dizer *As relações perigosas*.[33]

– Ah! Esse livro, sim, é infinitamente mais moral – disse rindo o padre. – Mas a senhora faz de mim um ser tão perverso quanto qualquer jovem de hoje em dia. Eu simplesmente queria que a senhora...

– E ainda ousa dizer que não estava pensando em me aconselhar coisas feias. Mas não ficou claro? Aquele rapaz, que é muito bonito, concordo, se me cortejasse, deixaria de pensar na prima. Sei que em Paris algumas boas mães se devotam assim à felicidade e à riqueza dos filhos; mas estamos na província, padre.

– É verdade, minha senhora.

– E – retomou ela – eu não iria querer, tampouco Adolphe, nem cem milhões comprados por esse preço...

– Minha senhora, eu não falei em cem milhões. Nesse caso a tentação talvez fosse superior às nossas forças, suas e minhas. Só acho que uma mulher honesta pode permitir-se, sem más intenções, de forma alguma, pequenos galanteios sem consequência, que fazem parte de seus deveres em sociedade, e que...

– O senhor acha?

– Por acaso não é nosso dever mostrar-nos agradáveis com os outros... Dê licença de assoar o nariz. Garanto, senhora – continuou – que ele a observava com um olhar um pouco mais lisonjeiro do que o olhar que me dirigia; mas eu o desculpo por preferir homenagear a beleza à velhice...

– Está claro – dizia o juiz com seu vozeirão – que o sr. Grandet de Paris está mandando o filho a Saumur com intenções absolutamente casamenteiras...

– Mas, nesse caso, o primo não teria caído como uma bomba – respondeu o notário.

33. *Les liaisons dangereuses*, romance epistolar de Chordelos de Laclos (1741-1803), em que o amor é representado de forma cínica e perversa, em meio a tramas imorais. Em português, o título foi traduzido de duas maneiras: *Ligações perigosas* e *As relações perigosas* (este último, adotado por Drummond). (N.T.)

– Isso não quer dizer nada – disse o sr. Des Grassins –, o bom Grandet é *manhoso.*

– Des Grassins, meu amigo, eu o convidei para jantar, o rapaz. Você precisa convidar o casal Larsonnière, e os du Hautoy, com a bela senhorita du Hautoy, claro; contanto que se arrume bem nesse dia! Por ciúme, a mãe a veste tão mal! Senhores, conto com a honra de sua presença – acrescentou ela, parando o cortejo para se dirigir aos dois Cruchots.

– Já está em casa, senhora – disse o notário.

Depois de cumprimentarem os três Des Grassins, os três Cruchots se dirigiram para casa, valendo-se do gênio analítico que têm os provincianos para estudar em todas as suas facetas o grande acontecimento daquela noite, que mudava as posições respectivas de cruchotinos e grassinistas. O admirável bom-senso que dirigia as ações daqueles grandes calculistas levou-os a sentir a necessidade de uma aliança temporária contra o inimigo comum. Não deveriam eles, mutuamente, impedir Eugénie de amar o primo, e Charles de pensar na prima? O parisiense conseguiria resistir às insinuações pérfidas, às calúnias adocicadas, às maledicências elogiosas, às denegações ingênuas que passariam a girar constantemente em torno dele para enganá-lo?

Quando os quatro parentes ficaram sós na sala, o sr. Grandet disse ao sobrinho:

– Está na hora de dormir. É tarde demais para falarmos dos assuntos que o trouxeram aqui, amanhã trataremos disso em momento oportuno. Aqui, almoçamos às oito horas. Ao meio-dia, comemos uma fruta, beliscamos um pedaço de pão em pé e tomamos um copo de vinho branco; depois, jantamos às cinco, como os parisienses. Essa é a ordem da casa. Se quiser conhecer a cidade ou os arredores, sinta-se livre como um pássaro. Peço-lhe que me desculpe, se meus negócios nem sempre me permitirem acompanhá-lo. O senhor ouvirá, talvez, de todos da cidade, que sou rico: sr. Grandet daqui, sr. Grandet de lá! Deixo que falem, essas tagarelices não me desabonam. Mas não tenho um tostão, e, com a idade que tenho, trabalho como um operário jovem, que só tem por bens uma raspilha ruim e dois braços bons. O senhor talvez logo venha a saber quanto custa um escudo ganho com o suor. Vamos, Nanon, as velas!

– Sobrinho, espero que encontre tudo de que precise – disse a sra. Grandet –, mas, se sentir falta de alguma coisa, pode chamar Nanon.

– Querida tia, seria difícil, trouxe todas as minhas coisas, acredito! Permita-me desejar-lhe uma boa noite, à senhora e à minha priminha.

Charles tomou das mãos de Nanon uma vela de cera acesa, uma vela de Anjou, de tom bem amarelo, envelhecida na mercearia, tão parecida com a vela de sebo, que o sr. Grandet, incapaz de desconfiar da existência dela na casa, não se apercebeu daquela magnificência.

– Mostro o caminho – disse o velhote.

Em vez de sair pela porta da sala que dava para a abóbada, Grandet fez o obséquio de passar pelo corredor que separava a sala da cozinha. Uma porta de vaivém, munida de grande abertura oval envidraçada, fechava o corredor ao lado da escada, para servir de anteparo ao frio que por ela se engolfava. Mas, no inverno, nem por isso a nortada deixava de soprar por ele com toda a força, e, apesar das almofadinhas colocadas nas portas da sala, ali o calor mal se mantinha em grau conveniente. Nanon foi pôr a tranca na porta principal, fechou a sala e soltou na cavalariça um cão-pastor que tinha voz rouca, como se sofresse de laringite. O animal, de notável ferocidade, só reconhecia Nanon. As duas criaturas campestres entendiam-se. Quando Charles viu as paredes amareladas e tisnadas do vão da escadaria, o corrimão carunchoso e os degraus que tremiam sob as passadas pesadas do tio, sua decepção foi-se *rinforzando*. Tinha a impressão de estar num poleiro. A tia e a prima, para as quais ele se voltou, tentando ler seus semblantes, estavam tão acostumadas àquelas escadas, que, não percebendo a causa de seu espanto, tomaram-no por expressão amistosa e responderam com um sorriso gentil, que o deixou desesperado. "Que diabo meu pai me mandou fazer aqui?", pensava. Chegando ao primeiro patamar, distinguiu três portas pintadas de vermelho-etrusco e sem alizares, portas perdidas na muralha empoeirada e guarnecidas de barras de ferro aparafusadas, aparentes, terminadas em ornatos chamejantes, como os que havia em cada extremidade do longo espelho da fechadura. Uma das portas, que ficava no alto da escadaria e dava para o aposento situado acima da cozinha, estava evidentemente murada. Só pelo quarto de Grandet se entrava no aposento, que lhe servia de gabinete. A única janela que o iluminava era protegida, pelo lado do pátio, por uma grade de ferro de enormes barras. Ninguém, nem mesmo a sra. Grandet, tinha permissão para entrar lá, onde o bom Grandet queria ficar só como um alquimista em seu laboratório. Lá, certamente, havia sido habilmente criado algum esconderijo, lá estavam armazenados os títulos de propriedade, lá pendiam as balanças para pesar luíses, lá eram feitos, na calada da noite e em segredo, quitações, recibos, cálculos; de tal modo que os homens de negócios, vendo Grandet sempre pronto para tudo, imaginariam que ele tinha a seu serviço alguma fada ou algum demônio. Lá, certamente, enquanto o ronco de Nanon estremecia o chão, enquanto o cão pastor vigiava e bocejava no pátio, enquanto a sra. e a srta. Grandet dormiam profundamente, o velho toneleiro ia acariciar, acalentar, alentar, apascentar seu ouro. As paredes eram espessas, os contraventos, discretos. Só ele tinha a chave daquele laboratório, onde, diziam, consultava plantas nas quais estavam indicadas suas árvores frutíferas e ele calculava sua produção com a precisão de um mergulhão, de um graveto. A entrada do quarto de Eugénie ficava defronte a essa porta murada. Depois, no fim do patamar, ficava o apartamento do casal, que abrangia toda a frente da casa. A sra. Grandet tinha um quarto contíguo ao de Eugénie, no qual se entrava por uma porta envidraçada. O quarto do dono da casa era separado do da mulher por um tabique, e do misterioso gabinete, por uma parede espessa. O tio Grandet acomodara o sobrinho no segundo andar, na mansarda situada acima de seu quarto, de modo que pudesse ouvi-lo, se lhe desse na veneta ficar indo e vindo. Quando Eugénie e a mãe chegaram ao meio do patamar, deram-se o beijo de boa-noite; depois de dizerem a Charles algumas palavras de despedida – frias nos lábios, mas decerto calorosas no coração da moça –, entraram em seus aposentos.

– Este é seu quarto, sobrinho – disse Grandet a Charles, abrindo-lhe a porta. – Se precisar sair, chame Nanon. Se não, seu criado! O cachorro o devoraria sem aviso prévio. Durma bem. Boa noite. Ora! Ora! As mulheres acenderam o fogo – retomou.

Naquele momento, a Grande Nanon apareceu, armada de um rescaldeiro.

– Mais essa agora! – disse o sr. Grandet. – Estão achando que meu sobrinho é uma parturiente? Leve suas brasas embora, Nanon.

– Mas, patrão, os lençóis estão úmidos, e esse senhor é delicado mesmo, como mulher.

– Está bem, vá lá, já que pôs isso na cabeça – disse Grandet empurrando-a pelos ombros –, mas cuidado para não incendiar as coisas.

E o avarento desceu, resmungando palavras vagas.

Charles ficou estupefato no meio das malas. Depois de passear o olhar pelas paredes da mansarda forrada de papel amarelo com buquês de flores, daqueles que costumam revestir bodegas, pela chaminé de pedra calcária canelada, que só de olhar dava frio, pelas cadeiras de madeira amarela guarnecidas de junco envernizado, que pareciam ter mais de quatro quinas, pela mesa de cabeceira aberta, na qual caberia um sargentinho da infantaria ligeira, pelo tapete ralo de pano grosseiro, posto debaixo de um leito de dossel cujas espaldeiras tremiam como se estivessem para cair, corroídas pelas traças, olhou sério para a Grande Nanon e disse:

– Afinal, moça! Estou mesmo em casa do sr. Grandet, ex-prefeito de Saumur, irmão do sr. Grandet de Paris?

– Sim, senhor, em casa do mais amável, bondoso e perfeito senhor. Precisa de ajuda para desfazer as malas?

– Claro que sim, velho guerreiro! Por acaso já serviu na Marinha Imperial?

– Oh! oh! oh! oh! – disse Nanon. – O que que é isso, marinha imperial? É salgado? Anda na água?

– Tome, procure meu roupão que esta nesta mala. Pegue a chave.

Nanon ficou maravilhada quando viu o roupão de seda verde com flores douradas e desenhos antigos.

– O senhor usa isso para dormir? – perguntou.

– Sim.

– Nossa Senhora! Que frontal de altar lindo que isto seria! Meu senhorzinho, por que não dá isto para a igreja? Assim salvaria a alma, do contrário ela vai se danar. Ai! Como está bonito! Vou chamar a patroazinha pra ver.

– Que é isso, Nanon, por favor, quer ficar quieta! Quero dormir, arrumo as coisas amanhã; e, se gosta tanto do meu roupão, vai salvar sua alma. Sou muito bom-cristão para negá-lo; quando eu for embora, você vai poder fazer o que quiser com ele.

Nanon ficou ali plantada, contemplando Charles, sem poder acreditar em suas palavras.

– Me dar esse enfeite lindo! – disse, saindo. – Já está é sonhando. Boa noite.

– Boa noite, Nanon.

"O que é que eu vim fazer aqui?", pensou Charles adormecendo. "Meu pai não é tolo, minha viagem deve ter algum objetivo. Psiu! Deixe os assuntos sérios para amanhã, dizia algum grego palerma."

"Santa Maria! Como meu primo é bonito", pensou Eugénie interrompendo suas orações, que naquela noite não foram concluídas.

A sra. Grandet não teve nenhum pensamento quando se deitou. Pela porta de comunicação que ficava no meio do tabique, ouvia o avarento passear pelo seu quarto. Como fazem todas as mulheres tímidas, ela havia estudado o caráter de seu senhor. Assim como a gaivota prevê a tempestade, ela tinha pressentido, por sinais imperceptíveis, a tormenta interior que agitava Grandet, e, para empregar a expressão que ela costumava usar, fingia-se de morta. Grandet olhava para a porta forrada de metal por dentro, que mandara pôr no gabinete, e pensava: "Que ideia esquisita a de meu irmão, legar-me o filho! Bela herança! Não tenho vinte escudos para dar. Mas o que são vinte escudos para esse *peralvilho* que observava meu barômetro como se quisesse jogá-lo no fogo?".

Pensando nas consequências daquele testamento doloroso, Grandet estava, talvez, mais agitado do que o irmão, quando o escreveu.

"Será que vou ganhar aquele roupão dourado?...", pensava Nanon, que adormeceu vestida de frontal de altar, sonhando com flores, tafetás, damascos, pela primeira vez na vida, assim como Eugénie sonhava com o amor.

Na vida pura e monótona das moças, chega uma hora deliciosa em que o sol lhes espalha os raios na alma, em que a flor lhes exprime pensamentos, em que as palpitações do coração comunicam ao cérebro sua fecundidade quente e fundem as ideias em vago desejo; dia de inocente melancolia e suave alegria! Quando as crianças começam a enxergar, sorriem; quando a moça entrevê o sentimento da natureza, sorri como sorria quando criança. Se a luz é o primeiro amor da vida, o amor não é a luz do coração? Para Eugénie, chegara a hora de enxergar com clareza as coisas deste mundo. Madrugadora como todas as moças da província, levantou-se cedo, fez sua oração e deu início à sua toalete, ocupação que agora passava a ter sentido. Primeiro penteou os cabelos castanhos, torceu as tranças no alto da cabeça com o maior cuidado, para evitar que os cabelos escapassem, e deu ao penteado uma simetria que realçou a tímida candura de seu rosto, harmonizando a simplicidade dos acessórios à inocência das linhas. Lavando várias vezes as mãos numa água pura que lhe enrijecia e enrubescia a pele, olhou para seus belos braços roliços, perguntando-se o que seu primo faria para ter mãos tão brancas e macias, unhas tão cuidadas. Pôs meias novas e os sapatos mais bonitos. Amarrou bem o espartilho, sem deixar escapar nenhum ilhó. Por fim, desejando pela primeira vez na vida parecer bonita, percebeu a felicidade de ter um vestido novo, benfeito e que a tornasse atraente. Quando terminou de se arrumar, ouviu soar o relógio do campanário e surpreendeu-se ao contar apenas sete horas. Era tanta a vontade de ter tempo para vestir-se bem que se levantara cedo demais. Ignorando a arte de compor dez vezes o mesmo cacho de cabelos e de estudar seu efeito, Eugénie simplesmente cruzou os braços, sentou-se à janela, contemplou o pátio, o jardim estreito e os terraços altos que o dominavam: vista melancólica, limitada, mas não desprovida das misteriosas belezas peculiares aos lugares solitários ou à natureza inculta. Junto à cozinha havia um poço cercado por um bocal, e à sua roldana, suspensa de um braço de ferro curvo, abraçava-se uma gavinha com folhas emurchecidas, enrubescidas, ressequidas pela estação. Dali, o tortuoso sarmento subia pelo muro, prendia-se a ele e corria ao longo da casa, para terminar sobre um depósito de lenha, que tinha as achas arrumadas com a exatidão dos livros de um bibliófilo. O chão do pátio ostentava os tons negruscos produzidos ao longo do tempo pelo musgo, pela relva, pela falta de movimento. Os muros espessos ostentavam um revestimento verde, ondeado por longas estrias castanhas. Por fim, os oito degraus que reinavam no fundo do pátio e levavam à porta do jardim estavam desconjuntados e enterrados sob plantas altas, como o túmulo de algum cavaleiro enterrado pela viúva no tempo das cruzadas. Acima de uma fileira de pedras desgastadas erguia-se uma grade de madeira apodrecida, meio caída de velhice, mas com a qual se casavam trepadeiras ao sabor do capricho. De cada lado da porta gradeada avançavam os ramos tortuosos de duas macieiras enfezadas. Três aleias paralelas, cobertas de cascalho e separadas por canteiros cercados por uma orla de buxo, compunham aquele jardim que terminava, embaixo da sacada, por um grupo de tílias. Numa ponta, framboeseiras; noutra, uma imensa nogueira que inclinava os ramos até o gabinete do toneleiro. Um dia límpido e sol bonito dos outonos naturais às margens do Loire começavam a dissipar a velatura impressa pela noite nos pitorescos objetos, nos muros, nas plantas que ornavam o pomar e o pátio. Eugénie descobriu novíssimos encantos no aspecto daquelas coisas, antes tão comuns para ela. Mil pensamentos confusos nasciam-lhe na alma, crescendo à medida que cresciam fora os raios de sol. Por fim, teve a sensação de prazer vago, inexplicável, que envolve o ser espiritual, tal como uma nuvem envolveria o ser físico. Suas reflexões afinavam-se com os detalhes daquela paisagem singular, e as harmonias de seu coração criaram uma aliança com as harmonias da natureza. Quando o sol atingiu um pedaço do muro de onde pendiam cabelos-de-vênus com folhas espessas e cores cambiantes, como as do pescoço dos pombos, celestes raios de esperança iluminaram o futuro para Eugénie, que agora tinha prazer em olhar para aquele pedaço de muro, para suas flores pálidas, as campainhas azuis e a relva descorada, às quais se mesclou uma lembrança terna, como as da infância. O rumor que cada folha produzia naquele pátio sonoro, quando se despegava do ramo, era resposta às secretas interrogações da jovem, que teria ficado lá o dia todo, sem se aperceber da fuga das horas. Depois, vieram tumultuosas agitações da alma. Levantou-se bruscamente e foi até o espelho, mirando-se como um autor bem-intencionado contempla a própria obra para se criticar, para se injuriar.

"Não sou bastante bonita para ele." Era esse o pensamento de Eugénie, pensamento humilde e prenhe de sofrimentos. A pobre moça não se fazia justiça; mas a modéstia, ou melhor, o temor, é uma das primeiras virtudes do amor. Eugénie pertencia ao tipo de juventude de compleição robusta, como ocorre na pequena burguesia, cuja beleza parece vulgar; mas, mesmo se parecendo com a Vênus de Milo, suas formas eram enobrecidas pela suavidade do sentimento cristão que purifica a mulher e lhe dá uma distinção desconhecida pelos escultores antigos. Tinha a cabeça enorme; a testa era masculina, mas delicada como a do Júpiter de Fídias; nos olhos cinzentos, sua vida casta se despejava inteira, imprimindo uma luz borbulhante. Os traços de seu rosto redondo, outrora fresco e rosado, haviam sido espessados por uma varíola clemente o bastante para não deixar vestígios: destruíra-lhe o veludoso da pele, mas esta ainda era tão suave e fina que o beijo puro da mãe deixava uma marca vermelha passageira. O nariz era um tanto forte, mas harmonizava-se com a boca vermelho-mínio, cujos lábios vincados eram cheios de amor e bondade. O pescoço era de um redondo perfeito. O busto proeminente, cuidadosamente coberto, atraía o olhar e fazia sonhar; decerto faltava um pouco da graça que vem do modo de vestir-se, mas, para os conhecedores, a falta de flexibilidade da alta estatura era motivo de encantamento. Eugénie, alta e robusta, não tinha a beleza que agrada as multidões; mas era formosa, tinha a formosura que passa facilmente despercebida, que apaixona só os artistas. O pintor que procurasse neste mundo um modelo com a pureza celestial de Maria, que pedisse a toda a natureza feminina os olhos modestamente altivos, adivinhados por Rafael, as linhas virginais tantas vezes criadas pelo acaso da concepção, mas que só a vida cristã e pudica pode conservar ou angariar, esse pintor, apaixonado por tão raro modelo, teria descoberto de repente, no rosto de Eugénie, a nobreza inata que não se sabe; teria visto por trás da fronte calma um mundo de amor e, no formato dos olhos, no caimento das pálpebras, algo de divino. Seus traços e os contornos da cabeça, nunca até então alterados nem fatigados pela expressão do prazer, lembravam as linhas do horizonte suavemente realçadas na lonjura dos lagos tranquilos. Aquela fisionomia calma, colorida, circundada de luz como bela flor desabrochada, repousava a alma, comunicava o encanto da consciência que nela se refletia e cativava o olhar. Eugénie ainda estava na margem da vida onde florescem as ilusões infantis, onde se colhem margaridas com um prazer mais tarde desconhecido. Por isso pensou a mirar-se, sem saber ainda o que é o amor: "Sou feia demais, ele não vai me notar".

Depois abriu a porta do quarto que dava para a escada e pôs a cabeça para fora tentando ouvir os ruídos da casa.

"Não se levantou", pensou ela, ouvindo a tosse matinal de Nanon, que ia, vinha, varria a sala, acendia o fogo, prendia o cão e falava com seus bichos na cavalariça. Imediatamente Eugénie desceu e foi ter com Nanon, que estava ordenhando a vaca.

– Nanon, querida Nanon, prepare creme para o café de meu primo.

– Mas, patroazinha, precisava ter pensado ontem – disse Nanon, dando uma gargalhada. – Não posso fazer creme. Seu primo é bonito, bonito, bonito mesmo. A senhora não viu ele vestido naquele camisolão de seda e ouro. Eu, sim, vi. Ele trouxe roupa fina, que nem a sobrepeliz do senhor padre.

– Nanon, então faça um bolo.

– E quem vai me dar lenha para o forno, farinha e manteiga? – perguntou Nanon, que na sua qualidade de primeiro-ministro de Grandet às vezes assumia importância enorme aos olhos de Eugénie e de sua mãe. – Agora vamos roubar esse homem para mimar seu primo? A senhora que peça manteiga, farinha e lenha, ele é seu pai, haverá de dar. E lá vem ele, descendo para cuidar do mantimento...

Eugénie fugiu para o jardim, assustada com a vibração da escada sob os passos do pai. Já sentia os efeitos do profundo pudor e da consciência pessoal da felicidade, que nos levam a crer – não sem razão, talvez – que nossos pensamentos vão escritos na testa e saltam aos olhos dos outros. Percebendo, enfim, a fria penúria da casa paterna, a pobre moça sentia uma espécie de despeito por não poder harmonizá-la com a elegância do primo. Sentiu uma necessidade apaixonada de fazer alguma coisa por ele: mas o quê? Não sabia. Ingênua e autêntica, deixava-se guiar por sua natureza angelical sem desconfiar das impressões nem dos sentimentos que tinha. Só o fato de ver o primo despertara nela os pendores naturais da mulher, que haveriam de manifestar-se com grande intensidade porque ela, tendo feito 23 anos, alcançava a plenitude da inteligência e dos desejos. Pela primeira vez, sentiu terror quando viu o pai, percebeu nele o senhor de seu destino e acreditou-se em pecado por lhe ter escondido alguns pensamentos. Começou a andar muito depressa, surpreendendo-se por respirar um ar mais puro, por achar os raios do sol mais vivificantes e por extrair deles um calor moral, uma vida nova. Enquanto buscava um estratagema para conseguir o bolo, nascia entre a Grande Nanon e Grandet uma discussão tão rara quanto as andorinhas no inverno. Com as chaves na mão, o bom Grandet estava chegando para medir os mantimentos necessários ao consumo do dia.

– Sobrou pão de ontem? – perguntou a Nanon.

– Nem uma migalha, patrão.

Grandet pegou um grande pão redondo, bem-enfarinhado, moldado num daqueles cestos achatados que servem para fazer pão em Anjou, e estava para cortá-lo quando Nanon lhe disse:

– Hoje são cinco pessoas, patrão.

– É verdade – respondeu Grandet –, mas esse pão que você faz pesa seis libras, vai sobrar. Aliás, essa rapaziada de Paris... você vai ver, essa gente não come pão.

– Então essa gente vai comer *conduto* – disse Nanon.

Em Anjou, *frippe*, palavra do léxico popular, é o conduto, o que se come com pão, desde manteiga, conduto vulgar, até compota de pêssego, o conduto mais requintado; e todos aqueles que, na infância, lamberam o conduto e largaram o pão haverão de entender o alcance dessa expressão.

– Não – respondeu Grandet –, essa gente não come *conduto* nem pão. Parecem até moças casadoiras.

Por fim, depois de determinar parcimoniosamente o cardápio do dia, o bom Grandet estava indo para a despensa de frutas, fechando já os armários de sua *ucharia*[34], quando Nanon o deteve para dizer:

34. Nome antigo, que designava a despensa em casas abastadas. Balzac utiliza frequentemente palavras em desuso para caracterizar o clima cultural em que viviam suas personagens. (N.T.)

– Patrão, então me dê farinha e manteiga, vou fazer um bolo para as crianças.

– Agora vai saquear a casa por causa de meu sobrinho?

– Eu não estava pensando no seu sobrinho mais do que penso no cachorro, mais do que o senhor mesmo pensa. Mas não é que o senhor *ponhou* aqui só seis pedaços de açúcar, e eu preciso de oito?

– Essa é boa, Nanon, você nunca foi desse jeito. O que é que lhe passa pela cabeça? Por acaso é a patroa aqui? Só dou seis pedaços de açúcar.

– Mas então o seu sobrinho vai adoçar o café com quê?

– Com dois pedaços, e eu fico sem açúcar.

– Sem açúcar, na sua idade! Eu preferia comprar seu açúcar do meu bolso.

– Cuide de sua vida.

Apesar da baixa do preço, para o toneleiro o açúcar era a mais preciosa das mercadorias coloniais, continuava valendo seis francos a libra. A obrigação de economizá-lo, a que se acostumara durante o Império, se transformava no mais indelével de seus hábitos. Todas as mulheres, mesmo as mais ignorantes, sabem ser ardilosas para atingir seus objetivos, e Nanon deixou de lado a história do açúcar para conseguir o bolo.

– Patroazinha – gritou pela janela –, a menina quer bolo?

– Não, não – respondeu Eugénie.

– Está bem, Nanon, tome – disse Grandet ao ouvir a voz da filha. Abriu a artesa onde estava a farinha, deu-lhe uma medida e juntou umas onças de manteiga ao pedaço que já havia cortado.

– Vou precisar de lenha para acender o forno – disse a implacável Nanon.

– Está bom, pegue o que precisar – respondeu ele melancolicamente –, mas então faça uma torta de frutas e cozinhe todo o jantar no forno, pois assim não acende dois fogos.

– Eia! – exclamou Nanon –, e precisa dizer?

Grandet lançou sobre seu fiel ministro um olhar quase paternal.

– Patroazinha – gritou a cozinheira –, hoje tem bolo.

O tio Grandet voltou carregado de frutas e arrumou uma primeira travessa na mesa da cozinha.

– Olhe só, patrão – disse Nanon –, que botas bonitas seu sobrinho tem. Que couro, que cheiro bom. Com que que a gente limpa isso? Com sua graxa de ovos?

– Nanon, acho que o ovo estragaria esse couro. Aliás, digo-lhe que você não conhece o modo de engraxar marroquim, porque isso é marroquim; ele mesmo vai comprar em Saumur e trazer para você o que é preciso para *ilustrar* essas botas. Ouvi dizer que metem açúcar na graxa para dar lustro.

– Então deve ser gostoso – disse a criada pondo as botas perto do nariz. Olha, olha, elas têm o cheiro da água-de-colônia da patroa. Ah! Que engraçado!

– Engraçado! – disse o patrão. – Você acha engraçado pôr nas botas mais dinheiro do que vale o dono!

– Patrão – disse ela na segunda viagem de Grandet, que já fechara a despensa de frutas –, o senhor deixa fazer cozido uma vez ou duas por semana por causa do seu...?

– Deixo.

– Preciso ir no açougue.

– De jeito nenhum, faça caldo de galinha; os colonos não vão deixar faltar galinhas. Mas vou dizer ao Cornoiller que mate uns corvos. É a caça que dá o melhor caldo do mundo.

– É verdade que esse bicho come defunto, patrão?

– Você é tonta, Nanon! Comem o que encontram, como todo o mundo. E nós, não vivemos dos defuntos? O que é a herança então?

Como não tivesse mais ordens para dar, o tio Grandet puxou o relógio e, vendo que ainda dispunha de meia hora antes de comer, pegou o chapéu, foi abraçar a filha e disse:

– Quer ir passear nos meus prados da beira do Loire? Preciso fazer umas coisas lá.

Eugénie foi pôr o chapéu de palha costurada, forrado de tafetá rosa; depois, pai e filha desceram a rua tortuosa até a praça.

– Para onde estão desabando assim tão cedinho? – perguntou o notário Cruchot que deparou com Grandet.

– Ver umas coisas – respondeu o bom Grandet sem se deixar enganar pelo passeio matinal do amigo.

Quando o tio Grandet ia ver umas coisas, o notário sabia, por experiência, que sempre havia umas coisas para ganhar. Por isso, acompanhou-o.

– Venha comigo, Cruchot – disse Grandet ao notário. Você é meu amigo, vou mostrar como é besteira plantar choupos em terras boas...

– E os sessenta mil francos que você embolsou com os choupos dos seus prados do Loire, não contam? – disse mestre Cruchot arregalando os olhos espantado. Teve sorte!... Cortar árvores quando havia carência de madeira branca em Nantes e vender a trinta francos!

Eugénie ouvia sem saber que estava à beira do momento mais solene de sua vida, que o notário provocaria uma sentença paterna e soberana sobre ela. Grandet chegara aos magníficos prados que possuía às margens do Loire, onde trinta operários cuidavam de desobstruir, aterrar e nivelar as covas antes ocupadas pelos choupos.

– Mestre Cruchot, veja quanto terreno ocupa um choupo – disse ao notário. – Jean – gritou a um operário –, me... me... meça com a toesa em to... to... todos os sentidos.

– Quatro vezes oito pés – respondeu o operário depois de acabar.

– Trinta e dois pés de perda – disse Grandet a Cruchot. – Neste renque eu tinha trezentos choupos, né? Bom... tre... tre... tre... zentas vezes trinta-e... dois p... pés me co... co... miam qui... quinhentos de feno; junte duas vezes isso nos lados, mil e quinhentos; os renques do meio a mesma coisa. Então, su... su... ponhamos mil fardos de feno.

– Tá bom! – disse Cruchot para ajudar o amigo. – Mil fardos desse feno custam mais ou menos seiscentos francos.

– Di... di... diga mil e... du... duzentos por causa dos trezentos a quatrocentos francos de restolho. Então, cal... cal... cal... calcule o que que que mil e du... duzentos francos por ano du... du... rante quarenta anos d... dão c... com os ju... ju... ros com... com... compostos que que que o voooocê saaaaabe.

– Vai para sessenta mil francos – disse o notário.

– Eu é que sei! Não não não fica por por me... menos de sessenta mil francos. Então – continuou o vinhateiro sem gaguejar –, dois mil choupos de quarenta anos não me dariam cinquenta mil francos. Dá prejuízo. Fui eu que descobri isso – disse Grandet levantando os calcanhares. – Jean – continuou –, aterre as covas, menos as do lado do Loire, e plante lá os choupos que comprei. Na borda, eles se alimentam à custa do governo –, acrescentou voltando-se para Cruchot e movimentando ligeiramente o lobinho que tinha no nariz, no que equivalia a um sorriso irônico.

– Está claro: os choupos devem ser plantados só em terras magras – disse Cruchot estupefato com os cálculos de Grandet.

– *Sssssim, senhor* – respondeu ironicamente o toneleiro.

Eugénie, que olhava a sublime paisagem do Loire sem ouvir os cálculos do pai, começou a prestar atenção às palavras de Cruchot quando o ouviu dizer ao cliente:

– Bom... bom, você mandou buscar um genro em Paris, não se fala de outra coisa em Saumur, só de seu sobrinho. Logo, logo vou precisar lavrar um contrato, tio Grandet.

– E vo... vo... cê sa... saiu bem ce... cedo praaaa me dizer isso – disse Grandet, acompanhando a reflexão com um movimento do lobinho. – Pois bem, meu velho amiiiigo, vou ser franco, vou dizer o que o vooocê queeer sa... saber. Preferia, veeeja bem, jo... jogar minha fi... fi... filha no Loire a dá-la ao priiimo: po...po…de saaair anunciando isso. Não, não, deixe o po... povo dar com a língua nos dentes.

Aquela resposta causou vertigens em Eugénie. As remotas esperanças que começavam despontar em seu coração floriram depressa, realizaram-se e formaram um feixe de flores que ela viu cortadas e jogadas no chão. Desde a véspera, ela se apegara a Charles com todos os elos de felicidade que unem as almas; a partir dali o sofrimento passaria a fortalecê-los. E não fará parte do nobre destino da mulher ser mais tocada pelas pompas da miséria do que pelos esplendores da fortuna? Como o sentimento paterno poderia ter-se extinguido no fundo do coração de seu pai? De que crime Charles era culpado? Indagações misteriosas! Seu amor nascente, mistério tão profundo, já se envolvia em mistérios. Voltou com as pernas tremendo e, quando chegou à velha rua sombria, tão alegre para ela, achou-a triste, respirou a melancolia que os tempos e as coisas lhe tinham imprimido. Não lhe faltava nenhum ensinamento do amor. A alguns passos da casa, ela se adiantou ao pai e ficou a esperá-lo na porta, depois de bater. Mas Grandet, que via na mão do notário um jornal ainda com a faixa do correio, perguntou-lhe:

– A quantas andam os fundos públicos?

– Você não quer me ouvir, Grandet – respondeu Cruchot. – Compre logo, ainda dá para ganhar vinte por cento em dois anos, fora os juros a excelentes taxas, cinco mil libras de renda por oitenta mil francos. Os fundos estão a oitenta francos e cinquenta cêntimos.

– Vou pensar nisso – respondeu Grandet passando a mão no queixo.

– Meu Deus! – disse o notário.

– O que foi? – exclamou Grandet, enquanto Cruchot lhe punha o jornal na frente dos olhos, dizendo:

– Leia este artigo.

O senhor Grandet, um dos negociantes mais considerados de Paris, deu-se um tiro na cabeça ontem, depois da visita de costume à Bolsa. Já havia apresentado carta de renúncia ao presidente da Câmara dos Deputados e também se demitira de suas funções de juiz do Tribunal de Comércio. Sua ruína foi causada pelas falências dos senhores Roguin e Souchet, respectivamente seu agente de câmbio e seu notário. A consideração e o crédito de que o senhor Grandet gozava eram tão grandes que ele certamente contaria com socorro em Paris. É lamentável que esse homem honrado tenha cedido a um primeiro ímpeto de desespero etc.

– Eu já sabia – disse o velho vinhateiro ao notário.

Essas palavras deixaram Cruchot petrificado, pois, apesar de sua impassibilidade de notário, ele sentiu um frio na espinha ao pensar que o Grandet de Paris talvez tivesse implorado em vão os milhões do Grandet de Saumur.

– E o filho dele, tão alegre ontem...

– Ele não sabe de nada ainda – respondeu Grandet com a mesma calma.

– Adeus, senhor Grandet – disse Cruchot, que entendeu tudo e foi tranquilizar o juiz-presidente de Bonfons.

Ao entrar, Grandet encontrou o almoço pronto. A sra. Grandet, que Eugénie correu a estreitar com a efusão ardente que nos causam as tristezas secretas, já estava em sua cadeira de calços, tricotando mangas para o inverno.

– Podem comer – disse Nanon, que desceu os degraus de quatro em quatro –, o menino está dormindo como um anjo. Como ele é bonitinho de olhos fechados! Entrei, chamei. E nada!

– Deixe-o dormir – disse Grandet –, nunca é tarde para acordar e receber más notícias.

– O que aconteceu? – perguntou Eugénie pondo no café os dois pedacinhos de açúcar de sabe-se lá quantos gramas, que o bom Grandet se divertia a cortar pessoalmente nas horas de folga. A sra. Grandet, que não ousara fazer a pergunta, olhou para o marido.

– O pai dele deu-se um tiro na cabeça.

– Meu tio?... – disse Eugénie.

– Pobre do moço! – exclamou a sra. Grandet.

– Pobre mesmo – disse Grandet –, não tem um tostão.

– Puxa! E ele está dormindo como se fosse o rei da terra – disse Nanon com meiguice.

Eugénie parou de comer. Seu coração estava apertado, como se aperta o coração de uma mulher na primeira vez em que a compaixão, despertada pela desdita do ser amado, derrama-se em todo o seu corpo. E chorou.

– Você nem conhecia seu tio, por que está chorando? – perguntou o pai, lançando-lhe um daqueles olhares de tigre faminto que ele decerto lançava a seus montes de ouro.

– Mas, patrão – disse a criada –, quem não sentiria piedade por esse pobre rapaz que está dormindo como uma pedra sem saber o que o espera?

– Não estou falando com você, Nanon! Segure essa língua.

Eugénie aprendeu naquele momento que a mulher que ama precisa sempre dissimular seus sentimentos. Não respondeu.

– Enquanto eu não voltar, não lhe digam nada, assim espero, sra. Grandet – disse o velhote continuando. – Sou obrigado a ir mandar alinhar o valado de meus prados junto à estrada. Volto ao meio-dia para o segundo almoço, então falo com meu sobrinho sobre os assuntos dele. Quanto à senhora, dona Eugénie, se está chorando por aquele peralvilho, pode parar com isso, minha filha. Ele vai logo logo para as Índias. Nunca mais vai vê-lo...

O pai pegou as luvas da aba do chapéu, vestiu-as com a calma habitual, ajustou-as cruzando os dedos e saiu.

– Ai, mamãe! Estou sufocando – exclamou Eugénie quando ficou sozinha com a mãe. – Nunca sofri tanto.

A sra. Grandet, vendo a filha empalidecer, abriu a janela e mandou-a respirar o ar livre.

– Estou melhor – disse Eugénie depois de um momento.

Aquela reação nervosa numa natureza que até então parecera calma e fria impressionou a sra Grandet, que olhou para a filha com a clara intuição despertada pela afinidade que existe entre as mães e aqueles que elas amam; adivinhou tudo. Na verdade, a vida das famosas irmãs húngaras[35], que nasceram ligadas por um erro da natureza, não havia sido mais íntima que a de Eugénie e a mãe, sempre juntas naquele vão de janela, juntas na igreja, dormindo juntas na mesma atmosfera.

– Minha pobre filha! – disse a sra. Grandet tomando a cabeça de Eugénie para apoiá-la contra o peito.

Ao ouvir isso, a moça levantou a cabeça, olhou a mãe de modo interrogativo, escrutou seus pensamentos secretos e disse:

– Por que mandá-lo para as Índias? Se está infeliz, não deve ficar aqui, não é nosso parente mais próximo?

– É, minha filha, seria bem natural; mas seu pai tem suas razões, precisamos respeitá-las.

Mãe e filha sentaram-se em silêncio, uma em sua cadeira calçada, outra em sua poltrona; e as duas retomaram a costura. Cheia de reconhecimento pela admirável compreensão de sentimentos demonstrada pela mãe, Eugénie beijou-lhe a mão, dizendo:

– Como você é boa, mamãe querida!

Essas palavras tornaram radiante o velho rosto materno, que a dor de tantos anos havia enrugado.

– Você o acha bonito? – perguntou Eugénie.

A sra. Grandet respondeu com um sorriso; depois de um momento de silêncio, disse em voz baixa:

– Será que você já está apaixonada? Isso seria ruim.

– Ruim – disse Eugénie – por quê? Você gosta dele, Nanon também, por que eu não gostaria? Vamos, mamãe, vamos pôr a mesa para o almoço dele.

Largou a costura, a mãe fez o mesmo, dizendo:

– Doidinha!

Mas justificou a loucura da filha compartilhando dela. Eugénie chamou Nanon.

– O que mais quer a menina?

– Nanon, pode fazer creme para o meio-dia?

35. Helena e Judite, irmãs siamesas que viveram de 1701 a 1723. (N.T.)

– Ah! Para o meio-dia, sim – respondeu a velha criada.

– Bom, então faça café bem forte para ele, ouvi o sr. Des Grassins dizer que em Paris se toma café bem forte. Ponha muito pó.

– E de onde vou tirar o pó?

– Comprando.

– E se o patrão me vê?

– Ele está nos prados.

– Vou correndo. Mas o sr. Fessard[36] já me perguntou se estamos hospedando os três Reis Magos, quando me deu a vela de cera. Toda a cidade vai saber das nossas escapadas.

– Se seu pai perceber alguma coisa – disse a sra. Grandet –, podemos até apanhar.

– Pois então vamos apanhar de joelhos.

A única resposta da sra. Grandet foi erguer os olhos para o céu. Nanon pôs a touca e saiu. Eugénie pôs a toalha branca na mesa, foi buscar alguns cachos de uva que, por passatempo, havia dependurado em cordões no celeiro; andou pelo corredor com passos leves para não acordar o primo e não conseguiu deixar de ouvir, pela porta, a respiração que saía de seus lábios a intervalos regulares.

– A desgraça vigia, enquanto ele dorme – pensou.

Pegou as folhas mais verdes da vinha, arrumou a uva com a elegância de um experiente mordomo e levou-a triunfalmente para a mesa. Na cozinha, surripiou as peras contadas pelo pai e as arrumou em pirâmide entre folhas. Ia, vinha, corria, saltitava. Bem que gostaria de saquear toda a casa do pai, mas ele tinha as chaves de tudo. Nanon voltou com dois ovos frescos. Quando viu os ovos, Eugénie teve vontade de dar-lhe um abraço.

– O rendeiro da Lande[37] tinha uns no cesto, eu pedi, e ele deu para me agradar. Que simpático!

---

36. Personagem fictícia de Balzac. (N.E.)

37. Nome de uma das fazendas assim denominadas nas proximidades de Saché. Fonte: BALZAC, Honoré. *La comédie humaine.* Vol. 3. Études de moeurs: scènes de la vie privée. Scènes de la vie de province. Paris: Gallimard, 1976. (N.T.)

Depois de duas horas de cuidados, durante as quais Eugénie largou vinte vezes a costura para ir ver o café ferver, ouvir o barulho que o primo fazia ao se levantar, conseguiu preparar um almoço muito simples e barato, mas que infringia terrivelmente os hábitos inveterados da casa. Comia-se em pé ao meio-dia. Cada um pegava um pouco de pão, uma fruta ou manteiga e um copo de vinho. Vendo a mesa posta perto do fogo, uma das cadeiras à frente do prato do primo, vendo os dois pratos de frutas, o oveiro, a garrafa de vinho branco, o pão e o açúcar amontoado num pratinho, Eugénie tremeu da cabeça aos pés, só de pensar no olhar que o pai lhe daria, se entrasse naquele momento. Por isso, olhava o relógio a todo instante, para calcular se o primo conseguiria almoçar antes que o velhote voltasse.

– Fique tranquila, Eugénie, se seu pai vier, assumo a responsabilidade – disse a sra. Grandet.

Eugénie não conseguiu conter uma lágrima.

– Oh! Minha boa mãe – exclamou –, nunca lhe dei a afeição que você merece!

Charles, depois de dar mil voltas pelo quarto, cantarolando, desceu. Felizmente, só eram onze horas. Parisienses! Tinha usado no traje a mesma elegância que usaria se estivesse no castelo da nobre que estava viajando pela Escócia. Entrou com o ar afável e sorridente que assenta tão bem à juventude, causando triste alegria em Eugénie. Resolvera levar na brincadeira o desastre de seus castelos de areia em Anjou e dirigiu-se à tia gracejando.

– Passou bem a noite, querida tia? E a prima, também?

– Bem, e o senhor? – disse a sra. Grandet.

– Eu, perfeitamente.

– Deve estar com fome, primo – disse Eugénie. – Sente-se à mesa.

– Nunca almoço antes do meio-dia, hora em que levanto. Mas fui tão mal servido durante a viagem que aceito. Aliás... – puxando o relógio mais delicioso já feito por Bréguet[38] – ora, vejam, são onze horas; hoje madruguei.

---

38. Abraham-Louis Bréguet (1747-1823), relojoeiro suíço. (N.T.)

– Madrugou?... – disse a sra. Grandet.

– Sim, queria arrumar minhas coisas. Ah! bom, aceitaria alguma coisa, uma coisinha de nada, uma ave, uma perdiz.

– Minha nossa! – exclamou Nanon ao ouvir essas palavras.

"Uma perdiz", pensava Eugénie, que por uma perdiz teria gasto todas as suas economias.

– Sente-se – disse a tia.

O dândi deixou-se cair na cadeira como uma bela mulher num divã. Eugénie e a mãe pegaram duas cadeiras e sentaram-se perto dele, diante do fogo.

– Moram sempre aqui? – perguntou Charles, achando a sala ainda mais feia à luz do dia do que à luz noturna.

– Sempre – respondeu Eugénie olhando-o –, menos durante a vindima. Então vamos ajudar Nanon e nos hospedamos todos na abadia de Noyers.

– Nunca passeiam?

– Às vezes, aos domingos, depois das vésperas; quando o tempo está bom – disse a sra. Grandet – vamos andar pela ponte, ou ver a ceifa de feno.

– Aqui há algum teatro?

– Ir a um espetáculo – exclamou a sra. Grandet – ver atores! Mas o senhor não sabe que isso é pecado mortal?

– Aqui está, meu caro senhor – disse Nanon trazendo os ovos –, nós lhe servimos frango na casca.

– Oh! Ovos frescos – disse Charles, que, como todas as pessoas acostumadas ao luxo, já não pensava em perdizes. – É delicioso! Teria manteiga, hein, menina?

– Ah! Manteiga! Então vai ficar sem bolo – disse a criada.

– Ora, sirva a manteiga, Nanon! – exclamou Eugénie.

A jovem examinava o primo, enquanto ele cortava os pedacinhos de pão, com a mesma satisfação com que uma sensível costureirinha de Paris assiste a um melodrama no qual triunfe a inocência. É verdade que Charles, criado por mãe fina, aperfeiçoado por uma mulher da moda, tinha gestos graciosos, elegantes, leves, como de moça. A compaixão e a ternura de uma jovem exercem influência realmente magnética. Charles, vendo-se alvo da atenção da prima e da tia, não pôde subtrair-se à influência dos sentimentos que lhe eram dirigidos, que o inundavam por assim dizer. Lançou para Eugénie um olhar em que brilhavam bondade e carinho, um olhar que parecia sorrir. Contemplando Eugénie, dava-se conta da perfeita harmonia dos traços daquele rosto puro, de sua atitude inocente, da claridade mágica de seus olhos, nos quais cintilavam pensamentos juvenis de amor e o desejo ignorava a volúpia.

– Juro, cara prima, que, num camarote da Ópera, vestida de gala, titia estaria coberta de razão: a senhorita causaria o pecado da cobiça nos homens e o da inveja nas mulheres.

O cumprimento oprimiu o coração de Eugénie e o fez palpitar de alegria, mesmo sem o entender.

– Ah! O primo está querendo brincar com uma pobre provinciana.

– Se me conhecesse, prima, saberia que detesto pilhérias: elas amargam o coração, ferem os sentimentos...

E engoliu com muitíssima graça o pedacinho de pão com manteiga.

– Não, provavelmente não tenho humor bastante para zombar dos outros, e esse defeito me causa grandes prejuízos. Em Paris, acha-se modo de assassinar um homem dizendo: "Ele tem bom coração". Essa frase quer dizer: "O pobre coitado é tapado como um rinoceronte". Mas como sou rico e conhecido por acertar o alvo no primeiro tiro a trinta passos, com qualquer tipo de pistola e em campo aberto, a pilhéria me respeita.

– O que meu sobrinho está dizendo demonstra que tem bom coração.

– Seu anel é muito bonito – disse Eugénie. – Incomoda-se de deixar-me vê-lo?

Charles estendeu a mão retirando o anel; Eugénie enrubesceu ao roçar os dedos nas unhas rosadas do primo.

– Veja, mamãe, que lindo trabalho.

– Oh! Tem muito ouro aí – disse Nanon trazendo o café.

– O que é que é isso? – perguntou Charles rindo. E mostrou um recipiente oblongo, de barro cozido, envernizado, vidrado por dentro, com uma franja de cinzas nas bordas, em cujo fundo o pó de café caía para voltar à superfície do líquido fervente.

– É café fervido – disse Nanon.

– Ah! Tia querida, vou deixar pelo menos uma boa marca de minha passagem por aqui. As senhoras estão bem atrasadas! Vou ensinar-lhes a fazer um bom café numa cafeteira de Chaptal.

E tentou explicar o sistema da cafeteira de Chaptal.

– Ah! Bom, mas se precisa fazer tanta coisa – disse Nanon – a gente vai passar a vida fazendo café. Nunca que vou fazer café desse jeito. Essa é boa. E quem é que vai cortar o capim da vaca enquanto estou fazendo café?

– Eu vou – disse Eugénie.

– Criança – disse a sra. Grandet olhando para a filha. Com essa palavra, que lembrava a desgraça que estava para desabar sobre aquele infeliz, as três mulheres se calaram e o contemplaram com um ar de comiseração que o impressionou.

– O que tem, prima?

– Psiu! – disse a sra. Grandet a Eugénie, que ia falar. –Você sabe, filha, que seu pai se encarregou de falar ao senhor...

– Charles – disse o jovem Grandet.

– Ah! Seu nome é Charles? É um belo nome – exclamou Eugénie.

As desgraças pressentidas quase sempre chegam. Nesse momento, Nanon, a sra. Grandet e Eugénie, que se arrepiavam só de pensar no retorno do velho toneleiro, ouviram uma batida da aldrava, cujo ressoar bem conheciam.

– É papai – disse Eugénie.

E tirou o pratinho de açúcar, deixando alguns pedacinhos na toalha. Nanon levou embora o prato de ovos. A sra. Grandet ergueu-se como gazela assustada. Charles surpreendeu-se com o pânico, mas não conseguiu explicá-lo.

– Mas o que as senhoras têm? – perguntou.

– Meu pai está chegando – disse Eugénie.

– E daí?...

O senhor Grandet entrou, lançou um olhar vivo para a mesa, para Charles, percebeu tudo.

– Ah! ah! Fizeram uma festa para o sobrinho, está bem, muito bem, muitíssimo bem! – disse sem gaguejar. – Dormem os gatos, dançam os ratos.

"Festa?...", pensou Charles, incapaz de desconfiar do regime e dos costumes daquela casa.

– Traga meu vinho, Nanon – disse o velhote. Eugénie trouxe o vinho. Grandet tirou do bolso do colete um canivete de cabo de chifre, cortou uma fatia de pão, pegou um pouco de manteiga, espalhou-a cuidadosamente e começou a comer em pé. Naquele momento, Charles punha açúcar no café. O tio Grandet avistou os pedaços de açúcar, olhou para a mulher, que empalideceu e deu três passos; ele se inclinou para o ouvido da pobre velha e disse:

– De onde foi que vocês tiraram todo esse açúcar?

– Nanon foi comprar no Fessard, mas ele não tinha.

É impossível imaginar o interesse profundo que aquela cena muda despertava naquelas três mulheres: Nanon tinha saído da cozinha para ir olhar a sala e ver como corriam as coisas. Charles, provando o café, achou-o muito amargo e começou a procurar o açúcar, que Grandet já tinha guardado.

– O que quer, sobrinho? – perguntou o bom Grandet.

– O açúcar.

– Ponha leite, assim o café fica doce – respondeu o dono da casa.

Eugénie pegou de volta o pratinho de açúcar, que Grandet havia guardado, e o pôs na mesa, contemplando o pai com ar calmo. Sem dúvida, a parisiense que sustenta uma escada de seda em seus braços frágeis para facilitar a fuga do amante não demonstra mais coragem do que Eugénie quando pôs o açúcar na mesa. O amante recompensará a parisiense que lhe mostrar com orgulho um belo braço contundido, banhando de lágrimas e beijos cada veia pisada, curando-a com o prazer, enquanto Charles nunca deveria conhecer o segredo das profundas agitações que partiam o coração da prima, então fulminada pelo olhar do velho toneleiro.

– Não vai comer, mulher?

A pobre hilota adiantou-se, cortou contrita um pedaço de pão e pegou uma pera. Eugénie ofereceu uva ao pai, audaciosamente, dizendo:

– Experimente a minha conserva, papai! O primo está servido, não está? Fui buscar estes lindos cachos para o senhor.

– Oh! Se não lhes pomos freios, elas saqueiam Saumur por sua causa, sobrinho. Depois que acabar, vamos juntos ao jardim, tenho umas coisas nada açucaradas para lhe dizer.

Eugénie e a mãe olharam para Charles, com uma expressão que não deixou dúvidas no jovem.

– O que significam essas palavras, meu tio? Desde a morte de minha mãe... (nessas duas palavras, sua voz se abrandou) não há infelicidade possível para mim...

– Sobrinho, quem pode conhecer as aflições com que Deus quer nos pôr à prova? – disse a tia.

– Ta-ta-ta-tá! – disse Grandet. – Começam as besteiras. Sobrinho, vejo com dó suas mãos brancas – e mostrou-lhe aquelas espécies de espáduas de carneiro que a natureza lhe pusera na extremidade dos braços. – Estas, sim, são mãos feitas para juntar escudos! O senhor foi criado enfiando os pés no couro com que são feitas as carteiras que servem para guardarmos dinheiro. Isso é ruim! Ruim!

– O que está querendo dizer, tio? Quero que me matem se estou entendendo uma palavra.

– Venha – disse Grandet.

O avarento fechou a lâmina do canivete, bebeu o resto do vinho branco e abriu a porta.

– Coragem, primo!

O tom da moça enregelou Charles, que acompanhou seu terrível parente dominado por mortal ansiedade. Eugénie, a mãe e Nanon foram para a cozinha, excitadas por invencível curiosidade de espiar os dois atores da cena que transcorreria no jardinzinho úmido, por onde o tio chegou, de início em silêncio, com o sobrinho. Grandet não tinha constrangimentos em informar Charles da morte do pai, mas sentia uma espécie de compaixão por sabê-lo sem um vintém e procurava fórmulas para amenizar a expressão dessa cruel verdade.

"O senhor perdeu o pai!": não custava nada dizer isso. Os pais morrem antes dos filhos. Mas "O senhor está sem patrimônio nenhum!" eram palavras que reuniam todas as desgraças da terra. E o velhote lá, fazendo, pela terceira vez, o giro da aleia do meio, com o cascalho a estalar sob os pés. Nas grandes circunstâncias da vida, nossa alma se apega com vigor aos lugares onde os prazeres e as dores se abatem sobre nós. Por isso, Charles examinava com atenção especial os buxos do jardinzinho, as folhas pálidas caindo, os matizes dos muros, os caprichos das árvores frutíferas: pormenores pitorescos que deveriam ficar gravados em sua lembrança, eternamente mesclados àquela hora suprema por uma mnemotécnica peculiar às paixões.

– O dia está bem quente, bem bonito – disse Grandet aspirando um grande hausto de ar.

– Está, tio, mas por que...

– Pois bem, rapaz – continuou o tio –, tenho más notícias para lhe dar. Seu pai está passando mal.

– Por que estou aqui? – perguntou Charles. – Nanon! – gritou –, quero cavalos de posta. Hei de encontrar uma carruagem na região – acrescentou, voltando-se para o tio, que continuava imóvel.

– Cavalos e carruagens são inúteis – respondeu Grandet olhando para Charles, que ficou em silêncio, com os olhos fixos. – Sim, pobre rapaz, já adivinhou. Ele está morto. Mas isso não é nada, há coisa mais grave: ele se matou com um tiro na cabeça.

– Meu pai?

– Sim. Mas isso não é nada. Os jornais comentam o fato como se tivessem direito. Tome, leia.

Grandet, que havia tomado o jornal de Cruchot emprestado, pôs o fatal artigo diante dos olhos de Charles. Naquele momento o pobre rapaz, ainda criança, ainda na idade em que os sentimentos se mostram com ingenuidade, desfez-se em lágrimas.

"Ainda bem", pensou Grandet. "Os olhos dele me assustaram. Agora está chorando, está salvo."

– Isso ainda não é nada, pobre sobrinho – continuou Grandet em voz alta, sem saber se Charles ouvia –, isso não é nada, você vai se consolar; mas...

– Nunca! Nunca! Meu pai! Meu pai!

– Ele o arruinou, você está sem dinheiro.

– E o que tem isso! Onde está meu pai, meu pai?

O pranto e os soluços ressoavam entre aquelas muralhas de um modo horrível, repetindo-se nos ecos. As três mulheres, tomadas de piedade, choravam: as lágrimas são tão contagiosas quanto o riso. Charles, sem dar ouvidos ao tio, correu para o pátio, encontrou as escadas, subiu para seu quarto e jogou-se de atravessado na cama, com o rosto enterrado nos lençóis, para chorar à vontade, longe dos parentes.

– É bom deixar passar o primeiro aguaceiro – disse Grandet voltando para a sala, onde Eugénie e a mãe haviam retomado à pressa seus assentos e trabalhavam com mãos trêmulas, depois de terem enxugado os olhos. – Mas esse rapaz é um inútil, está mais preocupado com os mortos do que com o dinheiro.

Eugénie teve um calafrio quando ouviu o pai falar daquele modo sobre a mais santa das dores. A partir daquele momento, começou a julgar o pai. Mesmo abafados, os soluços de Charles ressoavam por aquela casa sonora; aquele pranto profundo, que parecia sair das entranhas da terra, só cessou ao cair da noite, depois de ir diminuindo gradualmente.

– Pobre rapaz! – disse a sra. Grandet.

Fatal exclamação! O tio Grandet olhou para a mulher, para Eugénie e para o açucareiro; lembrou-se do almoço extraordinário preparado para o parente infeliz e postou-se no meio da sala.

– Ah! Sim – disse com sua calma habitual –, espero que a senhora não continue com suas prodigalidades, sra. Grandet. Não lhe dou o MEU dinheiro para embuchar de açúcar esse moleque.

– Minha mãe não fez nada – disse Eugénie. – Fui eu que...

– É só porque é maior – continuou Grandet interrompendo a filha – que quer me contrariar? Pense bem, Eugénie...

– Papai, o filho de seu irmão na sua casa não deveria sentir falta de...

– Ta-ta-ta-tá – disse o toneleiro em quatro notas cromáticas –, o filho de meu irmão daqui, meu sobrinho de lá. Charles não é nada para nós, não tem nem um tostão furado; o pai dele faliu; e, depois que esse peralvilho tiver chorado à vontade, vai dar o fora daqui; não quero que ele revolucione a minha casa.

– O que é falir, papai? – perguntou Eugénie.

– Falir – continuou o pai – é cometer a ação mais desonrosa de todas as ações que podem desonrar o homem.

– Deve ser um grande pecado – disse a sra. Grandet –, e nosso irmão seria condenado por Deus.

– Pronto, começou a ladainha – disse ele à mulher, dando de ombros. – Falir, Eugénie – continuou –, é um roubo que a lei, infelizmente, ampara. Algumas pessoas deram suas mercadorias a Guillaume Grandet, confiando em sua reputação de honra e probidade; aí ele pegou tudo e só deixou para elas os olhos de chorar. Melhor o salteador de estrada que o falido: o salteador ataca, podemos nos defender, ele arrisca a vida; mas o falido... Enfim, Charles está desonrado.

Essas palavras ressoaram no coração da pobre moça e o oprimiram com todo o seu peso.

Eugénie, que tinha de honestidade o que uma flor nascida no fundo de uma floresta pode ter de delicadeza, não conhecia as máximas mundanas, os raciocínios capciosos e os sofismas: por isso, aceitou a atroz explicação que o pai lhe dava de propósito, sem esclarecer a distinção que há entre falência involuntária e falência fraudulenta.

– Papai, o senhor não pôde impedir essa desgraça?

– Meu irmão não me consultou; aliás, ele está devendo quatro milhões.

– E o que é um milhão, papai? – perguntou ela com a ingenuidade de uma criança que acredita poder obter de imediato o que deseja.

– Dois milhões[39] – disse Grandet – são dois milhões de moedas de vinte soldos, e é preciso cinco moedas de um soldo para fazer cinco francos.

– Meu Deus! Meu Deus! – exclamou Eugénie. – Como é que meu tio tinha quatro milhões? Existe alguém mais na França que possa ter tantos milhões?

(O tio Grandet passava a mão no queixo, sorria, e o lobinho parecia dilatar-se.)

– E o que vai acontecer com meu primo Charles?

– Vai para as Índias, e lá, segundo a vontade do pai, vai tentar fazer fortuna.

– Mas ele tem dinheiro para ir até lá?

– Pago a viagem... até... é, até Nantes. – Eugénie saltou da cadeira e abraçou o pai.

– Ah! Papai, o senhor é bom!

Abraçou-o de uma maneira que quase envergonhou Grandet, um pouco incomodado pela consciência.

– É muito demorado juntar um milhão? – perguntou ela.

– Nossa! – disse o toneleiro – Sabe o que é um napoleão? Pois bem, é preciso ter cinquenta mil deles para fazer um milhão.

– Mamãe, vamos rezar novenas por ele.

– Estava pensando nisso – respondeu a mãe.

– É sempre assim: gastar dinheiro – exclamou o pai. – Acham que por aqui o dinheiro corre aos milhares e às centenas?

Naquele momento, um soluço surdo, mais lúgubre que os outros, ressoou lá em cima e gelou de terror Eugénie e a mãe.

---

39. Aqui Balzac evidentemente atrapalhou-se com os números da falência do tio de Eugénie, representando ora dois milhões, ora quatro. (N.T.)

– Nanon, vá lá em cima ver se ele não se mata – disse Grandet. – Ha! Sim – continuou voltando-se para a mulher e a filha, que haviam empalidecido com suas palavras –, nada de asneiras, as duas. Agora vou sair. Vou cortejar nossos holandeses, que vão embora hoje. Depois vou falar com Cruchot e trocar ideias com ele sobre tudo isso.

Saiu. Depois que Grandet fechou a porta, Eugénie e a mãe respiraram aliviadas. Antes daquela manhã, a moça nunca havia se sentido constrangida em presença do pai; mas, havia algumas horas, mudava a todo instante de sentimentos e ideias.

– Mamãe, por quantos luíses se vende um barril de vinho?

– Seu pai vende os dele por entre cem e cento e cinquenta francos, às vezes duzentos, pelo que ouvi dizer.

– Quando ele colhe cento e quarenta barris de vinho...

– Filha, juro que não sei quanto dá; seu pai nunca me falou de seus negócios.

– Então papai deve ser rico.

– Talvez. Mas o sr. Cruchot me disse que ele comprou Froidfond há dois anos.

– Então deve ter ficado apertado.

Eugénie, não entendendo mais nada da riqueza do pai, parou por aí nos cálculos.

– O menino nem me viu, coitado! – disse Nanon voltando. – Está deitado que nem um bezerro na cama e chorando feito Maria Madalena, que é uma verdadeira bênção! Que desgosto o desse moço tão lindo!

– Vamos lá consolá-lo depressa, mamãe; e, se alguém bater, descemos.

A sra. Grandet não teve defesas contra as harmonias da voz da filha. Eugénie era sublime, era mulher. As duas, com o coração palpitando, subiram até o quarto de Charles. A porta estava aberta. O jovem não via nem ouvia nada. Mergulhado em lágrimas, soltava gemidos inarticulados.

– Como gosta do pai! – disse Eugénie em voz baixa. Na inflexão dessas palavras, era impossível deixar de reconhecer as expectativas de um coração que não se sabia apaixonado. Por isso, a sra. Grandet lançou para a filha um olhar cheio de sentimentos maternos e depois lhe disse, baixinho, ao ouvido:

– Cuidado, você vai acabar apaixonada.

– Apaixonada! – repetiu Eugénie. – Ah! Se você soubesse o que papai disse!

Charles voltou-se e viu a tia e a prima.

– Perdi meu pai, meu pobre pai! Se ele tivesse me contado o segredo da sua desgraça, teríamos trabalhado juntos para resolver. Meu Deus! Meu pai! Tinha tanta certeza de que ia revê-lo que lhe dei um abraço frio, acho.

Os soluços cortaram-lhe a fala.

– Vamos rezar por ele – disse a sra. Grandet. – Conforme-se com a vontade de Deus.

– Primo – disse Eugénie –, tenha coragem! Essa perda é irreparável: então pense agora em salvar sua honra...

Com o instinto e a sutileza da mulher que tem inspiração em todas as coisas, mesmo quando consola, Eugénie queria fazer o primo esquecer a dor pensando em si mesmo.

– Minha honra?... – gritou o rapaz, tirando os cabelos da fronte com um movimento brusco, e sentou-se na cama cruzando os braços. – Ah! É verdade. Meu tio disse que meu pai faliu – deu um grito pungente e escondeu o rosto com as mãos. – Deixe-me, prima, deixe-me! Meu Deus! Meu Deus! Perdoai meu pai, ele deve ter sofrido tanto.

Havia algo de horrivelmente tocante na expressão daquela dor jovem, verdadeira, sem cálculo, sem segundas intenções. Era uma dor pudica que os corações simples de Eugénie e da mãe entenderam, quando Charles fez um gesto para pedir-lhes que o deixassem entregue a si mesmo. Elas desceram, retomaram em silêncio seus lugares perto da janela e trabalharam durante cerca de uma hora sem trocar palavra. Eugénie havia percebido, com um olhar furtivo lançado para os objetos do rapaz, olhar das jovens que enxergam tudo num piscar de olho, as belas quinquilharias de sua toalete, tesouras, navalhas ornadas de ouro. Aquela nesga de luxo vista através da dor fez que Charles lhe parecesse ainda mais interessante, por contraste talvez. Nunca acontecimento tão grave, nunca espetáculo tão dramático havia impressionado a imaginação daquelas duas criaturas incessantemente mergulhadas na calma e na solidão.

– Mamãe – disse Eugénie –, vamos usar luto pelo titio.

– Seu pai decide – respondeu a sra. Grandet.

E ficaram de novo silenciosas. Eugénie puxava os pontos com uma regularidade de movimento que teria revelado a um observador os fecundos pensamentos de sua meditação. O primeiro desejo daquela moça adorável era compartilhar o luto do primo. Por volta de quatro horas, uma batida brusca da aldrava ressoou no coração da sra. Grandet.

– O que terá seu pai? – disse à filha.

O vinhateiro entrou alegre. Depois de tirar as luvas, esfregou-se as mãos com tanta força que teria se esfolado, não fosse sua pele curtida como couro da Rússia, menos o aroma do larício e dos incensos. Andava pela sala, olhava o tempo. Finalmente, o segredo lhe escapou.

– Mulher – disse sem gaguejar –, apanhei todos eles. Nosso vinho está vendido! Os holandeses e os belgas iam embora de manhã, eu fui passear na praça, pela frente da hospedaria, com ar de quem não quer nada. O Coisa, que você conhece, veio falar comigo. Os proprietários de todas as boas vinhas estão guardando a colheita e querem esperar, não os impedi. O belga estava desesperado. Vi tudo. Negócio feito, ele fica com a nossa colheita por duzentos francos o barril, metade à vista. Estou sendo pago em ouro. As notas estão assinadas, tome aqui seis luíses para você. Daqui a três meses, o preço dos vinhos cai.

Estas últimas palavras foram pronunciadas com tom calmo, mas tão profundamente irônico, que os cidadãos de Saumur, reunidos então na praça, amatilhados pela notícia da venda que acabava de ser feita por Grandet, teriam sentido um calafrio se ouvissem. O pânico teria feito o vinho baixar cinquenta por cento.

– O senhor tem mil barris este ano, papai? – perguntou Eugénie.

– Sim, *filhinha.*

Essa palavra era a expressão superlativa da alegria do velho toneleiro.

– Isso equivale a duzentas mil moedas de vinte soldos.

– Sim, srta. Grandet.

– Então, papai, o senhor pode ajudar Charles sem dificuldade.

O espanto, a cólera e a estupefação de Baltazar ao ver o *Mane-Tekel-Fares*[40] não poderiam ser comparados ao frio furor de Grandet que, já não pensando no sobrinho, encontrava-o alojado no coração e nos cálculos da filha.

– Ora essa, desde que aquele peralvilho pôs os pés na *minha* casa, tudo está pelo avesso. Vocês se dão ao luxo de comprar docinhos, fazer bodas e festins. Não quero essas coisas. Na minha idade, acho que sei como me comportar! Aliás, não preciso de lições da minha filha nem de ninguém. Vou fazer por meu sobrinho o que for conveniente, e vocês não precisam meter o bico. Quanto a você, Eugénie – acrescentou voltando-se para ela –, não me fale mais nisso, ou então vai para a abadia de Noyers com Nanon, se me provocar, eu mando! E amanhã mesmo, se reclamar. Onde está o rapaz, desceu?

– Não, meu amigo – respondeu a sra. Grandet.

– Ah! Bom, e o que está fazendo?

– Chorando pelo pai – respondeu Eugénie.

Grandet olhou a filha sem encontrar nenhuma palavra para dizer. Ele também era um pouco pai. Depois de dar uma ou duas voltas pela sala, subiu com pressa para seu gabinete,

40. *Daniel* 5, 25. Baltazar, depois de profanar os vasos sagrados, viu em letras de ouro a seguinte inscrição: *menê menê teqel u-parsin*. Daniel interpretou-a da seguinte maneira: *menê*, contado; *teqel*, pesado; *perês*, dividido, ou seja, Deus fez a conta do teu reino e lhe pôs fim, tu foste pesado na balança e achado insuficiente, teu reino foi dividido e dado aos medos e aos persas. Naquela mesma noite, Baltazar, o rei caldeu, foi morto. Fonte: Bíblia TEB, edições Paulinas, São Paulo, 1995. (N.T.)

a fim de refletir sobre um investimento nos fundos públicos. As duas mil jeiras de florestas derrubadas lhe haviam rendido seiscentos mil francos; juntando a esse valor o dinheiro dos choupos, os rendimentos do ano anterior e do ano corrente, além dos duzentos mil francos do negócio que acabava de fechar, podia juntar um total de novecentos mil francos. Os vinte por cento que ganharia em pouco tempo sobre os títulos, que estavam a setenta francos, eram tentadores. Fez as contas da especulação no jornal que anunciava a morte do irmão, ouvindo, sem escutar, os gemidos do sobrinho. Nanon veio bater na parede para convidar o patrão a descer: o jantar estava servido. Debaixo da abóbada, no último degrau da escada, Grandet dizia com seus botões: "Com juros de oito por cento, faço o negócio. Em dois anos, retiro um milhão e quinhentos mil francos de Paris em ouro vivo".

– Que é de meu sobrinho?

– Ele disse que não quer comer – respondeu Nanon. – Isso não faz bem.

– Assim economizamos – replicou o patrão.

– Ah, é mesmo – disse ela.

– Bolas! Não vai chorar para sempre. A fome tira o lobo da floresta.

O jantar foi estranhamente silencioso.

– Meu amigo – disse a sra. Grandet depois que a toalha foi retirada –, precisamos usar luto.

– Na verdade, sra. Grandet, a senhora não sabe o que inventar para gastar dinheiro. O luto está no coração, não nas roupas.

– Mas o luto por um irmão é indispensável, e a Igreja manda...

– Compre seu luto com seus seis luíses. Para mim, traga a faixa de crepe, é o que chega.

Eugénie ergueu os olhos para o céu, sem dizer palavra. Pela primeira vez na vida, seus generosos pendores adormecidos, comprimidos mas subitamente despertos, eram ofendidos a todo momento. Aquela noite foi aparentemente semelhante a mil outras noites de sua existência monótona, mas foi na verdade a mais horrível. Eugénie trabalhou sem erguer a cabeça e não usou o estojo que Charles desprezara na véspera. A sra. Grandet tricotou suas mangas. Grandet girou os polegares durante quatro horas, afundado em cálculos cujos resultados, no dia seguinte, espantariam Saumur. Ninguém foi visitar a família naquele dia. Naquele momento, a cidade inteira repercutia com o golpe dado por Grandet, com a falência do irmão e a chegada do sobrinho. Para atender à necessidade de conversar sobre seus interesses comuns, todos os proprietários de vinhas das classes altas e médias de Saumur estavam em casa de Des Grassins, onde lançavam terríveis imprecações contra o ex-prefeito. Nanon fiava, e o ruído da roca foi a única voz ouvida sob o teto cinzento da sala.

– Não estamos gastando a língua – disse ela mostrando os dentes brancos e grandes como amêndoas despeladas.

– Não precisa gastar nada – respondeu Grandet despertando de suas meditações.

Via-se, em perspectiva, com oito milhões em três anos, vogava naquele longo rio de ouro.

– Vamos deitar. Vou dizer boa-noite a meu sobrinho por todos e ver se quer comer alguma coisa.

A sra. Grandet ficou no patamar do primeiro andar para ouvir a conversa que ocorreria entre Charles e o velhote. Eugénie, mais ousada, subiu dois degraus.

– Então, sobrinho, está triste. Chore, chore, é natural. Pai é pai. Mas precisamos aguentar os males com paciência. Cuido de você enquanto chora. Sou um bom parente, como vê. Vamos, coragem. Quer um copinho de vinho? Vinho não custa nada em Saumur, aqui oferecemos vinho como se oferece chá nas Índias. Mas – disse Grandet continuando – está sem luz. Isso é péssimo! Precisamos enxergar claro o que fazemos.

Grandet foi até a chaminé.

– Ora, vejam! – exclamou. – Vela de cera. Onde diabos foram buscar vela de cera? Essas mulherzinhas arrancariam o assoalho da minha casa para fritar ovos para esse rapaz.

Ouvindo essas palavras, mãe e filha entraram cada uma em seu quarto e enfiaram-se na cama com a rapidez de ratos apavorados voltando para a toca.

– Sra. Grandet, por acaso tem algum tesouro? – perguntou o homem entrando no quarto da mulher.

– Meu amigo, estou rezando, espere – respondeu com voz alterada a pobre mãe.

– Que o diabo carregue o teu deus! – replicou Grandet entredentes.

Os avarentos não acreditam em vida futura; para eles, o presente é tudo. Essa reflexão lança uma luz horrível sobre a época atual, quando, mais que em qualquer outra, o dinheiro domina leis, política e costumes. Instituições, livros, homens e doutrinas, tudo conspira para minar a crença numa vida futura sobre a qual o edifício social se apoia há mil e oitocentos anos. Hoje em dia o sepulcro é uma transição pouco temida. O futuro, que nos esperava além do réquiem, foi transposto para o presente. Chegar *per fas et nefas*[41] ao paraíso terreno do luxo e dos gozos da vaidade, petrificar o coração e macerar o corpo para obter posses passageiras, tal como, antes, se sofria o martírio da vida para obter bens eternos, esse é o pensamento geral! Pensamento, aliás, escrito em toda parte, até nas leis, que perguntam ao legislador: "Como pagas?"[42] em vez de dizer: "Como pensas?". Quando essa doutrina tiver passado da burguesia ao povo, que será do país?

– Acabou, sra. Grandet? – disse o velho toneleiro.

– Meu amigo, estou rezando por você.

– Ótimo! Boa noite. Amanhã de manhã, conversamos.

A pobre mulher adormeceu como o estudante que, não tendo feito a lição de casa, teme encontrar na manhã seguinte o rosto irritado do mestre. Enquanto, com medo, ela se enrolava nos lençóis para não ouvir coisa alguma, Eugénie aproximou-se sorrateira, de camisola, descalça, para beijar-lhe a fronte.

---

41. Por todos os meios. (N.T.)

42. Só eram elegíveis aqueles que pagassem certo imposto. (N.T.)

– Oh! Mãezinha – disse ela –, amanhã eu digo que fui eu.

– Não, ele a mandaria para Noyers. Eu cuido disso, ele não vai me devorar.

– Está ouvindo, mamãe?

– O quê?

– *Ele.* Continua chorando.

– Vá deitar-se, minha filha. Assim vai pegar friagem nos pés. O ladrilho é úmido.

Foi assim que transcorreu o dia solene que deveria marcar toda a vida da rica e pobre herdeira cujo sono já não foi completo e puro como havia sido até então. Com muita frequência certas ações da vida humana parecem – literariamente falando – inverossímeis, embora verdadeiras. Mas talvez porque quase sempre deixamos de derramar uma espécie de luz psicológica sobre nossas determinações espontâneas, deixando de explicar as razões misteriosas que as tornaram necessárias. A profunda paixão de Eugénie talvez devesse ser analisada em suas fibrilas mais delicadas porque – diriam alguns gracejadores – ela se tornou uma doença e influenciou toda a sua existência. Muitos preferem negar os desenlaces a medir a força dos elos, dos nós, dos laços que amarram secretamente um fato a outro na ordem moral. Aqui, portanto, o passado de Eugénie servirá aos observadores da natureza humana como garantia da ingenuidade de sua irreflexão e da subitaneidade das efusões de sua alma. Proporcional à tranquilidade de sua vida foi a força da piedade feminina, o mais engenhoso dos sentimentos, que se expandiu em sua alma. Por isso, perturbada pelos acontecimentos do dia, acordou várias vezes, para prestar atenção, acreditando ter ouvido os suspiros do primo, que desde a véspera ressoavam em seu coração: ora o via morrendo de tristeza, ora sonhava que ele morria de fome. De madrugada, teve certeza de que ouviu uma terrível exclamação. Ao alvorecer logo se vestiu e correu com passo leve para junto do primo, que deixara a porta aberta. A vela queimara na arandela do candelabro. Charles, vencido pela natureza, dormia vestido, sentado numa poltrona, com a cabeça inclinada sobre a cama; sonhava, como se sonha de estômago vazio. Eugénie pôde chorar à vontade; pôde admirar o rosto jovem e belo, marcado pela dor, os olhos inchados de chorar, que, mesmo adormecidos, pareciam ainda verter lágrimas. Charles adivinhou a presença de Eugénie, abriu os olhos e a viu enternecida.

– Desculpe, prima – disse ele, claramente sem saber que horas eram nem o lugar onde estava.

– Aqui há corações que o entendem, e *nós* achamos que o primo precisaria de alguma coisa. Deveria deitar-se, vai cansar-se assim.

– É verdade.

– Então, até logo.

E saiu correndo, envergonhada e feliz por ter ido. Só a inocência ousa esses atrevimentos. A Virtude esclarecida é tão boa calculadora quanto o Vício. Eugénie, que perto do primo não havia tremido, mal se sustentava nas pernas quando entrou em seu quarto. A ignorância da vida acabara de repente, ela raciocinou e se repreendeu de mil modos. "Que ideia ele vai ter de mim? Vai achar que o amo." Era exatamente nisso que ela mais desejava que ele acreditasse. O amor sincero tem sua presciência e sabe que amor chama amor. Que feito para aquela moça solitária, entrar assim furtivamente no quarto de um homem! Acaso não há em amor pensamentos e ações que, para certas almas, equivalem a santas bodas? Uma hora depois, ela entrou no quarto da mãe e a vestiu, conforme era hábito. A seguir, foram tomar seus lugares à frente da janela, esperando Grandet com a ansiedade que enregela ou aquece, aperta ou dilata o coração, dependendo do caráter, quando se teme uma cena ou uma punição; esse sentimento, aliás, é natural: existe até nos animais domésticos, que chegam a gritar pela dor de uma correção, ao passo que se calam quando se machucam sem querer. O bom Grandet desceu, mas falou distraidamente com a mulher, beijou Eugénie e sentou-se à mesa sem parecer estar pensando nas ameaças da véspera.

– Que é de meu sobrinho? O menino não incomoda mesmo.

– Está dormindo, patrão – respondeu Nanon.

– Ainda bem, assim não precisa de vela de cera – disse Grandet num tom zombeteiro.

Aquela clemência insólita, aquela alegria amarga impressionaram a sra. Grandet, que olhou para o marido atentamente. O bom Grandet... Aqui talvez seja conveniente observar que em Touraine, Anjou, Poitou e na Bretanha, a palavra bom, já várias vezes usada para designar Grandet, é atribuída tanto aos homens mais cruéis quanto aos mais bonachões assim que chegam a certa idade. Esse título não deve levar a fazer pressuposições sobre a mansuetude individual. O bom Grandet, pois, pegou o chapéu e as luvas e disse:

– Vou dar uma volta na praça para encontrar nossos amigos Cruchots.

– Eugénie, seu pai sem dúvida tem algum coisa.

De fato pouco dorminhoco, Grandet gastava metade da noite nos cálculos preliminares que conferiam exatidão espantosa a seus pontos de vista, a suas observações, a seus planos, garantindo o constante sucesso que enchia de admiração os habitantes de Saumur. Todo o poder humano é um composto de paciência e tempo. O poderoso intenta e atenta. A vida do avarento é um constante exercício de poder humano a serviço da personalidade. Ele se apoia em dois sentimentos apenas: amor-próprio e interesse; mas, como o interesse, de algum modo, é amor-próprio sólido e praticado, prova contínua de superioridade real, amor-próprio e interesse são duas partes de um mesmo todo, o egoísmo. Daí talvez decorra a prodigiosa curiosidade despertada pelos avarentos, quando habilmente postos em cena. Todos estão ligados por um fio a essas personagens que atuam em todos os sentimentos humanos, resumindo-os todos. Onde está o homem sem desejo, e que desejo social se resolve sem dinheiro? Grandet realmente tinha alguma coisa, conforme se expressara a mulher. Nele, como em todos os avarentos, havia uma persistente necessidade de pregar peças nos outros homens, de ganhar legalmente o dinheiro deles. Lograr os outros não é demonstrar poder, adquirir perpetuamente o direito de desprezar aqueles que, por fracos demais, se deixam devorar na vida? Oh! Quem entendeu realmente o cordeiro mansamente deitado aos pés de Deus, o mais comovente emblema de todas as vítimas terrenas, emblema de seu futuro, enfim o Sofrimento e a Fraqueza glorificados? Esse cordeiro é cevado, confinado, morto, cozido, devorado e desprezado pelo avarento. O pasto do avarento é feito de dinheiro e desdém. Durante a noite, as ideias do bom Grandet haviam tomado outro rumo: era esse o motivo de sua clemência. Ele urdira uma trama para ridicularizar, torcer, enrolar, moldar os parisienses, fazê-los ir, vir, suar, esperar, empalidecer, para divertir-se com eles, ele, ex-toneleiro, do fundo de sua sala cinzenta, subindo a escada carunchosa de sua casa de Saumur. Tinha pensado no sobrinho. Queria salvar a honra do irmão morto, sem que isso custasse um tostão ao sobrinho e a ele. Aplicaria nos fundos públicos por três anos, e ele só precisaria gerir os bens; faltava-lhe então um alimento para a atividade maliciosa, alimento que ele encontrava na falência do irmão. Como não tivesse nada entre as patas para espremer, queria triturar os parisienses em benefício de Charles, mostrando-se excelente irmão por preço módico. A honra da família tinha participação tão pequena em seu projeto que cabe comparar sua boa vontade à necessidade que têm os jogadores de assistir a um bom jogo no qual não apostaram. E os Cruchots eram necessários, mas não queria ir procurá-los, decidira fazê-los vir até ele e começar naquela mesma noite a comédia que acabava de planejar para, no dia seguinte, sem gastar um vintém, vir a ser objeto de admiração em sua cidade. Na ausência do pai, Eugénie teve a felicidade de poder cuidar abertamente do bem-amado primo, de derramar sobre ele, sem temor, os tesouros de sua piedade, uma das sublimes superioridades da mulher, a única que ela quer fazer sentir, a única que ela sente pelo homem e o perdoa por isso. Três ou quatro vezes Eugénie foi prestar atenção à respiração do primo; saber se ele dormia, se estava acordado; depois, quando ele se levantou, o creme, o café, os ovos, as frutas, os pratos, o copo, tudo o que fazia parte do almoço foi motivo de algum cuidado. Ela escalou com passo ligeiro a velha escada para ouvir o ruído feito pelo primo. Vestia-se? Ainda chorava? Foi até a porta.

– Primo?

– Prima.

– Quer almoçar na sala ou aqui no quarto?

– Onde quiser.

– Como está?

– Querida prima, tenho vergonha de estar com fome.

Essa conversa, através da porta, era para Eugénie um verdadeiro episódio de romance.

– Então vamos trazer o almoço aqui, no quarto, para não contrariar meu pai.

Desceu para a cozinha com a ligeireza de um pássaro.

– Nanon, vá arrumar o quarto dele.

Aquela escada tantas vezes subida e descida, onde o menor ruído ressoava, parecia ter perdido a vetustez; Eugénie a via luminosa, falante, jovem como ela, jovem como seu amor, ao qual servia. Por fim sua mãe, boa e indulgente mãe, quis prestar-se às fantasias daquele amor, e, depois que o quarto de Charles foi arrumado, as duas foram fazer companhia ao infeliz: acaso a caridade cristã não mandava consolá-lo? Aquelas duas mulheres foram buscar na religião um bom número de pequenos sofismas para justificar suas escapadelas. Charles Grandet sentiu-se então alvo de cuidados afetuosos e ternos. Seu coração dolorido sentia intensamente a doçura daquela suave amizade, daquela encantadora afinidade, que aquelas duas almas sempre constrangidas souberam demonstrar quando se viram livres por um momento na região dos sofrimentos, sua esfera natural. Autorizada pelo parentesco, Eugénie começou a arrumar as roupas, os objetos pessoais que o primo levara, e pôde admirar-se à vontade com cada frivolidade luxuosa, bugigangas de prata e ouro lavrado que lhe caíam nas mãos e ela ficava segurando muito tempo, a pretexto de examiná-los. Charles não deixou de sentir profunda ternura pelo interesse generoso demonstrados pela tia e pela prima; conhecia bem a sociedade de Paris para saber que, em sua posição, lá só teria encontrado corações indiferentes ou frios. Eugénie apareceu-lhe em todo o esplendor de sua beleza especial, e então ele admirou a inocência daqueles costumes dos quais zombava na véspera. Por isso, quando Eugénie tomou das mãos de Nanon a tigela de faiança cheia de café com creme para servi-lo ao primo com toda a ingenuidade do sentimento, olhando-o com bondade, os olhos do parisiense se encheram de lágrimas, ele tomou-lhe a mão e a beijou.

– Ei! O que tem ainda? – perguntou ela.

– São lágrimas de reconhecimento – respondeu ele.

Eugénie voltou-se bruscamente para a lareira, para pegar os castiçais.

– Nanon, tome, leve embora – disse.

Quando olhou para o primo, seu rubor ainda era grande, mas pelo menos seu olhar pôde mentir, sem deixar transparecer a excessiva alegria que lhe inundava o coração; mas os olhos dos dois exprimiram um mesmo sentimento, quando suas almas se fundiram num mesmo pensamento: o futuro era deles. Essa doce emoção foi mais deliciosa para Charles, em meio a sua imensa dor, porque inesperada. Uma batida da aldrava chamou as duas mulheres de volta a seus lugares. Por sorte, conseguiram descer a escada com bastante rapidez para que Grandet as encontrasse trabalhando, quando entrou; se as tivesse encontrado debaixo da abóbada, não precisaria de mais nada para suspeitar. Depois do almoço, que o bom Grandet ingeriu em pé, o guarda, que ainda não tinha recebido a gratificação prometida, chegou de Froidfond, de onde trazia uma lebre, perdizes mortas no parque, enguias e dois linguados devidos pelos moleiros.

– Eh! Eh! Esse Cornoiller... isso vem bem a calhar. Está bom para comer?

– Está, sim, meu bom senhor, tá morto faz dois dias.

– Vamos, Nanon, mexa-se – disse o velhote. – Pegue isto, é para o jantar; vou regalar dois Cruchots.

Nanon arregalou os olhos e olhou para todos.

– Ah! Bom – disse –, e onde vou encontrar toucinho e temperos?

– Mulher – disse Grandet –, dê seis francos a Nanon e lembre-me de ir à adega comprar um bom vinho.

– E... bom, então, sr. Grandet – começou o guarda, que tinha preparado sua arenga para decidir a questão do seu pagamento –, sr. Grandet...

– Ta-ta-ta-tá – disse Grandet –, sei o que quer dizer, você é um bom sujeito, vamos ver isso amanhã, hoje estou com muita pressa. Mulher, dê cem soldos a ele – disse à sra. Grandet.

E escafedeu-se. A pobre mulher ficou muito feliz por comprar a paz por onze francos. Sabia que Grandet ficaria calado durante quinze dias, depois de lhe tomar, moeda por moeda, o dinheiro que lhe dera.

– Tome, Cornoiller – disse ela enfiando-lhe dez francos na mão –, um dia ainda vamos reconhecer seus serviços.

Cornoiller nada pôde dizer. Foi embora.

– Patroa – disse Nanon, que tinha posto a touca preta e pegado o cesto –, preciso só de três francos, fique com o resto. Deixe, vai dar tudo certo.

– Faça um bom jantar, Nanon, meu primo vai descer – disse Eugénie.

– Sem dúvida aqui está acontecendo alguma coisa esquisita – disse a sra. Grandet. – É a terceira vez, desde que nos casamos, que seu pai oferece um jantar.

Por volta das quatro horas, quando Eugénie e a mãe tinham terminado de pôr mesa para seis pessoas e o dono da casa havia trazido para cima algumas garrafas daqueles vinhos excelentes que os provinciais guardam com amor, Charles foi para a sala. O jovem estava pálido. Seus gestos, atitudes, olhares e o tom da voz tinham uma tristeza cheia de beleza. Nele, a dor não era representação; ele sofria de verdade, e o véu que o pesar estendera sobre sua fisionomia dava-lhe um ar interessante, que tanto agrada às mulheres. Eugénie amou-o bem mais por isso. Talvez a desventura também o tivesse aproximado dela. Charles já não era aquele rapaz rico e bonito, posto numa esfera inacessível para ela, mas um parente mergulhado em horrível miséria. Miséria gera igualdade. O que há de comum entre a mulher e o anjo é que os seres que sofrem lhes pertencem. Charles e Eugénie entenderam-se e falaram-se com os olhos apenas; pois o pobre dândi decaído, o órfão sentou-se a um canto, ficou mudo, calmo e altivo; mas, de quando em quando, o olhar terno e acariciador da prima brilhava para ele, obrigava-o a largar seus pensamentos tristes, lançar-se com ela nos campos da esperança e do Futuro, por onde ela gostava de enveredar com ele. Naquele momento, a cidade de Saumur estava mais impressionada com o jantar oferecido por Grandet aos Cruchots do que estivera na véspera com a venda de sua colheita, que constituía um crime de alta traição para com os vinhateiros. Se o político vinhateiro tivesse oferecido o jantar com a mesma intenção que custou o rabo ao cão de Alcibíades[43], talvez tivesse sido um grande homem; mas, superior demais a uma cidade da qual burlava o tempo todo, não fazia caso de Saumur. Os Des Grassins logo ficaram sabendo da morte violenta e da provável falência do pai de Charles e resolveram ir naquela mesma noite à casa do cliente, para participar de sua dor e apresentar-lhe seus protestos de amizade, informando-se também dos motivos que poderiam tê-lo levado a convidar os Cruchots para jantar em semelhantes circunstâncias. Às cinco em ponto, o juiz-presidente C. de Bonfons e seu tio, o notário, chegaram endomingados até os dentes. Os convivas sentaram-se à mesa e começaram comendo notavelmente bem. Grandet estava sério, Charles,

43. Plutarco, *Vida de Alcibíades* IX, 1: Alcibíades tinha um cão incrivelmente grande e bonito, pelo qual pagara setenta minas; um dia, porém, cortou-lhe o rabo, um rabo esplêndido. Os familiares, então, o reprovaram, dizendo que todos, agora, sentidos com a sorte do cão, injuriavam seu dono: "É exatamente isso o que eu queria!" – respondeu Alcibíades, rindo. "Eu queria que os atenienses falassem sobre isso e assim deixassem de dizer coisas piores sobre mim." (N.T.)

silencioso, Eugénie, muda, a sra. Grandet, sem falar, como de costume, de tal modo que aquele jantar foi um verdadeiro ágape de condolências. Quando todos se levantaram, Charles disse à tia e ao tio:

– Peço licença de me retirar. Sou obrigado a cuidar de longa e triste correspondência.

– Esteja à vontade, sobrinho.

Depois de sua saída, quando o bom Grandet presumiu que Charles não ouviria nada, por estar mergulhado em seus escritos, olhou com um jeito sonso para a mulher:

– Sra. Grandet, o que temos para conversar seria grego para as senhoras; são sete e meia, seria melhor irem para debaixo das cobertas. Boa noite, minha filha.

Beijou Eugénie, e as duas mulheres saíram. Aí começou a cena na qual o tio Grandet, mais que em qualquer outro momento da vida, pôs em ação a habilidade que havia adquirido no comércio com os homens, habilidade que muitas vezes lhe valia, da parte daqueles que sentiam na pele suas mordidas um tanto rudes, o apelido de *velho cão*. Se o prefeito de Saumur tivesse alçado mais alto a sua ambição, se, por circunstâncias felizes que o fizessem aproximar-se das esferas superiores da sociedade, ele tivesse chegado aos congressos onde se tratavam dos interesses das nações e lá utilizado o gênio de que fora dotado pelo interesse pessoal, não há dúvida de ele teria sido gloriosamente útil à França. Mas também seria provável que, fora de Saumur, o bom Grandet só fizesse triste figura. Talvez ocorra com os homens o que se dá com certos animais, que deixam de gerar quando transplantados para longe dos climas onde nasceram.

– Se... se... se... se... nhor pre... pre... pre...presidente, o seeenhor di... di... di... dizia que a faaalência...

A tartamudez que vinha simulando fazia tempo, vista como natural, tanto quanto a surdez de que ele se queixava em tempos de chuva, naquela conjuntura tornaram-se tão cansativas para os dois Cruchots que, ouvindo o vinhateiro, eles careteavam sem perceber, no esforço com que pareciam querer concluir as palavras nas quais ele emperrava por prazer. Aqui talvez seja necessário contar a história da gagueira e da surdez de Grandet. Ninguém, em Anjou, ouvia melhor nem era capaz de pronunciar com mais clareza o francês angevino do que o esperto vinhateiro. No passado, apesar de toda a sua sagacidade, ele havia sido enganado por um israelita que, na discussão, punha a mão na orelha à guisa de corneta acústica, pretextando ouvir melhor assim, e tartamelava tão bem em busca das palavras que Grandet, vítima de seus sentimentos humanos, achou-se na obrigação de sugerir ao malicioso judeu as palavras e as ideias que o judeu parecia procurar, de terminar os raciocínios do referido judeu, de falar como deveria falar o danado judeu, de ser, enfim, o judeu e não Grandet. O toneleiro saiu daquele combate bizarro concluindo o único negócio do qual se arrependeria em toda a sua vida comercial. Mas, se em termos pecuniários ele perdeu, em termos morais ganhou uma boa lição e, mais tarde, colheu seus frutos. Por isso, o bom Grandet acabou abençoando o judeu que lhe ensinara a arte de impacientar o adversário comercial que, ocupado a exprimir o pensamento do outro, perdia constantemente de vista o seu próprio. Ora, nenhum negócio exigia, mais que aquele, o emprego da surdez, da tartamudez e dos rodeios incompreensíveis nos quais Grandet enrolava suas ideias. No começo, não queria assumir a responsabilidade por suas ideias; depois, queria assumir a posse de sua fala e deixar na dúvida suas verdadeiras intenções.

– Senhor de Bon... Bon... Bonfons...

Pela segunda vez em três anos, Grandet chamava Cruchot sobrinho de senhor de Bonfons. O juiz-presidente podia acreditar-se eleito para genro do artificioso velhote.

– O seeeenhor di... di... di... dizia então que as falêêêências po... po... po... podem, eeeem ce... rtos casos ser impe... pe... pe... didas pe pe...

– Pelos próprios tribunais de comércio. Isso se vê todos os dias – disse o sr. C. de Bonfons, embarcando na ideia do tio Grandet ou acreditando adivinhá-la e querendo explicá-la afetuosamente. – Escute bem!

– Escucuto – respondeu humildemente o bom Grandet, assumindo a maliciosa atitude de uma criança que ri no íntimo do professor enquanto parece estar prestando a maior atenção.

– Quando um homem considerável e considerado, como o era, por exemplo, o finado senhor seu irmão de Paris...

– Meeeeu... irmão, sim.

– Está ameaçado de insolvência...

– Iiiissso se chaaam in... in... solvência?

– Sim. Se a falência for iminente, o Tribunal de Comércio, competente para tais casos (veja bem), tem a faculdade de, por meio de sentença, nomear um liquidante para sua casa comercial. Liquidar não é falir, entende? Na falência, um homem fica desonrado; mas, na liquidação, ele continua sendo honesto.

– É bem di... di... di... diferente, se iiissso não fo... for... m... mais caro – disse Grandet.

– Mas a liquidação também pode ser feita mesmo sem o socorro do Tribunal de Comércio. Pois – disse o juiz-presidente aspirando sua pitada de rapé – como se declara uma falência?

– É, nunca pen... pen... pen... pensei nisso – respondeu Grandet.

– Primeiramente – continuou o magistrado –, com a apresentação do balanço no cartório do tribunal, o que é feito pelo próprio negociante ou por seu procurador devidamente nomeado. Segundamente, por requerimento dos credores. Ora, se o negociante não apresentar balanço, se nenhum credor requerer do tribunal uma sentença que declare a falência do supracitado negociante, o que acontece?

– É... é... é..., o que...

– Então a família do *de cujus*, seus representantes, seus sucessores, ou o negociante, se não estiver morto, ou seus amigos, se estiver foragido, fazem a liquidação. O senhor talvez queira liquidar os negócios de seu irmão? – perguntou o juiz-presidente.

– Ah! Grandet – exclamou o notário –, seria bom. Existe honra no fundo de nossas províncias. Se você salvasse seu nome, pois é seu nome, seria um homem...

– Sublime – disse o juiz-presidente, interrompendo o tio.

– Deceerto – replicou o velho vinhateiro –, meu, meu ir... ir... irmão se cha, cha, cha, cha chamava Grandet co... co... como eu. É, é, é, é líquido e certo. Não, não não digo não. E, e, e, essa li, li, li, liquidação po, po, poderia em tooodo caso, ser eeeeem todos ooos as, as, aspectos muito vanvantatajosa para os in, in, in, interesses de meu so, so, sobrinho, que eu, eu, eu amo. Mas precisa ver. Eu não co, co, co, conheço *ooos espertinhos* de Paris. Eu... estou em Sau, sau, mur, co... como vê! Minhas videiras! Meus foooossos e en... enfim, meus negóóócios. Nu... nunca fiz le, le, letras. O que é uma letra? Re, re, re cebi muitas, mas mas nunca assi, assi, assinei. A geeente receeebe, desssscooonta. Só sei sei isso. Ou vi, vi, di, di, dizer que se se po, po, pode resgatar le, le, le...

– Pode – disse o juiz-presidente. – É possível adquirir as letras em circulação, mediante tanto por cento. Está entendendo?

Grandet fez uma corneta com a mão, aplicou-a na orelha, e o juiz-presidente repetiu a frase.

– Mas – respondeu o vinhateiro –, então tu, tudo isso te... tem prós e contras. Eu eu não sei nada, na minha iiiiiidade, de tooodas ess, ess, essas coooisas. Pre, preciso fiii car a aqui pra cui, cui, cuidar das colheitas. A colheita se jun, junta, e é, é, é coooom a colheita que se pa paga. Antes de mais nada, pre, pre, cisa cuidar das co, co, colheitas. Tenho negóóócios im, im, importantes e inte, te, teressantes em Froidfond. Não posso a, a, abandonar mi, mi, minha casa por causa de *em, em, embrrrrulhadas* de, de, de tooodos os di, diaabos, que eu não enten, tendo nada. O senhooor diz que, que eu devia, para li, li, li liquidar, para parar a declaração de falência, ir a Paris. Ninguém pode es, estar ao mesmo tempo em, em, em dois lugares, só se for pa pa pa passarinho... E...

– E eu entendo – exclamou o notário. – Pois! Bem, meu velho amigo, você tem amigos, velhos amigos, capazes de demonstrar sua dedicação.

"Então ande", pensava com seus botões o vinhateiro, "decida-se!"

– E se alguém fosse para Paris, procurasse o maior credor de seu irmão Guillaume e dissesse...

– Es, espere aí, dissesse o quê? – continuou o velhote. – Alg, alguma, coooi, coisa co, co como: "O sr. Grandet de Saumur da, da, qui, o sr. Grandet, de, de, de Saumur de lá. Ele gosta do irmão, gosta do so, so, sobrinho. Grandet é um bom pa, pa, parente, tem ótimas intenções. Vendeu bem sua co, co, colheita. Não declarem a fa, fa, fa, fa, falência, reeeeeúnam-se, no, no, nomeiem li, li, liquidantes. Eeeeentão Grandet vai, vai ver. Os seeenhores vão, vão ganhar bem mais liquidando do que dei, dei, deixando o pessoal da justiça meter o bi, bi, bico...". Hein! N'é verdade?

– Justo! – disse o juiz-presidente.

– Porque, veja bem, senhor de Bon, Bon, Bon, fons, precisa ver antes de se de, decidir. Quem não, não, não pode, não, não pode. Em todo ne, ne, gócio custoso, praaa não se arru, rru, rrui, rruinar, precisa conhecer os recursos e os custos. Hein! N'é verdade?

– Sem dúvida – disse o juiz-presidente. – Na minha opinião, acho que no prazo de alguns meses de tempo será possível resgatar os débitos por uma soma x, pagar integralmente por acordo. Ha! Ha! A gente leva os cachorros bem longe mostrando um pedaço de sebo. Não havendo declaração de falência, o senhor, com os títulos de crédito nas mãos, vai ficar branco como neve.

– Como ne, ne, neve – repetiu Grandet voltando a fazer uma corneta com a mão. – Não entendo a ne, ne, neve.

– Então – bradou o juiz-presidente – escute bem.

– Escucuto.

– Um título é uma mercadoria que pode estar em alta ou em baixa. Essa é uma dedução do princípio de Jeremy Bentham sobre a usura. Esse publicista provou que o preconceito que reprova os usurários é uma tolice.

– Siiiiiim! – disse o bom Grandet.

– Considerando que em princípio, segundo Bentham, o dinheiro é uma mercadoria, e que o que representa o dinheiro também se torna mercadoria – continuou o juiz-presidente –; considerando ser notório que, submetida às variações habituais que regem o comércio, a mercadoria-título, portando esta ou aquela assinatura, tal como este ou aquele artigo, abunda ou falta na praça, e seu preço sobe ou cai a zero, o tribunal decide que... (Opa! Que besteira eu disse, desculpe), minha opinião é que o senhor pode resgatar seu irmão por vinte cinco por cento.

– O senhor o chá, chá, chá, chama Je, Je, Je, Jeremy Ben...

– Bentham, um inglês.

– Esse Jeremias aí nos poupará muitas lamentações em negócios – disse o notário rindo.

– Esses ingleses às ve, ve, vezes têm booom-senso – disse Grandet. – Assim, se, se, se, segundo Ben, Ben, Ben, Bentham, se os títulos de meu irmão... va, va, va, va, valem... não valem. Se. Eu, eu, es, estou certo, né? Isso me parece claro... Os credores seriam... Não, não seriam. Estou entendendo.

– Deixe-me explicar-lhe tudo isso – disse o juiz. – Em direito, se o senhor possuir os títulos de todos os débitos da casa Grandet, seu irmão ou seus herdeiros não deverão nada a ninguém. Bom.

– Bom – repetiu o velhote.

– Em termos equitativos, se os títulos de seu irmão forem negociados (negociados, o senhor entende bem esse termo?) na praça com tanto por cento de perda; se um amigo seu passar por lá e os resgatar, os credores não terão sido coagidos por violência alguma a dá-los, e os herdeiros do finado sr. Grandet de Paris estarão honestamente quites.

– É verdade, ne, ne, ne, gócios são negócios – disse o toneleiro. – Isto poooosto... Mas, no entanto, o senhor enten,

ten, ten, tende que é di, di, di, difícil. Eu, eu, eu não tenho diiiiinheiro, nem, nem, nem tempo, nem tempo, nem...

– Claro, o senhor não pode se incomodar com isso. Então! Bom, eu me ofereço para ir a Paris (o senhor custearia a viagem, é uma ninharia). Vou procurar os credores, falo com eles, temporizo e tudo se arranja com um pagamento suplementar que o senhor acrescenta aos valores da liquidação, para entrar na posse dos títulos de crédito.

– Mas vaaaamos ver, eu não, não, não posso, eu, eu, eu não quero me, me, me, comprometer sem, sem que... Quem, quem, quem, não, não pode, não pode. Está entendeeeeendo?

– É verdade.

– Estou com a cabeça es, es, estalando com o que, que o seeeeenhor, nhor di, disse. É a, a, a primeira vez na vida que eu, eu sou ooooobrigado a pensar em...

– Claro, o senhor não é jurisconsulto.

– Eu, eu sou um pó, pó, pobre vinhateiro, não entendo nada disso que o se, se, senhor está dizendo; eu pre, pre, preciso es, es, estudar issssso.

– Pois bem – continuou o juiz, com um jeito de quem pretendia recapitular a discussão.

– Sobrinho!... – disse o notário em tom de repreensão, interrompendo-o.

– Que é, titio – respondeu o juiz.

– Deixe que o sr. Grandet explique quais são suas intenções. Trata-se de um mandato importante. Nosso caro amigo precisa definir as coisas coeren...

Uma batida de aldrava, anunciando a chegada da família Des Grassins, sua entrada e as saudações impediram que Cruchot terminasse a frase. O notário ficou contente com a interrupção; Grandet já o olhava de viés, e o lobinho dava sinais de tempestade interior. Mas, em primeiro lugar, o prudente notário não achava conveniente que um presidente de tribunal de primeira instância fosse a Paris fazer pactos com credores e prestar ajuda numa tramoia que feria as leis da estrita honestidade; em segundo lugar, como não ouvira o velho Grandet expressar a menor intenção de pagar o que quer que fosse, tremia instintivamente ao pensar no sobrinho metido naquele negócio. Por isso, aproveitou o momento em que os Des Grassins entravam para tomar o juiz pelo braço e atraí-lo para perto da janela.

– Você já se mostrou bastante, sobrinho; agora chega de tanto zelo. É tamanha a vontade de ganhar a filha dele, que você ficou cego! Diabo! Não vá assim metendo os pés pelas mãos. Deixe que agora eu conduzo o barco, só ajude nas manobras. Acha que tem cabimento comprometer sua dignidade de magistrado em semelhante...

Não terminou; estava ouvindo o sr. Des Grassins dizer ao velho toneleiro, dando-lhe a mão:

– Grandet, ficamos sabendo da terrível desgraça que atingiu sua família, o desastre da casa Guillaume Grandet e a morte de seu irmão; viemos expressar toda a nossa solidariedade neste momento de tristeza.

– A única desgraça – disse o notário interrompendo o banqueiro – é a morte do sr. Grandet Júnior. Ele não haveria de se matar se tivesse tido a ideia de pedir socorro ao irmão. Nosso velho amigo, que tem honra até na medula, pretende liquidar as dívidas da casa Grandet de Paris. Meu sobrinho, o juiz-presidente, para livrá-lo dos aborrecimentos de todo um caso judiciário, ofereceu-se para ir imediatamente a Paris, transigir com os credores e satisfazê-los devidamente.

Essas palavras, confirmadas pela atitude do vinhateiro, que se acariciava o queixo, causaram surpresa e estranheza nos três Des Grassins, que tinham vindo por todo o caminho a falar mal da avareza de Grandet, quase o acusando de fratricídio.

– Ah! Bem que eu sabia – exclamou o banqueiro olhando para a mulher. – O que foi que lhe disse pelo caminho, sra. Des Grassins? Grandet tem honra até a raiz dos cabelos e não vai tolerar que seu nome sofra o menor arranhão! Dinheiro sem honra é doença. Existe honra em nossas províncias! Isso é bom, muito bom, Grandet. Sou um velho militar, não sei esconder o que penso; digo tudo com franqueza: com mil trovões! Isso é sublime.

– Eeeentão o ssssu su... su... sub... sublime sai b... bee-em... caro – respondeu o bom Grandet, enquanto o banqueiro lhe sacudia calorosamente a mão.

– Mas, meu bom Grandet, não desfazendo do sr. presidente – continuou Des Grassins –, esse é um assunto puramente comercial que requer um negociante consumado. Não será preciso entender de contas de retorno, desembolsos, cálculos de juros? Preciso ir a Paris cuidar de uns negócios, poderia então me encarregar de...

– Poderíamos então ten... ten... tentar coooooordenar nos... nossas po... po... po... possibilidades relativas e sem me com... com... comprometer com coisas que eu... eu... eu... não gooos... taria de fazer – disse Grandet gaguejando.– Porque, veja bem, o sr. juiz naturalmente me pedia as despesas da viagem.

O velhote não tartamudeou nestas últimas palavras.

– Ora! – disse a sra. Des Grassins – É um prazer ir a Paris. Eu até pagaria por isso. E fez um sinal ao marido, como que para incentivá-lo a surripiar a incumbência dos adversários a qualquer custo; depois, olhou ironicamente para os dois Cruchots, que fizeram cara de coitados. Grandet então puxou o banqueiro por um dos botões da casaca e o atraiu para um canto.

– Eu teria muito mais confiança no senhor do que no juiz – disse. – Além disso, existe algo que deixei na moita – acrescentou, movimentando o lobinho. – Quero entrar no negócio de fundos públicos; quero comprar alguns milhares de francos em fundos, mas só aplicar oitenta francos. Dizem que a coisa vai baixar no fim do mês. O senhor entende disso, não é?

– E como! Então quer dizer que eu preciso comprar alguns milhares de libras em fundos para o senhor?

– Uma coisinha de nada, para começar. Mas, bico fechado, hein! Não quero ninguém por dentro desse jogo. O senhor faria o negócio para o fim do mês; mas não diga nada aos Cruchots, eles ficariam aborrecidos. Como o senhor vai a Paris, aproveitamos para ver o que é possível cavar para meu pobre sobrinho.

– Então está combinado. Parto amanhã com a diligência – disse Des Grassins em voz alta – e venho receber suas últimas instruções a... a que hora?

– Às cinco horas, antes do jantar – disse o vinhateiro esfregando-se as mãos.

Os dois partidos ficaram mais alguns minutos frente a frente. Des Grassins disse depois de uma pausa, dando tapinhas no ombro de Grandet:

– É ótimo ter bons parentes como este...

– Sim, sim, mesmo não parecendo – respondeu Grandet –, sou um bom pa... parente. Gostava muito do meu irmão, e vou provar isso se, se, não, não custar...

– Estamos de saída, Grandet – disse o banqueiro interrompendo-o, felizmente, antes que ele terminasse a frase. – Como antecipei a partida, preciso pôr umas coisas em ordem.

– Bom, bom. Eu também, por a... aquilo que o senhor sabe, vou, vou me rerrerretirar em minha sa... sala de dedeliberações, como diz o juiz-presidente Cruchot.

"Maldição! Deixei de ser sr. de Bonfons", pensou triste o magistrado, com a fisionomia de juiz que ouve entediado um arrazoado.

Os chefes das duas famílias rivais saíram juntos. Nenhum deles pensava mais na traição aos vinhateiros da região, cometida por Grandet naquela manhã, e sondavam-se mutuamente, mas em vão, para descobrir o que os outros pensavam sobre as intenções reais do bom Grandet naquele novo negócio.

– O senhor vai à casa da sra. d'Orsonval[44] conosco? – perguntou Des Grassins ao notário.

– Vamos mais tarde – respondeu o juiz. – Se meu tio concordar, prometi à senhorita de Gribeaucourt[45] que passaria por lá para dizer-lhe boa-noite, e iremos depois disso.

– Até logo então, senhores – disse a sra. Des Grassins.

E, quando os Des Grassins estavam a alguns passos dos dois Cruchots, Adolphe disse ao pai:

44. Personagem fictícia de Balzac. (N.E.)

45. Personagem fictícia de Balzac. (N.E.)

– Estão espumando bonitinho, hein?

– Quieto, menino – replicou a mãe –, eles podem ouvir. Aliás, o que você está dizendo não é de bom gosto e cheira a faculdade de direito.

– Pois é, titio – exclamou o magistrado quando viu que os Des Grassins se afastavam –, comecei como presidente de Bonfons e acabei simplesmente como Cruchot.

– Percebi que isso o contrariou; mas o vento era favorável aos Des Grassins. Você é bobo, com toda essa inteligência?... Deixe que eles embarquem no *vamos ver* do tio Grandet e fique sossegado, menino: nem por isso Eugénie vai deixar de ser sua mulher.

Em alguns instantes a notícia da magnânima resolução de Grandet se espalhou em três casas ao mesmo tempo, e não se falou de outra coisa em toda a cidade senão daquela devoção fraterna. Todos perdoavam Grandet pela venda feita sem consideração pelo juramento dos proprietários, admirando sua honra, gabando uma generosidade de que ninguém o julgava capaz. Faz parte do caráter francês entusiasmar-se, encolerizar-se, apaixonar-se pelo meteoro do momento, pela lenha ordinária que a onda lhe traz.[46] Os seres coletivos, os povos, seriam desprovidos de memória?

Depois de fechar a porta, Grandet chamou Nanon.

– Não solte o cachorro e não durma, precisamos trabalhar juntos. Às onze horas, Cornoiller vai chegar com a berlinda de Froidfond. Fique na escuta, não o deixe bater, diga-lhe simplesmente que entre. As leis de polícia proíbem ruídos noturnos. Aliás, a vizinhança não precisa saber que estou de partida.

Depois de dizer isso, Grandet subiu para seu laboratório, onde Nanon o ouviu remexer, vasculhar, ir, vir, mas com cuidado. Evidentemente, não queria acordar a mulher

46. Alusão a uma fábula de Esopo (adaptada por La Fontaine) em que dois viajantes, da costa, veem em alto-mar algo que lhes parece um navio de guerra. Quando o objeto se aproxima um pouco mais, acham que se trata de um navio comum. Com maior proximidade, parece-lhes um barco. Finalmente, constatam que se trata de um feixe de lenha. A moral é que nossas expectativas são sempre muito mais grandiosas que a realidade. (N.T.)

e a filha, muito menos despertar a atenção do sobrinho, que ele começara por amaldiçoar, quando viu luz em seu quarto. Noite alta, Eugénie, preocupada com o primo, acreditou ter ouvido gemidos de moribundo, e, para ela, o moribundo era Charles: da última vez em que o vira estava tão pálido, tão desesperado! Talvez se tivesse matado. De súbito, embrulhou-se numa capa de capelo, espécie de peliça com capuz, e quis sair. Primeiro, a luz forte que passava pelas frestas da porta dele deu-lhe medo do fogo; mas logo depois se tranquilizou, ao ouvir as passadas pesadas de Nanon e sua voz misturada ao relincho de vários cavalos.

"Será que meu pai vai levar meu primo embora?", pensou, entreabrindo a porta com bastante cuidado para impedi-la de ranger, mas de tal maneira que pudesse ver o que acontecia no corredor.

De repente, seus olhos depararam com os do pai, cujo olhar, mesmo vago e despreocupado, gelou-a de terror. O velhote e Nanon iam emparelhados por um grosso varal que se apoiava, nas duas extremidades, sobre o ombro direito de cada um deles; o varal sustentava uma corda à qual estava preso um barrilote semelhante aos que o tio Grandet gostava de fazer junto ao forno nas horas de folga.

– Nossa Senhora! Patrão, que pesado! – disse Nanon em voz baixa.

– Pena que sejam apenas soldos de dez cêntimos! – respondeu o bom Grandet. – Cuidado para não bater no castiçal.

A cena era iluminada por uma única vela de sebo, colocada entre duas travessas do corrimão.

– Cornoiller – disse Grandet ao seu guarda *in partibus*[47] –, trouxe as pistolas?

– Não, senhor. Diacho! Mas que perigo correm os seus soldos de dez cêntimos?...

– Oh! Nenhum – disse o tio Grandet.

47. Indica o caráter honorífico, e não efetivo, do guarda. (N.T.)

– Aliás, vamos ser bem velozes – continuou o guarda –, seus rendeiros escolheram os melhores cavalos.

– Muito bom. Você não lhes disse aonde eu ia?

– Eu nem sabia.

– Bom. O carro é resistente?

– Se é, patrão! Ah! Carrega três mil[48]. Mas, afinal, quanto pesam esses barris ordinários?

– Hein! – disse Nanon – Eu é que sei! Deve ter aí umas mil e oitocentas.

– Quieta, Nanon! Diga à minha mulher que fui para o campo. Volto para jantar. A toda brida, Cornoiller, preciso estar em Angers antes das nove.

O carro partiu. Nanon trancou a porta principal, soltou o cachorro, foi deitar-se, com as costas doídas, e ninguém da vizinhança desconfiou da partida de Grandet nem do objetivo da viagem. A discrição do velhote era total. Ninguém nunca via um tostão naquela casa cheia de ouro. Depois de ouvir no porto, pela manhã, que o preço do ouro havia duplicado por causa dos numerosos armamentos realizados em Nantes e que haviam chegado especuladores a Angers para comprar ouro, o velho vinhateiro, com um simples empréstimo de cavalos de seus rendeiros, teve condições de ir vender seu ouro e trazer de volta, em obrigações do recebedor geral do tesouro, a quantia necessária à compra de seus fundos públicos, depois de engrossada pelo ágio.

– Meu pai saiu – disse Eugénie, que, do alto da escada, ouvira tudo.

O silêncio voltara a reinar na casa, e o ruído distante do carro, que foi cessando gradualmente, já não ressoava pela adormecida Saumur. Naquele momento, o coração de Eugénie ouviu, antes dos ouvidos, um lamento que atravessou as paredes; vinha do quarto do primo. Uma faixa luminosa, fina como gume de sabre, passava pela fenda da porta e cortava horizontalmente os balaústres da velha escada.

48. Três mil libras, cerca de 1.500 quilos. (N.T.)

– Ele está sofrendo – pensou ela, subindo dois degraus.

Um segundo gemido a levou até o patamar do quarto. A porta estava entreaberta, e ela a empurrou. Charles dormia com a cabeça pendente para fora da velha poltrona; a mão soltara a pluma e quase tocava o chão. A respiração arquejante que aquela posição provocava apavorou Eugénie, que entrou de imediato.

"Deve estar bem cansado", pensou, olhando uma dezena de cartas seladas; leu os endereços: Aos srs. Farry, Breilman e Cia. carruageiros; Ao sr. Buisson, alfaiate etc.[49] "Deve ter deixado tudo em ordem para poder sair da França", pensou ela. Seu olhar caiu sobre duas cartas abertas. As palavras que começavam uma delas – "Minha querida Annette..." – causaram-lhe um estremecimento. O coração deu um salto, os pés se pregaram no chão. Sua querida Annette, ele ama, é amado! Não tenho esperanças! O que ele lhe diz? Essas ideias lhe atravessaram a cabeça e o coração. Lia essas palavras em todos os lugares, até no chão, em letras de fogo. "Já renunciar a ele! Não, não vou ler esta carta. Preciso sair. Mas, e se lesse?" Olhou para Charles, pegou devagarinho sua cabeça e a pousou no espaldar da poltrona; ele se deixou levar como uma criança que, mesmo dormindo, conhece a mãe e recebe cuidados e beijos sem acordar. Como uma mãe, Eugénie ergueu a mão pendente e, como uma mãe, beijou mansamente seus cabelos."Querida Annette!" Um demônio gritava-lhe essas duas palavras aos ouvidos. "Sei que faço mal, talvez, mas vou ler a carta", pensou. Eugénie virou o rosto, pois sua nobre probidade a censurava. Pela primeira vez na vida, o bem e o mal se defrontavam em seu coração. Até então, não precisara envergonhar-se de ação alguma. Mas a paixão e a curiosidade venceram. A cada frase, seu coração se dilatava, mas o ardor pungente que animou sua vida durante aquela leitura tornou ainda mas deliciosos os prazeres do primeiro amor.

49. A empresa Farry, Breilman e Cia. é fictícia; o alfaiate Buisson é real. (N.T.)

Minha querida Annette, nada nos separaria, não fosse a desgraça que me oprime, algo que nenhuma prudência humana poderia prever. Meu pai suicidou-se, a fortuna dele e a minha estão totalmente perdidas. Fico órfão numa idade em que, pela natureza da educação que recebi, posso ser considerado criança; no entanto, preciso erguer-me como homem do abismo em que caí. Acabo de passar parte da noite a fazer cálculos. Se quiser sair da França como homem honesto, e quanto a isso não há dúvida, não tenho nem cem francos para ir tentar a sorte nas Índias ou na América. Sim, cara Anna, vou buscar a fortuna nos piores climas que existem. Sob aqueles céus, ela é segura e rápida, segundo me disseram. Ficar em Paris seria impossível. Minha alma e meu rosto não são feitos para suportar as afrontas, a frieza, o desprezo a que está fadado um homem arruinado, o filho do falido! Santo Deus! Dois milhões em dívidas?... Morreria em duelo na primeira semana. Por isso, não volto. Nem seu amor, o mais terno e devotado que já enobreceu o coração de um homem, poderia atrair-me para lá. Ai! Minha bem-amada, não tenho dinheiro suficiente para ir até aí, dar e receber um último beijo, um beijo do qual eu extrairia a força necessária à minha tarefa.

– Pobre Charles, fiz bem em ler! Tenho ouro, dou-lhe meu ouro – disse Eugénie.

Continuou lendo, depois de enxugar as lágrimas.

Nunca tinha pensado nos sofrimentos da miséria. Mesmo se obtiver os cem luíses indispensáveis à passagem, não terei um vintém para comprar uma pacotilha. Mas não, não terei cem luíses, nem um luís, só saberei o que me sobrou de dinheiro depois do acerto de minhas dívidas em Paris. Se não tiver nada, irei tranquilamente para Nantes, embarcarei como simples marujo e começarei de baixo, como começaram os homens enérgicos que na juventude não tinham um vintém e voltaram ricos das Índias. Desde esta manhã estou encarando friamente meu futuro. Ele é mais horrível para mim do que para qualquer outro, pois fui acarinhado por uma mãe que me adorava, amado pelo melhor dos pais e, ao me iniciar na sociedade, encontrei o amor de uma Anna! Da vida só conheci as flores: essa felicidade não podia durar. No entanto, querida Annette, tenho mais coragem do que era de se esperar num jovem despreocupado, principalmente num jovem acostumado aos mimos da mulher mais deliciosa de Paris, embalado nas alegrias da família, num lar em que tudo eram sorrisos, jovem cujos desejos eram leis para o pai... Oh! Meu pai, Annette, está morto... Pois bem, pensei muito na minha posição e também na sua, Annette. Envelheci muito em 24 horas. Querida Anna, mesmo que, para ficar comigo, em Paris, você renunciasse a todos os prazeres do luxo, às roupas, ao camarote na Ópera, ainda assim não chegaríamos à cifra necessária às despesas da minha vida dissipada; além disso, eu não poderia aceitar tanto sacrifício. Por essa razão, separamo-nos hoje para sempre.

– Está se separando dela, Minha Nossa! Que felicidade!...

Eugénie deu um pulo de alegria. Charles mexeu-se, ela teve um calafrio de terror; mas, felizmente, ele não acordou. Ela continuou:

Quando voltarei? Não sei. O clima das Índias envelhece rapidamente os europeus, sobretudo um europeu que trabalha. Suponhamos que daqui a dez anos. Em dez anos, sua filha terá dezoito, será sua companheira, sua espiã. Para você, o mundo será bem cruel, sua filha, talvez até mais. Conhecemos exemplos desses julgamentos da sociedade e dessas ingratidões filiais; que eles nos sirvam. Guarde no fundo de sua alma, como eu guardarei, a lembrança desses quatro anos de felicidade, e seja fiel, se puder, a este pobre amigo. Mas não posso exigir que o seja, porque, como vê, minha querida Annette, preciso me conformar à minha posição, ver a vida com olhos burgueses, convertê-la em cifras reais. Preciso pensar em casar-me, o que será uma necessidade em minha nova existência; e confesso que encontrei aqui, em Saumur, em casa de meu tio, uma prima dotada de modos, aparência, espírito e um coração que lhe agradariam; além disso, ela me parece ter...

"Devia estar bem cansado para ter parado de escrever", pensou Eugénie ao ver que a carta parava no meio da frase.

Justificava-o! Seria possível que aquela moça inocente não percebesse a frieza estampada naquela carta? Para as jovens educadas na religião, jovens ignorantes e puras, tudo é amor a partir do momento em que pisam as regiões encantadas do amor. Passam a caminhar cercadas da luz celestial que sua alma projeta, luz cujos raios se esparramam sobre o ser amado; ser que elas colorem com os clarões de seu próprio sentimento, atribuindo-lhe seus belos pensamentos. Os erros da mulher quase sempre provêm de sua crença no bem, ou de sua confiança na verdade. No coração de Eugénie, as palavras: "Minha querida Annette, minha bem-amada" ressoavam como a mais bela linguagem de amor e lhe acariciavam a alma tal como, na infância, as notas divinas do *Venite adoremus,* repetidas pelo órgão, lhe acariciavam os ouvidos. Aliás, as lágrimas que ainda molhavam os olhos de Charles, para ela, refletiam todas as nobrezas de coração pelas quais uma moça deve ser seduzida. Como poderia saber que, se Charles amava tanto o pai e o pranteava com tanta sinceridade, sua ternura vinha menos da bondade de seu coração do que das bondades paternas? O sr. e a sra. Guillaume Grandet, sempre satisfazendo os caprichos do filho, proporcionando-lhe todos os prazeres da riqueza, o haviam impedido de fazer os horríveis cálculos de que são mais ou menos culpados, em Paris, quase todos os filhos que, diante dos prazeres parisienses, sentem desejos e concebem planos que, para sua tristeza, são adiados e retardados pela vida dos pais. A prodigalidade do pai, portanto, chegou a ponto de semear no coração do filho um amor filial verdadeiro, não calculista. No entanto, Charles era um filho de Paris, habituado pelos costumes de Paris e pela própria Annette a calcular tudo, já velho sob a máscara de jovem. Recebera a horrível educação daquele mundo onde, numa só noite, cometem-se em pensamentos e palavras mais crimes do que os punidos pela justiça nos tribunais de júri, onde boas pilhérias assassinam nobres ideias, onde só é visto como forte quem vê com clareza; e lá, ver com clareza é não crer em nada, nem em sentimentos, nem em homens, nem mesmo em acontecimentos: lá se fazem falsos acontecimentos. Lá, para ver com clareza, todas as manhãs é preciso pesar a bolsa do amigo, saber ficar politicamente acima de tudo o que ocorre; enquanto isso, é bom não admirar nada, nem obras de arte, nem nobres ações, e achar que a motivação de tudo é o interesse pessoal. Depois de mil loucuras, a grande dama, a bela Annette, obrigava Charles a pensar seriamente; falava-lhe de sua posição futura, passando-lhe a mão perfumada pelos cabelos; compondo-lhe um cacho, fazia-o calcular a vida: feminizava-o e materializava-o. Dupla corrupção, mas corrupção elegante e fina, de bom gosto.

– Você é ingênuo, Charles – dizia ela. Vai custar-me muito ensinar-lhe como é o mundo. Comportou-se muito mal com o sr. des Lupeaulx[50]. Sei muito bem que é um homem pouco respeitável, mas espere que ele perca o poder, então poderá desprezá-lo à vontade. Sabe o que a sra. Campan[51] dizia? Meus filhos, enquanto um homem estiver no ministério, adorem-no;

---

50. Personagem fictícia: político habilidoso que aparece em diversas obras de *A comédia humana*, como *Ilusões perdidas* e *Ascensão e queda de César Birotteau*. (N.E.)

51. Campan (Jeanne-Louise-Henriette Genet, futura sra. Campan) (1752-1822). Personagem real. Educadora e memorialista. Foi secretária de Maria Antonieta. (N.T.)

se cair, ajudem a arrastá-lo pelas ruas. Se poderoso, é uma espécie de deus; se destruído, fica abaixo de Marat[52] em seu ralo porque está vivo, e Marat estava morto. A vida é uma sequência de combinações, e é preciso estudá-las, segui-las, para conseguir manter-se sempre em boa posição.

Charles era um homem que seguia demais a moda, havia sido satisfeito demais pelos pais, adulado demais pelo mundo para ter grandes sentimentos. O grão de ouro que a mãe lhe lançara no coração foi adelgaçado na fieira parisiense, empregado por ele na superfície e deveria ser desgastado pelo atrito. Mas Charles só tinha 21 anos. Nessa idade, o frescor da vida parece inseparável do candor da alma. A voz, o olhar e o semblante parecem em harmonia com os sentimentos. Por isso, o juiz mais duro, o advogado mais incrédulo, o usurário menos fácil sempre hesitam em acreditar na velhice do coração, na corrupção dos cálculos, quando os olhos ainda nadam em fluido puro e não há rugas na fronte. Charles nunca tivera a oportunidade de aplicar as máximas da moral parisiense, e até aquele dia era incrivelmente inexperiente. Mas, sem que soubesse, o egoísmo lhe havia sido inoculado. Os germes da economia política para uso do parisiense, latentes em seu coração, não demorariam a florescer, tão logo ele passasse de espectador ocioso a ator no drama da vida real. Quase todas as moças se entregam às doces promessas dessas aparências; mas Eugénie, mesmo que fosse prudente e observadora como certas moças da província, poderia ter desconfiado do primo, se nele as maneiras, as palavras e as ações ainda combinavam com as inspirações do coração? Um acaso, fatal para ela, levou-a a colher as últimas efusões de sensibilidade verdadeira que havia naquele coração jovem e ouvir, por assim dizer, os últimos suspiros da consciência. Largou então aquela carta que, para ela, estava repleta de amor e se pôs a contemplar com satisfação o primo adormecido: via as frescas ilusões da

52. Marat (Jean-Paul) (1743-1793). Personalidade importante da Revolução Francesa. Em 1793, por desempenhar papel importante na queda dos girondinos, foi assassinado por Charlotte Corday enquanto tomava banho. (N.T.)

vida a brincarem ainda naquele rosto, e, no íntimo, jurou que o amaria para sempre. Depois, lançou o olhar sobre a outra carta, sem dar muita importância a essa indiscrição; e, começando a ler, só pôde recolher novas provas das nobres qualidades que, como todas as mulheres, atribuía ao seu eleito.

> Meu caro Alphonse, quando você ler esta carta já não terei amigos; mas confesso que, mesmo duvidando daqueles que, na alta sociedade, estão acostumados a usar prodigamente essa palavra, não duvidei da amizade que há em você. Por isso o encarrego de cuidar de meus negócios e conto com você para tirar bom proveito de tudo o que tenho. Você deve agora saber de minha posição. Não me resta nada, quero partir para as Índias. Acabo de escrever para todas as pessoas a quem acredito estar devendo dinheiro, e anexo a esta a lista mais exata que consegui fazer de memória. Minha biblioteca, meus móveis, meus carros, meus cavalos etc. serão suficientes, acho, para pagar minhas dívidas. Só quero ficar com as bugigangas sem valor que poderão ser transformadas num começo de pacotilha. Meu caro Alphonse, vou mandar-lhe daqui, para essa venda, uma procuração regular, para o caso de contestações. Mande-me todas as minhas armas. Fique com Briton. Ninguém pagaria o preço que vale esse admirável animal, prefiro dá-lo a você, como o anel de uso pessoal que o moribundo lega a seu testamenteiro. A Farry, Breilman e Cia. me fez uma carruagem muito confortável, mas ainda não entregou; veja se os convence a ficar com ela sem me pedirem indenização; se não quiserem fazer esse acordo, evite tudo o que poderia comprometer minha honestidade, nas circunstâncias em que estou. Estou devendo seis luíses ao inglês, que perdi no jogo, não deixe de...

– Querido primo – disse Eugénie largando a carta e fugindo a furta-passo para seu quarto, com uma das velas acesas.

Lá chegando, não foi sem viva emoção de prazer que abriu a gaveta de um velho móvel de carvalho, uma das mais belas obras da época chamada Renascimento, sobre o qual se via ainda, quase apagada, a famosa Salamandra real[53]. Pegou uma polpuda bolsa de veludo vermelho com borlas de ouro e orlada de canutilho surrado, herança da avó. A seguir, pesou com muito orgulho a bolsa e entregou-se ao prazer de refazer a conta, já esquecida, de seu pequeno pecúlio. Primeiro separou vinte moedas portuguesas ainda novas[54], cunhadas no reinado de D. João V, em 1725, cujo valor real, no câmbio, era de cinco lisboninas[55], valendo cada uma 168 francos e 64 cêntimos, conforme lhe dizia o pai, mas cujo valor convencionado era de 180 francos, em vista da raridade e da beleza das referidas moedas, que reluziam como sóis. ITEM, cinco liras genovesas, ou moedas de cem libras de Gênova, outra moeda rara, valendo 87 francos no câmbio, mas cem francos para os colecionadores de ouro. Tinham sido legadas pelo velho sr. La Bertellière. ITEM, três quádruplas de ouro espanholas do tempo de Filipe V, cunhadas em 1729, dadas pela sra. Gentillet, que, ao dá-las, sempre dizia a mesma frase: – Este lindo canarinho, esta moedinha de ouro, vale 98 libras! Guarde-a bem, minha querida, será a flor de seu tesouro. – ITEM, aquilo a que seu pai dava mais valor (o ouro daquelas moedas era de 23 quilates e fração), cem ducados da Holanda, cunhados em 1756, que valiam cerca de treze francos. ITEM, uma grande curiosidade!... Umas espécies de medalha preciosa para os avarentos: três rupias com o signo da Balança e cinco rupias com o signo de Virgem, todas de ouro puro de 24 quilates, a magnífica moeda do Grão-Mogol, das quais cada uma valia 37 francos e

53. Símbolo de Francisco I. (N.T.)

54. Na França eram chamadas de *portugaises* (portuguesas) as moedas de ouro portuguesas. Na época de D. João V, foi cunhada a maior e mais pesada moeda de ouro, o dobrão de 24 mil-réis. (N.T.)

55. Lisbonina/lisbonine era o nome dado na Europa às moedas portuguesas de 4.800 réis. Seu valor estampado era de 4.000 réis. O rei foi obrigado a alterar seu valor para 4.800 réis, mas o valor estampado continuou sendo de 4.000. (N.T.)

quarenta cêntimos de peso, mas pelo menos cinquenta francos para os conhecedores que gostam de manusear o ouro. ITEM, o Napoleão de quarenta francos ganho na antevéspera, que ela havia posto negligentemente na bolsa vermelha. Aquele tesouro continha moedas novas e virgens, verdadeiros pedaços de arte sobre os quais Grandet às vezes pedia informações, que ele queria rever, para explicar à filha suas virtudes intrínsecas, como a beleza da serrilha, a nitidez das incisões, a riqueza das letras, cujas arestas vivas ainda não haviam sofrido cerceio[56]. Mas ela não pensava naquelas raridades, nem na mania do pai, nem no perigo que corria ao se desfazer de um tesouro tão prezado pelo pai; não, ela pensava no primo, e conseguiu perceber afinal, depois de alguns erros de cálculo, que possuía cerca de cinco mil e oitocentos francos em valores reais, que, pelos valores convencionados, podiam ser trocados por cerca de dois mil escudos. Diante daquela riqueza, ela começou a bater palmas, como uma criança que é obrigada a dissipar o excesso de alegria nos movimentos inocentes do corpo. Assim, pai e filha haviam contado as respectivas riquezas: ele para ir vender seu ouro; Eugénie, para jogar o seu num oceano de afeição. Devolveu as moedas à velha bolsa, pegou-a e voltou a subir sem hesitação. A miséria secreta do primo fazia com que ela esquecesse a noite e as conveniências; além disso, ia fortalecida pela consciência, pela devoção, pela felicidade. No momento em que apareceu no limiar, com a vela numa das mãos e a bolsa na outra, Charles despertou, viu a prima e ficou boquiaberto de surpresa. Eugénie adiantou-se, pôs a vela na mesa e disse com voz emocionada:

– Primo, quero pedir-lhe perdão por uma falta grave que cometi; mas Deus perdoará esse pecado, se você quiser esquecê-lo.

– Mas o que é? – perguntou Charles passando as mãos nos olhos.

– Li essas duas cartas.

56. Hábito fraudulento, que consistia em limar as bordas da moeda para ficar com parte do ouro. (N.T.)

Charles corou.

– Como aconteceu isso? – continuou ela. – Por que subi? Na verdade, agora já não sei. Mas sou tentada a não me arrepender muito de ter lido essas cartas, porque elas me mostraram seu coração, sua alma e...

– E...? – perguntou Charles.

– Seus planos, a necessidade de dinheiro em que está.

– Prima querida...

– Psiu, primo, não fale tão alto, não vamos acordar ninguém. Veja – disse ela abrindo a bolsa – as economias de uma pobre moça que não tem necessidade de nada. Charles, aceite. Hoje de manhã eu não sabia o que é o dinheiro, você me ensinou, ele é um meio, só isso. Um primo é quase um irmão, você pode muito bem tomar empréstimo de sua irmã.

Eugénie, ao mesmo tempo menina e moça, não havia previsto uma recusa, e o primo continuava calado.

– E então, vai recusar? – perguntou Eugénie, cujas palpitações ressoavam em meio ao silêncio profundo. A hesitação do primo a humilhou; mas a necessidade na qual ele se encontrava afigurou-se com mais força a seu espírito, e ela dobrou os joelhos.

– Não me levanto enquanto você não pegar este ouro! – disse. – Primo, por favor, uma resposta?... Preciso saber se me estima, se é generoso, se...

Ao ouvir o grito daquela nobre desesperança, Charles deixou cair algumas lágrimas sobre as mãos da prima, que segurou para impedi-la de ajoelhar-se. Sentindo aquelas lágrimas quentes, Eugénie precipitou-se para a bolsa e despejou seu conteúdo na mesa.

– Então é sim, não é? – disse chorando de alegria. – Não tenha medo de nada, primo, você vai ser rico. Este ouro lhe trará sorte; um dia você devolve; aliás, seremos sócios; enfim, aceito todas as condições que você impuser. Mas você não deve dar tanto valor a este presente.

Charles pôde afinal expressar seus sentimentos.

– Sim, Eugénie, eu precisaria ter uma alma muito mesquinha para não aceitar. Mas então fica tudo elas por elas, confiança por confiança.

– Como assim? – perguntou ela assustada.

– Escute, prima, tenho ali... – interrompeu-se para mostrar, sobre a cômoda, um estojo quadrado, envolvido por uma capa de couro. Para mim isto é tão precioso como a vida. Este estojo foi presente de minha mãe. Desde esta manhã estou pensando que, se ela pudesse sair do túmulo, venderia pessoalmente o ouro que sua ternura a levou a prodigalizar neste estojo; mas essa ação, realizada por mim, pareceria um sacrilégio.

Eugénie apertou convulsivamente a mão do primo ao ouvir estas últimas palavras.

– Não – continuou ele depois de breve pausa, durante a qual os dois se fitaram com os olhos úmidos –, não, não quero destruí-lo nem arriscá-lo em minhas viagens. Querida Eugénie, você é depositária dele. Nunca um amigo confiou a outro nada mais sagrado. Julgue você mesma.

Foi pegar o estojo, tirou-o da capa, abriu-o e mostrou tristemente à prima maravilhada um *nécessaire* em que o lavor conferia ao ouro um valor bem superior ao de seu peso.

– O que você está admirando não é nada – disse ele empurrando uma mola que abriu um fundo falso.– Aqui está o que, para mim, vale a terra inteira.

Puxou dois retratos, duas obras-primas da sra. de Mirbel[57], ricamente orlados de pérolas.

– Oh! Que linda! Não era para essa senhora que você escre...

– Não – disse ele sorrindo. – Essa mulher é minha mãe, e este é meu pai, que são sua tia e seu tio. Eugénie, eu deveria suplicar de joelhos que cuide bem deste tesouro. Se eu morresse e perdesse sua pequena fortuna, este ouro lhe serviria de indenização; e só com você posso deixar estes dois retratos,

57. Lizinka-Aimée-Zoé Rue, que se tornou mme. Brisseau-Mirbel (1796-1849). Famosa miniaturista. (N.T.)

você é digna de ficar com eles; mas quero que você os destrua, para que, depois de você, eles não caiam em outras mãos...

Eugénie continuava calada.

– Então é sim, não é? – acrescentou ele com graça.

Ao ouvir as palavras que acabava de dizer ao primo, ela lhe dirigiu o primeiro olhar de mulher amante, um desses olhares em que a faceirice se iguala à profundidade; ele pegou-lhe a mão e beijou-a.

– Anjo de pureza! Só entre nós, certo?... O dinheiro nunca será nada. Só o sentimento, que lhe dá alguma utilidade, será tudo daqui por diante.

– Você é parecido com sua mãe. Ela tinha a voz assim bonita como a sua?

– Oh! Bem mais bonita...

– Sim, para você –, disse ela abaixando os olhos. – Vamos, Charles, deite-se, quero que se deite, está cansado. Até amanhã.

Desvencilhou devagar a mão que o primo segurava, e ele a acompanhou, alumiando o caminho. Quando chegaram à ombreira da porta do quarto de Eugénie:

– Ah! Por que estou arruinado? – disse ele.

– Não ligue! Meu pai é rico, acho – respondeu ela.

– Pobre menina – continuou Charles dando um passo para dentro do quarto e apoiando as costas na parede –, se fosse, não teria deixado que o meu morresse, não as deixaria nesta penúria, enfim, viveria de outro jeito.

– Mas ele tem Froidfond!

– E quanto vale Froidfond?

– Não sei; mas ele tem Noyers.

– Alguma quinta ruim!

– Tem vinhas e prados...

– Misérias – disse Charles com ar desdenhoso. Se seu pai tivesse pelo menos 24 mil libras de renda, você dormiria neste quarto frio e nu? – acrescentou ele adiantando o pé esquerdo. – É lá que ficarão meus tesouros – disse mostrando o velho baú para dissimular seus pensamentos.

– Vá dormir – disse ela impedindo-o de entrar num quarto desarrumado.

Charles retirou-se, e eles disseram boa-noite a sorrir-se.

Ambos adormeceram com o mesmo sonho, e a partir de então Charles começou a pôr algumas rosas em seu luto. Na manhã seguinte, a sra. Grandet encontrou a filha a passear em companhia de Charles, antes do almoço. O rapaz ainda estava triste, como deveria estar um infeliz que, por assim dizer, tivesse descido ao fundo de sua dor e, medindo a profundidade do abismo em que caíra, tivesse sentido todo o peso da vida futura.

– Meu pai só volta para o jantar – disse Eugénie, percebendo a preocupação estampada no rosto da mãe.

Era fácil ver nos modos, no rosto de Eugénie e na singular suavidade assumida por sua voz, a conformidade de pensamentos entre ela e o primo. Eram almas que se haviam casado ardentemente talvez antes mesmo de terem experimentado a força dos sentimentos pelos quais ambos se uniam. Charles ficou na sala, e sua melancolia foi respeitada. Cada uma das três mulheres tinha o que fazer. Como Grandet houvesse esquecido os negócios, grande número de pessoas foi procurá-lo. Telhador, chumbeiro, pedreiro, cavadores, carpinteiro, rendeiros, feitores: uns para acertar serviços de reparo, outros para pagar arrendamentos ou receber dinheiro. A sra. Grandet e Eugénie foram, pois, obrigadas a ir e vir, responder às intermináveis conversas dos operários e dos camponeses. Nanon ia recebendo, na cozinha, os apréstamos trazidos pelos rendeiros. Sempre esperava as ordens do patrão para saber o que devia ficar em casa e o que seria vendido no mercado. O costume do bom Grandet, como o de grande número de fidalgos rústicos, era beber seu vinho ruim e comer suas frutas estragadas. Por volta das cinco da tarde, Grandet voltou de Angers, depois de conseguir quatorze mil francos por seu ouro, trazendo na carteira bônus do Tesouro que lhe renderiam juros até o dia em que tivesse de pagar os fundos públicos. Deixara Cornoiller em Angers, para cuidar dos cavalos quase esfalfados e trazê-los de volta devagar, depois de deixá-los descansar bastante.

– Estou chegando de Angers, mulher – disse. – Estou com fome.

Nanon gritou da cozinha:

– Não comeu nada desde ontem?

– Nada – respondeu o bom Grandet.

Nanon trouxe a sopa. Des Grassins veio receber instruções do cliente quando a família estava à mesa. Grandet nem sequer vira o sobrinho.

– Coma sossegado, Grandet – disse o banqueiro. – Enquanto isso conversamos. Sabe quanto está valendo o ouro em Angers, onde todos o foram procurar para levar a Nantes? Quero mandar algum para lá.

– Não mande – respondeu o bom Grandet –, já há o bastante. Somos muito amigos para que eu o deixe perder tempo.

– Mas o ouro lá está valendo treze francos e cinquenta cêntimos.

– Diga "valia".

– E de onde, diabos, teria vindo o ouro?

– Fui esta noite para Angers – respondeu Grandet em voz baixa.

O banqueiro estremeceu de surpresa. Depois, os dois começaram uma conversa aos cochichos, durante a qual Des Grassins e Grandet olharam várias vezes para Charles.

Foi decerto na hora em que o ex-toneleiro pediu ao banqueiro que lhe comprasse cem mil libras em fundos públicos que Des Grassins deixou escapar de novo um gesto de espanto.

– Sr. Grandet – disse ele a Charles –, estou de partida para Paris; se tiver alguma incumbência em que eu possa ser útil...

– Nenhuma, cavalheiro. Agradeço-lhe – respondeu Charles.

– Deve-lhe agradecimentos melhores que esse, sobrinho. O cavalheiro vai para pôr em ordem os negócios da casa Guillaume Grandet.

– Então há esperança? – perguntou Charles.

– Ora – exclamou o toneleiro com um orgulho estudado –, você não é meu sobrinho? Sua honra é nossa. Seu sobrenome não é Grandet?

Charles levantou-se, abraçou o tio Grandet, estreitou-o, empalideceu e saiu. Eugénie contemplava o pai com admiração.

– Vamos lá, adeus, meu bom Des Grassins, estou às suas ordens, e engode bem aquela gente para mim!

Os dois diplomatas deram-se um aperto de mão, o ex-toneleiro acompanhou o banqueiro até a porta; depois de fechá-la, voltou e disse a Nanon, mergulhando em sua poltrona:

– Traga o cassis!

Mas, agitado demais para ficar parado, levantou-se, olhou para o retrato do sr. De La Bertellière e começou a cantar, fazendo aquilo que Nanon chamava de passos de dança:

Nas guardas francesas
Eu tinha um papai.[58]

Nanon, a sra. Grandet e Eugénie examinaram-se em silêncio. A alegria do vinhateiro sempre as assustava quando chegava ao apogeu. O serão logo acabou. O tio Grandet quis deitar-se cedo; e, quando ele se deitava, tudo na casa devia dormir, assim como, quando Augusto bebia, a Polônia ficava bêbada[59]. Além disso, Nanon, Charles e Eugénie não estavam menos cansados que o dono da casa. A sra. Grandet, por sua vez, dormia, comia, bebia, andava segundo os desejos do marido. Mesmo assim, durante as duas horas concedidas à digestão, o toneleiro, mais faceto do que nunca, disse muitas de suas máximas pessoais, uma só das quais daria uma ideia do seu talento. Depois de engolir o cassis, olhou para o cálice.

58. A canção francesa do século XVIII dizia “eu tinha um namorado”. O sr. de La Bertellière estava retratado com o uniforme da guarda francesa (fonte: *Eugénie Grandet*, ed. De Samuel S. de Sacy, Folio Classique, Gallimard, 1972). (N.T.)

59. Trata-se de Frederico Augusto III. São versos do rei da Prússia, Frederico II. (N.T.)

– Mal pomos os lábios num cálice, e ele já está vazio! Essa é a nossa história. Não podemos ser e ter sido. Os escudos não podem girar e ficar em nossa bolsa; não fosse isso, a vida seria bonita demais.

Foi jovial e clemente. Quando Nanon chegou com sua roca:

– Você deve estar cansada – disse ele. – Deixe esse cânhamo.

– Ah! Bom!... Ó, senão eu fico aborrecida – respondeu a criada.

– Pobre Nanon! Quer cassis?

– Ah! Para o cassis não digo não; a patroa faz um bem melhor que os boticários. O que eles vendem é um purgante.

– Põem açúcar demais, fica com gosto de nada – disse o bom Grandet.

No dia seguinte, a família, reunida às oito para o almoço, representava pela primeira vez uma cena de intimidade real. A dor criara pronta relação entre a sra. Grandet, Eugénie e Charles; a própria Nanon simpatizava com eles sem saber. Os quatro começaram a constituir uma mesma família. O velho vinhateiro, satisfeito em sua avareza e certo de que logo veria o peralvilho ir embora sem que precisasse pagar-lhe nada além da viagem a Nantes, ficou quase indiferente à presença do sobrinho na casa. Deixou as duas crianças – como chamava Charles e Eugénie – livres para se comportarem como bem quisessem, sob os olhares da sra. Grandet, em quem, aliás, tinha inteira confiança em tudo o que se referisse à moral pública e religiosa. O alinhamento dos prados e dos valados junto à estrada, as plantações de choupos no Loire e os trabalhos de inverno nas quintas e em Froidfond deixaram-no totalmente ocupado. Aí começou para Eugénie a primavera do amor. Depois da cena noturna, em que a prima dera seu tesouro ao primo, seu coração seguiu o tesouro. Cúmplices ambos do mesmo segredo, olhavam-se com a expressão de mútuo entendimento, o que aprofundava seus sentimentos e os tornava mais unidos, mais íntimos, pondo-os, por assim dizer, fora da vida comum. O parentesco acaso não autorizava certa suavidade na voz, certa ternura no olhar? Por isso, Eugénie entregou-se ao prazer de adormecer os sofrimentos do primo nas alegrias infantis de um amor nascente. Não haverá graciosas semelhanças entre o início do amor e o início da vida? Acaso não embalamos a criança com cantigas meigas e olhares carinhosos? Não lhe contamos histórias maravilhosas que lhe douram o futuro? A esperança não está sempre a abrir-lhe as asas radiosas? E a criança não alterna lágrimas de alegria e de dor? Não briga por coisa à toa, por pedrinhas, com as quais tenta construir um palácio instável, por flores que são esquecidas tão logo arrancadas? Não vive ávida por agarrar o tempo, avançar na vida? O amor é nossa segunda transformação. Infância e amor foram a mesma coisa entre Eugénie e Charles: foi a primeira paixão, com todas as suas infantilidades, ainda mais fagueiras para aqueles corações porque estes estavam envoltos em melancolia. Por debater-se ao nascer sob o crepe do luto, aquele amor harmonizava-se mais com a simplicidade provinciana daquela casa em ruínas. Ao trocar algumas palavras com a prima à beira do poço, naquele pátio silencioso; ao ficarem os dois naquele jardinzinho, sentados num banco musgoso até o pôr do sol, ocupados a dizerem-se importantes ninharias, ou recolhidos na calma que reinava entre a muralha e a casa, como que debaixo das arcadas de uma igreja, Charles entendeu a santidade do amor; pois sua grande dama, sua querida Annette, só o fizera conhecer conturbações tormentosas. Largava naquele momento a paixão parisiense, coquete, vaidosa, resplandecente, pelo amor puro e verdadeiro. Gostava daquela casa cujos costumes já não lhe pareciam tão ridículos. Descia cedo, para poder conversar com Eugénie alguns minutos, antes que Grandet chegasse para distribuir as provisões; e, quando os passos do bom Grandet ressoavam nas escadas, ele fugia para o jardim. O pequeno crime daquele encontro matinal, secreto até mesmo para a mãe de Eugénie, que Nanon fingia não perceber, conferia ao amor mais inocente do mundo a vivacidade dos prazeres proibidos. E quando, depois do almoço, o tio Grandet saía para ir ver suas propriedades e suas produções, Charles ficava entre a mãe e a filha, sentindo o prazer desconhecido de ajudá-las a dobar o fio, de vê-las trabalhar, ouvi-las tagarelar. A simplicidade daquela vida quase monástica, que lhe revelou as belezas daquelas almas que desconheciam o mundo, tocou-o vivamente. Ele achava que aqueles costumes eram impossíveis na França, admitia que pudessem existir só na Alemanha, mesmo assim de modo fabuloso e nos romances de Augusto Lafontaine[60]. Para ele, Eugénie passou a ser o ideal da Margarida[61] de Goethe, menos o pecado. Enfim, dia após dia seu olhar, suas palavras encantaram a pobre menina, que se entregou deliciosamente à onda de amor; agarrava-se à felicidade como um nadador agarra o ramo do salgueiro para sair do rio e descansar na margem. As dores de uma ausência próxima acaso já não entristeciam as horas mais alegres daqueles dias fugazes? A cada dia um pequeno acontecimento lhes lembrava a separação próxima. Três dias depois da partida de Des Grassins, Charles foi levado por Grandet ao Tribunal de Primeira Instância com a solenidade que a gente da província atribui a tais atos, para assinar uma renúncia à sucessão do pai. Renunciação terrível! Uma espécie de apostasia doméstica. Foi ao cartório de Cruchot fazer duas procurações, uma para Des Grassins, outra para o amigo encarregado de vender seus pertences. Além disso, foi preciso cumprir as formalidades necessárias para obter um passaporte para o exterior. Finalmente, quando chegaram as roupas simples de luto, que Charles havia encomendado em Paris, mandou chamar um alfaiate de Saumur e vendeu-lhe seu guarda-roupa inútil. Esse ato agradou especialmente o tio Grandet.

– Ah! Agora você está parecendo um homem que vai embarcar e quer fazer fortuna – disse-lhe ao vê-lo com uma sobrecasaca de grosso tecido preto. – Bom, muito bom!

– Acredite, senhor – respondeu Charles –, que saberei me adaptar à minha situação.

---

60. August-Heinrich Lafontaine, romancista alemão. (N.T.)

61. Margarida, personagem do *Fausto* de Goethe. É seduzida por Fausto, mata um filho que teve dele e morre na prisão. (N.T.)

– O que é isso? – disse o bom Grandet com os olhos acesos diante de um punhado de ouro que Charles lhe mostrou.

– Senhor, reuni meus botões, meus anéis, todas as coisas supérfluas que possuo e que podiam ter algum valor; mas, como não conheço ninguém em Saumur, gostaria de lhe pedir que hoje de manhã...

– Eu lhe compre isso? – perguntou Grandet interrompendo.

– Não, meu tio, que me indique um homem honesto que...

– Dê-me isso, sobrinho; vou avaliar isso lá em cima e volto logo para lhe dizer quanto vale, tostão por tostão. Ouro de joia – disse, examinando uma longa corrente, dezoito a dezenove quilates.

O bom Grandet estendeu sua manzorra e levou embora a massa de ouro.

– Prima – disse Charles – gostaria que aceitasse estes dois botões; podem servir para prender fitas nos punhos. É um bracelete que está muito na moda atualmente.

– Aceito com prazer, primo –, disse ela olhando-o com cumplicidade.

– Titia, este dedal era de minha mãe; eu o guardava como um tesouro em meu estojo de viagem – disse Charles mostrando um belo dedal de ouro à sra. Grandet, que fazia dez anos desejava um.

– Não sei como agradecer, sobrinho – disse a velha, com os olhos cheios de lágrimas. – Nas minhas orações da noite e da manhã vou dedicar a prece mais fervorosa a você, aquela dos viajantes. Se eu morrer, Eugénie guardará esta joia para você.

– Aquilo vale 989 francos e 75 cêntimos, sobrinho – disse Grandet abrindo a porta. – Mas, para lhe poupar o trabalho de ir vender, dou-lhe o dinheiro... em libras[62].

---

62. As palavras *libra* e *franco* eram usadas uma pela outra. O câmbio oficial da libra era ligeiramente inferior ao do franco. Assim, Grandet tirava vantagem da depreciação (fonte: *Eugénie Grandet*, ed. De Samuel S. de Sacy, Folio Classique, Gallimard, 1972). (N.T.)

A expressão *em libras* significa às margens do Loire que os escudos de seis libras devem ser aceitos a seis francos sem dedução.

– Não tinha coragem de lhe propor isso – respondeu Charles –, mas sentia repugnância por sair barganhando minhas joias na cidade onde o senhor mora. Roupa suja se lava em casa, como dizia Napoleão. Então agradeço a sua amabilidade.

Grandet coçou-se a orelha, houve um momento de silêncio.

– Querido tio – continuou Charles olhando-o com ar preocupado, como se tivesse medo de ferir sua suscetibilidade –, minha prima e minha tia tiveram a bondade de aceitar uma lembrancinha minha; aceite o senhor também umas abotoaduras que me seriam inúteis: servirão para que o senhor se lembre de um pobre rapaz que, quando estiver longe, decerto vai pensar naqueles que daqui por diante serão sua única família.

– Menino! Menino, você não deve se despojar desse jeito... O que você ganhou, mulher? – perguntou voltando-se com avidez para ela. – Ah! Um dedal de ouro. E você, filhinha? Veja só, presilhas de diamante. Certo, fico com os botões, menino – continuou, apertando a mão de Charles. – Mas... aceite que... lhe pague... a, sim... a passagem para as Índias. Sim, quero pagar sua passagem. Mesmo porque, veja bem, quando avaliei as joias, só considerei o ouro bruto, e talvez eu possa ganhar alguma coisa com o lavor. Então, está combinado. Dou-lhe mil e quinhentos francos... em libras, que Cruchot vai me emprestar; porque aqui não tenho um tostão furado, a menos que Perrotet, que está com o arrendamento atrasado, me pague. Pronto, pronto, vou falar com ele.

Pegou o chapéu, enfiou as luvas e saiu.

– Então você vai embora – disse Eugénie misturando tristeza e admiração no olhar.

– É preciso – disse ele abaixando a cabeça.

Havia alguns dias, o comportamento, as maneiras e as palavras de Charles eram as de um homem profundamente angustiado que, sentindo o peso de imensas obrigações, haure nova coragem da própria infelicidade. Já não suspirava, fizera-se homem. Por isso, Eugénie nunca inferiu melhor o caráter do primo do que quando o viu descer em suas roupas de pano preto, que combinavam com aquele rosto empalidecido e aquele porte sombrio. Naquele dia, as duas mulheres também vestiram luto e assistiram com Charles a uma missa de réquiem celebrada na paróquia pela alma do finado Guillaume Grandet.

Na hora do segundo almoço, Charles recebeu cartas de Paris e as leu.

– E então, primo, está contente com os negócios? – perguntou Eugénie em voz baixa.

– Nunca faça essas perguntas, filha – respondeu Grandet. – Que diabo, eu não lhe conto os meus, por que você vai bisbilhotar os de seu primo? Deixe o rapaz em paz.

– Oh! Não tenho segredos – disse Charles.

– Ta-ta-tá, sobrinho, você vai aprender que é preciso segurar a língua no comércio.

Quando os dois namorados ficaram sozinhos no jardim, Charles disse a Eugénie, puxando-a para o velho banco onde se sentavam, debaixo da nogueira:

– Eu estava certo quanto a Alphonse, ele se saiu maravilhosamente. Fez meus negócios com prudência e lealdade. Não estou devendo nada em Paris, todos os meus pertences foram bem-vendidos; na carta disse que seguiu os conselhos de um capitão de navio mercante e empregou os três mil francos que sobraram numa pacotilha composta de curiosidades europeias que dão excelentes lucros nas Índias. Expediu o material para Nantes, onde está um navio de carga que vai para Java. Daqui a cinco dias, Eugénie, precisamos dizer adeus para sempre. Ou talvez pelo menos por muito tempo. Minha pacotilha e dez mil francos que dois amigos me mandaram são um começo bem modesto. Não posso pensar em voltar antes de vários anos. Querida prima, não faça sua vida depender da minha vida, eu posso morrer, talvez lhe apareça um casamento rico...

– Você me ama?... – perguntou ela.

– Oh! Sim, muito! – respondeu num tom profundo que revelava igual profundidade de sentimento.

– Eu espero, Charles. Santo Deus! Meu pai está na janela – disse ela afastando o primo, que se aproximava para abraçá-la.

Fugiu para debaixo da abóbada, Charles a seguiu; ao vê-lo, ela se retirou para o pé da escada e abriu a porta vaivém; depois, sem saber bem para onde ia, Eugénie foi parar perto do cubículo de Nanon, no lugar menos iluminado do corredor; lá, Charles, que a acompanhara, tomou-lhe a mão, atraiu-a para seu peito, abraçou-a pela cintura e inclinou-a devagarinho contra si. Eugénie não resistiu, recebeu e deu o mais puro, o mais suave e também o mais completo de todos os beijos de amor.

– Querida Eugénie, ser primo é melhor que ser irmão, ele pode se casar com você – disse Charles.

– Assim seja! – exclamou Nanon abrindo a porta de sua enxovia.

Os dois namorados, apavorados, fugiram para a sala, onde Eugénie retomou a costura e Charles se pôs a ler as ladainhas da Virgem no missal da sra. Grandet.

– Ora vejam! – disse Nanon. – Estamos todos fazendo nossas preces.

Tão logo Charles anunciou a partida, Grandet começou a agir, para dar a impressão de que se interessava muito por ele; mostrou-se liberal com tudo o que não custava nada, tratou de encontrar um encaixotador, mas disse que o homem estava pedindo demais pelos caixotes; tomou a firme decisão de fazê-los pessoalmente e para isso usou velhas tábuas; levantou-se cedo para desempenar, ajustar, aplainar e pregar suas ripas, confeccionando ótimos caixotes, nos quais acondicionou todos os objetos de Charles; encarregou-se de fazê-los descer o Loire de barco, contratar um seguro e expedi-los em tempo hábil para Nantes.

Depois do beijo dado no corredor, as horas fugiam para Eugénie com assustadora rapidez. Algumas vezes pensou em ir com o primo. Quem tiver conhecido uma dessas paixões avassaladoras, daquelas cuja duração é abreviada a cada dia pela idade, pelo tempo, por uma doença mortal, por alguma fatalidade humana, compreenderá os tormentos de Eugénie. Frequentemente chorava ao passear por aquele jardim, agora pequeno demais para ela, como eram pequenos o pátio, a casa, a cidade: via-se a lançar-se por sobre a vasta extensão dos mares. Até que chegou a véspera da partida. Pela manhã, na ausência de Grandet e de Nanon, o precioso cofrinho onde estavam os dois retratos foi solenemente instalado na única gaveta do baú que se fechava com chave, onde estava a bolsa, agora vazia. O depósito daquele tesouro não ocorreu sem boa quantidade de beijos e lágrimas. Quando Eugénie pôs a chave entre os seios, não teve coragem de impedir que Charles beijasse o local onde ela havia sido posta.

– Ela não vai sair daí.

– Meu coração também vai estar sempre aí.

– Ah! Charles, isso não está certo – disse num tom pouco repreensor.

– Não estamos casados? – disse ele. – Você me deu sua palavra, eu lhe dou a minha.

– Juntos para sempre! – foi dito duas vezes por ambos.

Nenhuma promessa do mundo poderia ser mais pura: o candor de Eugénie santificara temporariamente o amor de Charles. No dia seguinte, o almoço da manhã foi triste. Apesar do roupão dourado e da cruz para pender numa gargantilha, que ganhou de Charles, a própria Nanon, livre para exprimir seus sentimentos, ficou com os olhos rasos d'água.

– Esse senhorzinho tão bonito vai viajar pelo mar. Que Deus o guie.

Às dez e meia, a família se pôs a caminho para acompanhar Charles até a diligência que o levaria para Nantes. Nanon soltou o cachorro, fechou a porta e quis carregar a mala de mão de Charles. Todos os comerciantes da velha rua estavam à porta de seus negócios para assistir à passagem daquele cortejo, ao qual se juntou o notário Cruchot, quando chegaram à praça.

– Não vá chorar, Eugénie – disse-lhe a mãe.

Diante da porta da hospedaria, Grandet, beijando Charles nas duas faces, disse:

– Sobrinho, está partindo pobre, mas volte rico. Encontrará salva a honra de seu pai. Eu assumo, eu, Grandet; pois, então, só caberá a você...

– Ah! Titio, o senhor ameniza o pesar da minha partida. E esse não é o melhor presente que o senhor poderia me dar?

Não entendendo as palavras do velho toneleiro, que ele interrompera, Charles espalhou lágrimas de gratidão sobre o rosto curtido do tio, enquanto Eugénie apertava com força a mão do primo e a do pai. Só o notário ria, admirando a finura de Grandet, pois só ele o entendera bem. Os quatro provincianos, cercados de várias pessoas, ficaram diante da diligência até que ela partisse; e depois que ela desapareceu na ponte, só ressoando na lonjura, o vinhateiro disse:

– Boa viagem!

Felizmente só o notário Cruchot ouviu a exclamação. Eugénie e a mãe tinham ido para um ponto da plataforma, de onde ainda podiam enxergar a diligência, e agitavam os lenços brancos, sinal ao qual Charles respondeu agitando o seu.

– Mamãe, eu gostaria de ter por um instante o poder de Deus – disse Eugénie quando deixou de enxergar o lenço de Charles.

Para não interromper o curso dos acontecimentos ocorridos no íntimo da família Grandet, é preciso fazer um breve exame antecipado das operações que o bom Grandet empreendeu em Paris por intermédio de Des Grassins. Um mês depois da partida do banqueiro, Grandet possuía uma inscrição de cem mil libras em fundos públicos, comprada a oitenta francos cada um. As informações fornecidas por ocasião de sua morte pelo inventário nunca esclareceram que meios sua desconfiança lhe havia sugerido para trocar o preço da inscrição pela própria inscrição. O notário Cruchot acreditou que Nanon houvesse sido, sem saber, o instrumento fiel do transporte dos fundos. Mais ou menos naquela época, a criada esteve ausente cinco dias, a pretexto de ir acertar umas coisas em Froidfond, como se o bom Grandet fosse capaz de deixar algo pendente. Quanto aos negócios da casa Guillaume Grandet, todas as previsões do toneleiro se concretizaram.

No Banco de França, como todos sabem, encontram-se as informações mais exatas sobre as grandes fortunas de Paris e dos departamentos. Os nomes de Des Grassins e de Félix Grandet de Saumur lá eram conhecidos e gozavam da consideração votada às celebridades financeiras que se baseiam em imensas propriedades territoriais livres de hipotecas. A chegada do banqueiro de Saumur, encarregado – conforme se dizia – de liquidar honrosamente a casa Grandet de Paris, foi suficiente para poupar a alma do negociante da vergonha dos protestos. O desembargo foi feito em presença dos credores, e o tabelião da família passou a proceder regularmente ao inventário da sucessão. Logo depois Des Grassins reuniu os credores, que, unanimemente, elegeram como liquidante o banqueiro de Saumur, em conjunto com François Keller[63], titular de uma grande empresa, um dos principais interessados; conferiram-lhe todos os poderes necessários para salvar a honra da família e as dívidas. O crédito de que gozava o Grandet de Saumur e a confiança que ele derramou no coração dos credores por intermédio de Des Grassins facilitaram as transações; não houve um único recalcitrante entre os credores. Ninguém pensava em registrar o débito na conta de lucros e perdas, e todos pensavam: "O Grandet de Saumur vai pagar!". Passaram-se seis meses. Os parisienses haviam retirado os títulos em circulação e os guardavam no fundo das carteiras. Primeiro resultado que o toneleiro esperava obter. Nove meses depois da primeira assembleia, os dois liquidantes distribuíram

63. Personagem fictícia, de origem judia, que aparece em várias obras de *A comédia humana*, como *Ascensão e queda de César Birotteau* e *A paz conjugal*. (N.E.)

47 por cento para cada credor. Essa soma foi produzida pela venda de obrigações, propriedades, bens e quaisquer coisas pertencentes ao finado Guillaume Grandet, o que foi feito com fidelidade escrupulosa. A liquidação era norteada pela mais estrita probidade. Os credores reconheceram satisfeitos a admirável e incontestável honra dos Grandets. Depois que esses louvores circularam convenientemente, os credores pleitearam o restante do dinheiro. Precisaram escrever uma carta coletiva a Grandet.

– Chegamos lá – disse o ex-toneleiro lançando a carta ao fogo. – Paciência, meus queridos.

Em resposta às propostas contidas na carta, o Grandet de Saumur solicitou o depósito em cartório de todos os títulos de crédito existentes contra a sucessão do irmão, acompanhados de uma quitação dos pagamentos já feitos, a pretexto de apurar as contas e de estabelecer corretamente a situação do patrimônio. Esse depósito acarretou mil dificuldades. Geralmente, o credor é uma espécie de maníaco. Hoje pronto a fechar negócio, amanhã quer passar tudo a ferro e fogo, mais tarde se torna ultracordato. Hoje a mulher dele está de bom humor, nasceu o primeiro dente do caçula, tudo vai bem em casa, ele não quer perder nem um tostão; amanhã chove, ele não pode sair, está melancólico, diz sim a todas as propostas que possam concluir um negócio; depois de amanhã, precisa de garantias, no fim do mês pretende executar. Um carrasco! O credor parece aquele pardal em cuja cauda as crianças tentam pôr um grão de sal; mas o credor revida essa imagem contra os devedores, dos quais não consegue arrancar nada. Grandet observara as variações atmosféricas dos credores, e os do irmão cumpriram todos os seus cálculos. Uns se irritaram e se recusaram pura e simplesmente ao depósito.

– Ótimo! Vai indo bem – dizia Grandet esfregando as mãos ao ler as cartas que Des Grassins lhe escrevia a respeito.

Outros só aceitaram o tal depósito com a condição de que fossem consignados seus direitos, sem renunciarem a nenhum, reservando-se até mesmo o direito de requerer falência.

Nova correspondência, depois da qual o Grandet de Saumur concordou com todas as condições propostas. Graças a essa concessão, os credores cordatos chamaram à razão os credores renitentes. O depósito ocorreu, não sem algumas lamentações. Havia quem dissesse a Des Grassins:

– Esse homenzinho está brincando com o senhor e conosco.

Vinte e três meses depois da morte de Guillaume Grandet, muitos comerciantes, envolvidos no movimento de negócios de Paris, haviam esquecido suas cobranças junto a Grandet, ou só pensavam no assunto para dizer:

– Estou começando a achar que não vou arrancar mais do que aqueles 47 por cento.

O toneleiro havia contado com a força do tempo, que, segundo dizia, é um bom diabo. No fim do terceiro ano, Des Grassins escreveu a Grandet, dizendo que, mediante dez por cento dos dois milhões e quatrocentos mil francos restantes devidos pela casa Grandet, ele convencera os credores a lhe devolver os títulos. Grandet respondeu que o notário e o agente de câmbio, cujas espantosas falências haviam causado a morte de seu irmão, continuavam vivos! Podiam ter-se recuperado, e seria preciso acioná-los para extrair deles alguma coisa e diminuir o montante do déficit. No fim do quarto ano, o déficit foi devidamente fixado em um milhão e duzentos mil francos. As negociações duraram seis meses entre os liquidantes e os credores, entre Grandet e os liquidantes. Por fim, sob forte pressão, o Grandet de Saumur respondeu aos dois liquidantes, por volta do nono mês daquele ano, que seu sobrinho, que fizera fortuna nas Índias, manifestara a intenção de pagar integralmente as dívidas do pai, e que ele não podia assumir a responsabilidade de pagá-los sem consulta prévia ao sobrinho; estava à espera da resposta. Os credores, em meados do quinto ano, ainda estavam de mãos atadas, por causa da palavra *integralmente,* que de vez em quando era pronunciada pelo sublime toneleiro, que ria à socapa e nunca dizia as palavras "Esses PARISIENSES!" sem um sorriso finório e uma praga.

Mas os credores estavam fadados a um destino inaudito nos fastos do comércio. Serão reencontrados na mesma posição em que Grandet os mantinha, no momento em que os acontecimentos desta história os obrigarem a reaparecer. Quando os fundos públicos chegaram a 115, o tio Grandet os vendeu e retirou de Paris cerca de dois milhões e quatrocentos mil francos em ouro, que foram se somar, em seus barriletes, aos seiscentos mil francos de juros compostos que lhe haviam rendido suas inscrições. Des Grassins continuava em Paris. Vejamos por quê. Primeiro, foi nomeado deputado; depois se enrabichou – ele, pai de família, mas enfadado com a enfadonha vida de Saumur – por Florine, uma das atrizes mais bonitas do *Théâtre de Madame*, e eis que no banqueiro reacendeu-se o quartel-mestre. É ocioso falar de sua conduta; em Saumur, ela foi considerada profundamente imoral. A mulher sentiu-se muito feliz por estar casada com separação de bens e ter miolos para dirigir os negócios de Saumur, que continuaram em seu nome, a fim de reparar os rombos feitos em sua fortuna pelas loucuras do sr. Des Grassins. Os cruchotinos pioraram tão bem a falsa situação da meia-viúva que ela casou muito mal a filha e precisou desistir da aliança de Eugénie Grandet com o filho. Adolphe foi ter com Des Grassins em Paris e, segundo dizem, lá se tornou um péssimo sujeito. Os Cruchots venceram.

– Seu marido não tem bom-senso – dizia Grandet emprestando dinheiro à sra. Des Grassins, mediante garantias. – Lamento muito pela senhora, que é uma ótima mulher.

– Ah! Sr. Grandet – respondeu a coitada –, quem poderia pensar que no dia em que saiu de sua casa para ir a Paris estava correndo ao encontro da ruína.

– O céu é testemunha de que fiz de tudo, até o último instante, para impedi-lo de ir. O senhor juiz queria ir em seu lugar a todo custo; mas, se ele fazia tanta questão de ir, agora sabemos por quê.

Assim, Grandet não tinha obrigação alguma para com Des Grassins.

Em todas as situações, as mulheres têm mais motivos para pesares do que os homens e sofrem mais que eles. O homem tem a força e o exercício do poder: ele age, sai por aí, ocupa-se, pensa, abraça o futuro e encontra consolos. Era o que fazia Charles. Mas a mulher fica, continua face a face com a tristeza e nada a distrai; desce até o fundo do abismo que ele abriu, mede-o e muitas vezes o enche com desejos e lágrimas. Era o que fazia Eugénie, que se iniciava em sua sina. Sentir, amar, sofrer, devotar-se: esse sempre será o roteiro da vida das mulheres. Eugénie deveria ser totalmente mulher, menos o que consola a mulher. Sua felicidade, amealhada como os pregos espalhados pela muralha, segundo sublime expressão de Bossuet[64], um dia não daria nem para um punhado que lhe enchesse a mão. As dores nunca se fazem esperar, e para ela logo chegaram. No dia seguinte à partida de Charles, a casa de Grandet voltou a ter a antiga fisionomia para todos, menos para Eugénie, que de repente a achou bem vazia. Sem que o pai soubesse, quis que o quarto de Charles ficasse no estado em que ele o havia deixado. A sra. Grandet e Nanon concordaram em serem cúmplices desse *statu quo*.

– Quem sabe se ele não volta antes do que esperamos? – disse ela.

– Ah! Queria que ele estivesse por aqui – respondeu Nanon. – Até que acostumei com ele! Era tão bonzinho, educado, a gente podia dizer até que bonito, de cabelo crespinho que nem menina.

Eugénie olhou Nanon.

–Virgem Maria, patroazinha, a senhora tem a perdição da alma nos olhos! Não olhe pra gente desse jeito.

A partir daquele dia, a beleza da srta. Grandet ganhou novo caráter. Os graves pensamentos de amor, que lentamente invadiam sua alma, e a dignidade da mulher amada conferiram a seus traços a espécie de esplendor que os pintores representam com a auréola. Antes da vinda do primo, Eugénie podia

64. Em *Méditation* (ou *Élévation*) *sur la brièveté de la vie*. (N.T.)

ser comparada à Virgem antes da concepção; depois de sua partida, ela passou a se parecer com a Virgem-mãe: tinha concebido o amor. Essas duas Marias, tão diferentes e tão bem-representadas por alguns pintores espanhóis, constituem uma das figuras mais brilhantes de que o cristianismo sobeja. Ao voltar da missa, aonde foi no dia seguinte ao da partida de Charles, com a promessa de lá ir todos os dias, comprou na livraria da cidade um mapa-múndi e o pregou ao lado do espelho, a fim de seguir o primo na rota para as Índias, de poder entrar um pouco, à noite e pela manhã, no navio que o transportava, vê-lo, fazer-lhe mil perguntas, dizer: "Está bem? Não está sofrendo? Pensa em mim quando olha aquela estrela cuja beleza e utilidade me ensinou a conhecer?". De manhã, ficava pensativa debaixo da nogueira, sentada no banco de madeira carcomido por carunchos e coberto de musgo cinzento, onde haviam conversado sobre tantas coisas boas, ninharias, onde haviam construído no ar o castelo de um lindo casamento. Ela pensava no futuro olhando o céu pela nesga que os muros lhe permitiam abarcar; depois, a velha muralha e o telhado debaixo do qual ficava o quarto de Charles. Por fim, ficou o amor solitário, o amor verdadeiro que persiste, que se insinua em todos os pensamentos e se transforma na substância, ou, como diriam nossos pais, no estofo da vida. Quando os supostos amigos do tio Grandet vinham jogar à noite, ela se mostrava alegre, dissimulava; mas, durante toda a manhã, falava de Charles com a mãe e Nanon. Nanon compreendera que poderia sentir compaixão pelos sofrimentos da jovem patroa sem faltar aos deveres para com o velho patrão. Dizia a Eugénie:

– Eu, se me tivesse aparecido um homem, eu tinha... tinha ido com ele até o inferno. Tinha sim... se tinha... Eu ia até querer morrer por ele; mas... qual o quê. Vou morrer sem saber o que é viver. Acredite em mim, patroazinha, aquele velho Cornoiller, um homem bom até, vive arrastando a asa para mim, só por causa das minhas rendas, que nem esse pessoal que vem aqui farejar a botija do patrão, fazendo a corte pra senhorita. Eu percebo, porque ainda sou fina, mesmo sendo grossa que nem uma torre. É! Bom, patroazinha, eu 'té que gosto, mesmo que não é por amor.

Dois meses passaram-se assim. Aquela vida doméstica, antes tão monótona, animara-se com o imenso interesse despertado pelo segredo que ligava mais intimamente aquelas três mulheres. Para elas, debaixo do forro cinzento daquela sala, Charles ainda vivia, ia e vinha. Todas as noites e todas as manhãs, Eugénie abria o estojo e contemplava o retrato da tia. Certa manhã de domingo, foi surpreendida pela mãe enquanto se ocupava a procurar os traços de Charles nos do retrato. A sra. Grandet foi então iniciada no terrível segredo da troca feita pelo viajante com o tesouro de Eugénie.

– Você deu tudo a ele! – disse a mãe assustada. – O que vai dizer a seu pai, no dia de ano, quando ele quiser ver o seu ouro?

Eugénie ficou com o olhar fixo, e as duas mulheres passaram metade da manhã com um medo mortal. Ficaram tão perturbadas que perderam a missa cantada e só foram à missa militar. Daí a três dias terminaria o ano de 1819. Daí a três dias teria início uma terrível ação, uma tragédia burguesa sem veneno, punhal ou sangue derramado; mas, para seus atores, mais cruel que todos os dramas ocorridos na ilustre família dos Átridas[65].

– O que será de nós? – disse a sra. Grandet à filha, depositando seu tricô no colo.

A pobre mãe passava por tal aflição havia dois meses, que as mangas de lã de que precisaria para o inverno ainda não estavam prontas. Aquele fato doméstico, mínimo na aparência, teve tristes consequências para ela. Por falta de mangas de lã, o frio a pegou de mau jeito em meio a suores causados por um tremendo acesso de raiva do marido.

– Eu estava pensando, minha filha, que, se você tivesse me contado esse segredo, nós teríamos tempo de escrever ao

65. Descendentes de Atreu, como Agamemnon e Menelau, protagonistas de várias tragédias gregas. (N.T.)

sr. Des Grassins, em Paris. Ele poderia ter enviado moedas de ouro semelhantes às suas; e, embora Grandet as conheça bem, talvez...

– Mas de onde nós tiraríamos tanto dinheiro?

– Eu empenharia os meus haveres. Aliás, o sr. Des Grassins nos...

– Não dá tempo – respondeu Eugénie com voz abafada e alterada, interrompendo a mãe. – Amanhã de manhã não precisamos ir desejar bom ano-novo no quarto dele?

– Mas, minha filha, por que não posso ir falar com os Cruchots?

– Não, não, seria o mesmo que me entregar a eles e ficarmos na dependência deles. Aliás, já tomei uma decisão. Fiz bem, não me arrependo de nada. Deus me protegerá. Que seja feita a Sua santa vontade. Ah! Mamãe, se a senhora tivesse lido aquela carta, só teria pensado nele.

Na manhã do dia seguinte, 1º de janeiro de 1820, o evidente terror que se apoderara da mãe e da filha sugeriu-lhes a mais natural das desculpas para não irem solenemente ao quarto de Grandet. O inverno de 1819 a 1820 foi um dos mais rigorosos da época. A neve acumulava-se sobre os telhados.

Assim que ouviu movimento no quarto do marido, a sra. Grandet disse:

– Grandet, peça a Nanon que acenda um pouco de fogo no meu quarto; o frio está tão forte que estou gelada debaixo das cobertas. Cheguei a uma idade em que preciso de cuidados. Aliás – continuou depois de ligeira pausa –, Eugénie virá aqui trocar de roupa. A coitada poderia ficar doente caso se arrumasse no seu quarto com um tempo desses. Depois iremos desejar-lhe bom ano-novo perto da lareira, na sala.

– Ta-ta-ta-tá, que língua! Está começando bem o ano, sra. Grandet! Nunca falou tanto. Até parece que comeu pão molhado no vinho[66].

66. Tratamento que era dispensado aos papagaios, para que se tornassem mais loquazes (fonte: *Eugénie Grandet*, ed. De Samuel S. de Sacy, Folio Classique, Gallimard, 1972). (N.T.)

Houve um momento de silêncio.

– Está bem – continuou o bom Grandet, a quem provavelmente a proposta da mulher era cômoda –, vou fazer o que está querendo, sra. Grandet. Você é mesmo uma boa mulher, e não quero que lhe aconteça nada de mal nessa idade, embora os La Bertellière costumem ser feitos de velho cimento. Hein! Não é verdade? – gritou depois de uma pausa. – Em todo caso, como fomos seus herdeiros, estão perdoados.

E tossiu.

– Está alegre hoje, senhor – disse séria a pobre mulher.

– Eu... eu estou sempre alegre...

Alegre toneleiro,
Conserte o seu balseiro!

– acrescentou entrando no quarto da mulher já vestido. – Caramba, é mesmo, está fazendo frio de verdade. Hoje vamos comer bem, mulher. Des Grassins me mandou um *paté de foies gras* com trufas! Vou até a diligência buscar. Deve ter mandado junto um Napoleão dobrado para Eugénie – veio dizer-lhe o toneleiro ao ouvido. – Já não tenho ouro, mulher. Eu tinha aí algumas moedas antigas, posso dizer isso a você; mas por causa dos negócios precisei me desfazer delas.

E, para comemorar o dia de ano-novo, beijou-a na testa.

– Eugénie – gritou a boa mãe –, seu pai deve ter levantado com o pé direito; está bonzinho hoje. Bolas! A gente vai sair dessa.

– O que é que o patrão tem? – perguntou Nanon entrando no quarto da patroa para acender o fogo. Primeiro me disse: "Bom dia, bom ano-novo, sua tonta! Vá acender o fogo no quarto da minha mulher, que ela está com frio". Daí fiquei besta quando ele estendeu a mão e me deu um escudo de seis francos que quase não tem cerceio nenhum! Olha, patroa, olha só? Ah! Que bonzinho. É um homem digno, mesmo. Tem uns que, quanto mais *velho*, mais *ruim*; mas ele não, ele está ficando bom que nem o cassis que a senhora faz, com a idade está melhorando. É um homem perfeito, um homem muito bom...

O segredo daquela alegria estava no cabal sucesso da especulação de Grandet. Des Grassins, depois de deduzir o valor que o toneleiro lhe devia pelo desconto dos cento e cinquenta mil francos em títulos holandeses e pela antecipação que lhe fizera para completar o dinheiro necessário à compra das cem mil libras em fundos públicos, enviava-lhe pela diligência trinta mil francos em escudos, restantes dos juros do semestre; além disso, avisara da alta dos fundos públicos. Estes estavam então a 89, e os mais famosos capitalistas os compravam, no fim de janeiro, a 92. Grandet ganhava, havia dois meses, doze por cento sobre seus capitais; tinha apurado suas contas e doravante receberia cinquenta mil francos a cada seis meses, sem precisar pagar impostos nem indenizações. Finalmente começava a perceber o que eram os fundos públicos, aplicação pela qual a gente da província sente invencível repugnância; via-se, daí a cinco anos, dono de um capital de seis milhões, engordado sem muitas preocupações, capital que, somado ao valor territorial de suas propriedades, comporia uma fortuna colossal. Os seis francos dados a Nanon talvez fossem a paga por um imenso serviço que a criada prestara sem saber ao patrão.

– Ora, para onde está indo o tio Grandet, correndo logo de manhã como quem vai tirar o pai da forca? – disseram os comerciantes a abrirem suas lojas. Depois, quando o viram voltando do posto de diligência seguido de um carregador da companhia, transportando vários sacos cheios num carrinho:

– A água sempre corre para o mar, o bom Grandet ia buscar escudos – dizia um.

– Estão chegando de Paris, de Froidfond, da Holanda! – dizia outro.

– Vai acabar comprando Saumur! – exclamava um terceiro.

– Nem liga para o frio, está sempre cuidando de negócios – dizia uma mulher ao marido.

– Ei! Ei! Sr. Grandet, se estiver atrapalhando – disse um comerciante de tecidos, seu vizinho mais próximo –, pode deixar que eu cuido.

– Ora! São uns soldos – respondeu o vinhateiro.

– De prata – disse o carregador em voz baixa.

– Se quiser ser bem-tratado, cale o bico – disse o bom Grandet ao carregador, enquanto abria a porta.

"Ah! Raposa velha", pensou o carregador, "e eu achando que era surdo; parece que quando faz frio ouve bem".

– Pegue estes vinte soldos de presente de ano-novo, e bico calado! Chispa! – disse Grandet. – Nanon depois leva o carrinho. Nanon, as pombinhas estão na missa?

– Estão.

– Então mexa-se! Mãos à obra – gritou carregando-a de sacos.

Num instante, os escudos foram transportados para seu quarto, onde ele se trancou.

– Quando o almoço estiver pronto, bata na parede. Leve o carrinho de volta ao posto de diligência.

A família só almoçou às dez horas.

– Aqui seu pai não vai pedir para ver o ouro – disse a sra. Grandet à filha quando voltaram da missa. – Aliás, faça de conta que está com frio. Depois teremos tempo de refazer o tesouro para o dia do seu aniversário.

Grandet desceu as escadas decidido a metamorfosear prontamente seus escudos parisienses em bom ouro e pensando na sua admirável especulação com os títulos do Estado. Tinha resolvido aplicar assim os seus rendimentos até que os fundos públicos atingissem a taxa de cem francos. Decisão funesta para Eugénie. Assim que entrou, as duas mulheres lhe desejaram bom ano-novo: a filha abraçando-lhe o pescoço e acariciando-o; a sra. Grandet, com gravidade e dignidade.

– Ah! Ah! Minha menina – disse ele beijando as faces da filha –, eu trabalho para você, viu?... Quero sua felicidade. É preciso dinheiro para ser feliz. Sem dinheiro, babau. Tome este Napoleão novinho em folha, que mandei vir de Paris.

Caramba! Juro que não temos um grão de ouro aqui. Você é a única que tem ouro. Mostre seu ouro, filhinha.

– Ai! Está fazendo frio demais; vamos almoçar – respondeu Eugénie.

– Está bom. Depois então, hein? Vai ajudar na digestão. O grande Des Grassins mandou isso, mesmo – continuou. – Portanto, comam, meninas, não pagamos nada por isso. O Des Grassins vai indo muito bem, estou contente com ele. O moço está trabalhando para Charles, e de graça. Está acertando direitinho os negócios do saudoso Grandet. Uuuhm! uuhm! – disse de boca cheia, depois de uma pausa –, que gostoso! Coma, mulher! Dá para pelo menos dois dias.

– Não estou com fome. Não ando muito bem, você sabe.

– Ah! Que nada! Pode encher a barriga sem medo de estourar; você é uma La Bertellière, mulher sólida. Um pouco amarelinha, mas eu gosto de amarelo.

A expectativa de uma morte ignominiosa e pública talvez seja menos horrível para um condenado do que a expectativa em que estavam a sra. Grandet e a filha dos acontecimentos que deveriam estragar aquele almoço em família. Quanto maior a alegria com que o velho vinhateiro falava e comia, mais o coração das duas mulheres se apertava. A moça, porém, tinha um apoio naquela conjuntura: extraía forças em seu amor. "Por ele, por ele", pensava, "aguentaria mil mortes". E assim pensando, dirigia à mãe olhares flamejantes de coragem.

– Tire tudo isso – disse Grandet a Nanon, depois que o almoço terminou, por volta das onze. – Mas deixe a mesa onde está. Ficaremos mais à vontade para ver seu tesourinho – disse olhando para Eugénie. – Que tesourinho, que nada! O que é isso? Você possui, em valor intrínseco, cinco mil, novecentos e cinquenta e nove francos; com os quarenta de hoje, são quase seis mil francos. Pois bem, eu lhe dou o que está faltando para arredondar a conta, porque, veja bem, filhinha... Ei! Por que está aí escutando? Pique a mula, Nanon, vá cuidar dos seus fios – disse o bom Grandet.

Nanon desapareceu.

– Escute, Eugénie, vou precisar do seu ouro. Não vai recusar isso ao papaizinho, não é, minha fifilhinha? (As duas mulheres estavam mudas.) Não tenho mais ouro. Tinha, não tenho mais. Vou lhe dar seis mil francos em libras, e você vai aplicá-los do modo como vou dizer. Não é preciso ficar pensando no *douzain*. Quando você se casar, o que vai acontecer logo, vou lhe arranjar um noivo que poderá oferecer o melhor *douzain* que já se viu na província. Então escute, filhinha, a oportunidade agora é boa: você pode investir seus seis mil francos no governo, e a cada seis meses vai receber perto de duzentos francos de juros, sem impostos, indenizações, granizo, geada, maré, nem nada do que atrapalha os rendimentos. Talvez você fique triste por se separar do seu ouro, hein, filhinha? Mas traga-o assim mesmo, porque eu vou juntar para você moedas de ouro, holandesas, portuguesas, rupias do Grão-Mogol, moedas genovesas e, com aquelas que vou lhe dar no seu aniversário, em três anos estará refeita a metade do seu lindo tesourinho em ouro. O que acha, filhinha? Levante a cara. Vamos, vá buscar aquela belezinha. Você deveria me beijar os olhos por lhe contar assim os segredos e os mistérios de vida e morte dos escudos. É verdade que os escudos vivem e se movimentam como os homens: indo, vindo, suando, produzindo.

Eugénie levantou-se, mas, depois de dar alguns passos em direção à porta, voltou-se bruscamente, olhou o pai de frente e disse:

– Não tenho mais ouro.

– Não tem mais ouro! – exclamou Grandet erguendo-se num pinote, como um cavalo que ouvisse um tiro de canhão a dez passos.

– Não, não tenho.

– Deve estar enganada, Eugénie.

– Não.

– Pela foice do meu pai!

Quando o toneleiro praguejava assim, a casa tremia.

– Santo bom Deus! A patroa ficou branca – gritou Nanon.

– Grandet, essa sua ira vai me matar – disse a pobre mulher.

– Ta-ta-ta-tá, vocês dessa família nunca morrem! Eugénie, o que foi que você fez com suas moedas? – gritou precipitando-se para ela.

– Senhor – disse a moça abraçada aos joelhos da sra. Grandet –, minha mãe está sofrendo muito. Veja, não a mate.

Grandet espantou-se com a palidez que tomou conta do rosto da mulher, havia pouco tão amarelo.

– Nanon, venha ajudar-me a deitar – disse a mãe com voz fraca. – Estou morrendo.

Imediatamente Nanon deu o braço à patroa, e Eugénie fez o mesmo, e só com uma dificuldade infinita conseguiram fazê-la subir até o quarto, pois ela desfalecia a cada degrau. Grandet ficou sozinho. No entanto, depois de alguns minutos, subiu sete ou oito degraus e gritou:

– Dona Eugénie, quando sua mãe estiver deitada, a senhora desça.

– Sim, meu pai.

Ela não demorou a vir, depois de tranquilizar a mãe.

– A senhora minha filha vai me dizer onde está seu tesouro – disse Grandet.

– Meu pai, se o senhor me dá presentes, e eu não sou dona do que me dá, pegue de volta – respondeu friamente Eugénie, indo buscar o Napoleão que estava sobre a lareira e dando-o ao pai.

Grandet agarrou o Napoleão com rapidez e o enfiou no bolsinho do colete.

– Estou mesmo achando que não lhe darei mais nada. Nem mesmo isto! – disse ele fazendo a unha do polegar estalar sob o dente incisivo. – A senhora despreza seu pai, não tem confiança nele, não sabe o que é pai. Se ele não é tudo para a senhora, ele não é nada. Onde está seu ouro?

– Meu pai, eu o amo e respeito, apesar da sua raiva; mas quero lhe dizer humildemente que tenho 22 anos. O senhor já me disse tantas vezes que sou maior, que já sei disso. Fiz de meu dinheiro o que bem entendi, e esteja certo de que está bem-aplicado...

– Onde?

– É um segredo inviolável – disse ela. – O senhor não tem seus segredos?

– Não sou o chefe desta família? Não posso ter meus negócios?

– E esse negócio é meu.

– Esse negócio deve ser ruim, se a senhora não pode contá-lo a seu pai, senhorita Grandet.

– Ele é excelente, e eu não posso contar a meu pai.

– Diga pelo menos quando deu o seu ouro.

Eugénie fez um sinal negativo com a cabeça.

– Ele ainda estava aí no dia festa, não é?

Eugénie, que se tornara tão astuta por amor quanto seu pai por avareza, repetiu o mesmo sinal com a cabeça.

– Mas já se viu uma teimosia dessas, um roubo desses! – disse Grandet com uma voz que foi crescendo gradualmente até ressoar por toda a casa. – Como! Aqui, na minha própria casa, aqui em casa, alguém pegou o seu ouro! O único ouro que havia! E eu não vou saber quem? Ouro é coisa cara. As moças mais honestas podem cometer erros, dar sabe-se lá o quê, a gente vê isso em casa de nobres e mesmo em casa de burgueses, mas dar ouro, porque a senhora o deu a alguém, hein?

Eugénie ficou impassível.

– Já se viu uma moça dessas! Sou eu mesmo o seu pai? Se o tivesse aplicado, teria um recibo...

– Eu era livre, sim ou não, para fazer o que bem entendesse? Não era meu?

– Mas você é uma criança.

– Maior.

Desconcertado pela lógica da filha, Grandet empalideceu, sapateou, praguejou; depois, voltando a encontrar palavras, gritou:

– Maldita filha serpente! Ah! Raça ruim, você sabe que gosto de você e abusa. Ela está matando o pai! Pelo amor de Deus, será que você jogou nossa fortuna nos pés daquele pé-rapado que usa botas de marroquim? Pela foice do meu pai, não posso deserdá-la, raio de um tonel! Mas amaldiçoo, você, seu primo e seus filhos! Vai ver que nada de bom vai sair de tudo isso, está ouvindo? Se foi a Charles, que... Não, não é possível. Como! Aquele peralvilho duma figa teria me depenado...

Olhou para a filha, que continuava calada e fria.

– Ela não se mexe, nem pisca, é mais Grandet que eu. Você pelo menos não deu seu ouro em troca de nada. Vamos, diga!

Eugénie fitou o pai, dirigindo-lhe um olhar irônico que o ofendeu.

– Dona Eugénie, a senhora está em minha casa, em casa de seu pai. Para ficar, precisa se submeter às ordens dele. Os padres ordenam que obedeça.

Eugénie abaixou a cabeça.

– Está me ofendendo no que mais prezo – continuou –, quero vê-la submissa. Vá pra seu quarto. Vai ficar lá até que eu permita que saia. Nanon lhe levará pão e água. Ouviu? Ande!

Eugénie desatou a chorar e fugiu para perto da mãe. Depois de dar algumas voltas pelo jardim, na neve, sem se aperceber do frio, Grandet desconfiou que a filha estaria no quarto da mulher e, arrebatado pela ideia de que a apanharia a desobedecer às suas ordens, escalou os degraus com a agilidade de um gato e apareceu no quarto da sra. Grandet no momento em que ela acariciava os cabelos de Eugénie, que estava com o rosto mergulhado no peito materno.

– Console-se, pobre menina, seu pai vai se acalmar.

– Ela já não tem pai – disse o toneleiro. – Será que fomos nós mesmos, a senhora e eu, que fizemos uma filha desobediente como essa? Bela educação, religiosa ainda por cima. Pois bem, a senhora não está no seu quarto. Para a prisão, para a prisão, senhorita.

– O senhor quer me privar de minha filha? – disse a sra. Grandet mostrando um rosto enrubescido pela febre.

– Se quiser ficar com ela, leve-a embora, ponham-se para fora desta casa, as duas. Raios! Onde está o ouro, que é do ouro?

Eugénie levantou-se, fitou o pai com orgulho e entrou em seu quarto; o bom Grandet deu uma volta na chave.

– Nanon – gritou –, apague o fogo da sala.

E foi sentar-se numa poltrona, no canto da lareira da mulher, dizendo-lhe:

– Ela deve tê-lo dado a Charles, aquele miserável sedutor, que só queria era nosso dinheiro.

No perigo que ameaçava a filha e em seus sentimentos por ela, a sra. Grandet encontrou forças suficientes para permanecer aparentemente fria, surda e muda.

– Eu não sabia de nada disso – respondeu voltando-se para o lado da parede para não ter de suportar os olhares coruscantes do marido. – Estou sofrendo tanto com sua violência que, se acreditar em meus pressentimentos, só saio daqui de pés juntos. O senhor deveria poupar-me neste momento, porque eu nunca lhe causei desgosto nenhum, pelo menos assim penso. Sua filha o ama, sei que ela é inocente como uma criança recém-nascida; por isso, não lhe cause sofrimento, revogue sua sentença. O frio está muito forte, o senhor poderá causar alguma doença grave.

– Não vou vê-la nem falar com ela. Ela vai ficar no quarto a pão e água até que tenha satisfeito o pai. Que diabo! Um chefe de família deve saber para onde vai o ouro de sua casa. Ela possuía as únicas rupias que existem na França, talvez; além disso, liras genovesas, ducados da Holanda.

– Senhor, Eugénie é nossa única filha, e mesmo que ela os tivesse jogado no rio...

– No rio? – gritou o bom Grandet. – No rio! Está louca, sra. Grandet. O que digo está dito, a senhora sabe. Se quiser ter paz em casa, seja confessora de sua filha, faça-a desembuchar! As mulheres se entendem melhor entre si do que conosco. Seja lá o que tenha feito, não vou mordê-la. Tem medo de mim?

Mesmo que tenha dourado o primo da cabeça aos pés, ele está em alto-mar, hein! Não podemos sair correndo atrás dele...

– Pois bem...

Excitada pela crise nervosa que atravessava, ou pela infelicidade da filha, que lhe aumentava a ternura e a inteligência, a perspicácia da sra. Grandet permitiu-lhe perceber um movimento terrível no lobinho do marido, no momento em que respondia; então mudou de ideia, sem mudar de tom.

– Pois bem, será mesmo que tenho mais poder sobre ela do que o senhor? Ela não me disse nada, puxou ao senhor.

– Diacho! Está com a língua solta hoje! Ta-ta-ta-tá, eu acho é que está zombando de mim. Deve estar de entendimento com ela.

Olhou para a mulher fixamente.

– Na verdade, senhor Grandet, se quiser me matar, só precisa continuar assim. Eu digo e repito, mesmo que isso me custe a vida: o senhor está sendo injusto com sua filha, ela é mais sensata do que o senhor. Esse dinheiro lhe pertencia, e ela só pode ter feito bom uso dele, e só Deus tem o direito de conhecer nossas boas obras. Senhor, eu lhe suplico que dê seu perdão a Eugénie!... Desse modo diminuirá o efeito produzido em mim por sua cólera, e talvez me salve a vida. Minha filha, senhor, devolva-me minha filha.

– Eu me retiro – disse ele. – Minha casa está insuportável, mãe e filha argumentam e falam como se... Bruuuh! Arre! Que péssimo dia de ano-novo as senhoras me deram. Eugénie – gritou –, pode chorar, pode chorar! Terá remorsos pelo que fez, ouviu? De que adianta engolir Deus seis vezes a cada três meses se dá às escondidas o ouro de seu pai a um vagabundo que vai devorar seu coração quando a senhora só tiver isso para lhe emprestar? Vai ver o que vale seu Charles com aquelas botas de marroquim e aquele ar de não me toques. Ele não tem coração nem alma, porque ousa levar embora o tesouro de uma pobre moça sem a concordância dos pais.

Quando a porta da rua se fechou, Eugénie saiu do quarto e foi para perto da mãe.

– A senhora teve muita coragem por sua filha – disse-lhe.

– Está vendo, minha filha, no que dá fazer coisas ilícitas? Você me obrigou a dizer mentira.

– Oh! Vou pedir a Deus que só eu seja punida.

– É verdade – disse Nanon chegando assustada – que a patroazinha vai passar a pão e água para o resto da vida?

– Que importância tem isso, Nanon? – disse tranquilamente Eugénie.

– Ah! E acha que eu vou comer conduto enquanto a filha do dono da casa come pão seco? Não e não.

– Não fale sobre isso com ninguém, Nanon – disse Eugénie.

– Fico de bico calado, mas a senhora vai ver.

Grandet jantou sozinho pela primeira vez em 24 anos.

– Quer dizer que está viúvo, patrão – disse-lhe Nanon. – É bem desagradável ficar viúvo com duas mulheres em casa.

– Não estou falando com você. Segure essa língua, senão vai embora. O que há na panela, que estou ouvindo frigir lá no fogão?

– É banha derretendo...

– Vem gente esta noite, acenda o fogo.

Os Cruchots, a sra. Des Grassins e o filho chegaram às oito horas e se surpreenderam quando não viram a sra. Grandet e a filha.

– Minha mulher está um pouco indisposta. Eugénie está com ela – respondeu o velho vinhateiro; seu rosto não denunciava emoção alguma.

Ao cabo de uma hora empregada em conversas amenas, a sra. Des Grassins, que subira para fazer uma visita à sra. Grandet, desceu, e todos lhe perguntaram:

– Como vai a sra. Grandet?

– Nada bem, nada bem – disse ela. – Seu estado de saúde me parece realmente preocupante. Na idade dela, é preciso tomar todas as precauções, titio Grandet.

– Vamos ver – respondeu o vinhateiro distraído.

Todos deram boa-noite. Quando os Cruchots chegaram à rua, a sra. Des Grassins lhes disse:

– Há alguma novidade em casa dos Grandets. A mãe está muito mal e nem desconfia disso. A filha está com os olhos vermelhos, como se tivesse chorado muito. Será que querem casá-la contra a vontade?

Depois que o vinhateiro se deitou, Nanon foi de pantufas, pé ante pé, ao quarto de Eugénie e mostrou-lhe uma torta feita na panela.

– Tome, patroazinha – disse a boa moça –, Cornoiller me deu uma lebre. A menina come tão pouco que esta torta vai durar bem uns oito dias; e, com este frio, não há de se estragar. Pelo menos não passa a pão seco. Isso não faz nada bem.

– Pobre Nanon – disse Eugénie apertando-lhe a mão.

– Saiu bem gostosa, bem leve, e *ele* não percebeu. Comprei toicinho, louro, tudo com os meus seis francos; sou eu a dona.

Depois a criada escapuliu, acreditando ter ouvido Grandet.

Durante alguns meses, o vinhateiro ia ver constantemente a mulher em horas diferentes do dia, sem pronunciar o nome da filha, sem vê-la, nem fazer a mínima alusão a ela. A sra. Grandet não saiu do quarto, e, dia a dia, seu estado piorou. Nada dobrou o velho toneleiro. Ele continuava inflexível, ríspido e frio como um bloco de granito. Continuou indo e vindo segundo seus hábitos; mas deixou de gaguejar, falou menos e, nos negócios, mostrou-se mais duro do que sempre fora. Com frequência escapava-lhe algum erro nas contas.

– Aconteceu alguma coisa com os Grandets – diziam cruchotinos e grassinistas.

– O que aconteceu em casa de Grandet? – era uma pergunta unânime, geralmente feita nos serões de Saumur. Eugénie ia à missa levada por Nanon. Ao sair da igreja, se a sra. Des Grassins lhe dirigisse algumas palavras, ela respondia de maneira evasiva, sem satisfazer sua curiosidade. No entanto, ao fim de dois meses foi impossível esconder dos três Cruchots e da sra. Des Grassins o segredo da reclusão de Eugénie, pois a certa altura faltaram pretextos para justificar sua perpétua ausência. Depois, sem que fosse possível saber por quem o segredo fora revelado, toda a cidade ficou sabendo que, desde o dia de ano-novo, a srta. Grandet estava trancada no quarto, a pão e água e sem fogo, por ordem do pai; que Nanon lhe fazia guloseimas e as levava ao quarto durante a noite; e sabia-se até que a jovem só podia ver a mãe e cuidar dela durante o tempo em que seu pai estivesse ausente. A conduta de Grandet foi então julgada com muita severidade. A cidade inteira, por assim dizer, o pôs fora da lei, lembrou-se de suas traições, de sua inclemência, e o excomungou. Quando ele passava, todos o apontavam, cochichando. Quando sua filha descia a rua tortuosa para ir à missa ou às vésperas, acompanhada de Nanon, todos os habitantes apareciam nas janelas para examinar com curiosidade a atitude da rica herdeira e seu semblante, no qual transpareciam uma melancolia e uma suavidade angelicais. A reclusão e o desfavor do pai nada eram para ela. Por acaso não via o mapa-múndi, o banco, o jardim, o muro e não extraía ainda dos lábios o mel ali deixado pelos beijos de amor? Durante algum tempo ignorou os comentários de que era alvo na cidade, assim como o pai os ignorava. Religiosa e pura diante de Deus, sua consciência e o amor que sentia a ajudavam a suportar pacientemente a cólera e a vingança do pai. Mas uma dor profunda calava todas as outras. Sua mãe, doce e terna criatura, que se aformoseava com o brilho que brotava de sua alma, ao se aproximar do túmulo, definhava a cada dia. Muitas vezes Eugénie se acusava de ter sido a causa inocente da cruel e lenta doença que a devorava. Esse remorso, embora acalmado pela mãe, criava laços ainda mais estreitos com seu amor. Todas as manhãs, assim que o pai saía, ela ia à cabeceira da mãe, e lá Nanon lhe levava o almoço. Mas a pobre Eugénie, triste e pesarosa com os sofrimentos da mãe, mostrava o rosto desta a Nanon com um gesto mudo, chorava e não ousava falar do primo. A sra. Grandet foi primeira que se sentiu obrigada a perguntar:

– Onde *ele* está? Por que *ele* não escreve?

Mãe e filha ignoravam completamente as distâncias.

– Vamos pensar nele, mamãe – respondia Eugénie –, e não falar dele. A senhora está sofrendo; a senhora, acima de tudo.

Tudo era *ele.*

– Minhas filhas – dizia a sra. Grandet –, não lamento deixar a vida. Deus me protegeu, fazendo-me encarar com alegria o fim de minhas misérias.

As palavras daquela mulher eram sempre santas e cristãs. Durante os primeiros meses do ano, quando o marido ia almoçar perto dela e ficava passeando pelo quarto, ela lhe dizia as mesmas palavras, repetidas com uma doçura angelical, mas com a firmeza de uma mulher que, com a proximidade da morte, ganhava a coragem que lhe faltara em toda a vida.

– Eu agradeço o interesse que o senhor tem por minha saúde – respondia-lhe quando ele fazia a mais banal das perguntas. – Mas, se quiser tornar menos amargos os meus últimos momentos e aliviar minhas dores, perdoe sua filha; mostre-se cristão, esposo e pai.

Quando ouvia essas palavras, Grandet se sentava junto ao leito e assumia a atitude de alguém que, percebendo a chegada de um temporal, se abriga tranquilamente debaixo de um alpendre: ouvia em silêncio e nada respondia. Depois que ela lhe dirigia as súplicas mais tocantes, meigas e religiosas, ele dizia:

– Você está palidazinha hoje, coitadinha.

Na sua fronte de grés, nos seus lábios cerrados parecia estar esculpido o esquecimento mais completo da filha. Nem mesmo se emocionava com as lágrimas que suas respostas vagas, cujos termos pouco variavam, faziam correr pelo rosto branco da mulher.

– Que Deus perdoe o senhor – dizia – como eu perdoo. Um dia vai precisar de indulgência.

Depois que a mulher ficou doente, ele já não ousava usar seu terrível "ta-ta-ta-tá!". Mas nem por isso seu despotismo fora desarmado pela doçura daquele anjo, cuja fealdade ia desaparecendo dia a dia, vencida pela expressão das qualidades morais que floresciam sobre suas faces. Ela era toda alma. O gênio da prece parecia purificar, abrandar os traços mais grosseiros do seu semblante, fazendo-a resplandecer. Quem não terá observado esse fenômeno de transfiguração nos rostos santos, quando os hábitos da alma acabam por triunfar sobre os traços de contorno rude, imprimindo-lhes a expressão produzida pela nobreza e pela pureza dos pensamentos elevados! No entanto, o espetáculo daquela transformação realizada pelos sofrimentos que consumiam o farrapo de ser humano naquela mulher pouco agia sobre o velho toneleiro, que continuou com um caráter de bronze. Embora seu modo de exprimir-se deixasse de ser desdenhoso, sua conduta passou a ser dominada por imperturbável silêncio que protegia sua superioridade de pai de família. Se a fiel Nanon aparecesse no mercado, ocorria-lhe sentir nos ouvidos o zunido de chalaças e queixas sobre seu patrão; mas, embora a opinião pública condenasse abertamente o tio Grandet, a criada o defendia pela honra da casa.

– Ora! – dizia aos detratores do bom Grandet. – E a gente não fica mesmo mais dura quando envelhece? Como é que ele não vai ficar um pouco mais empedernido? Parem com essa mentirada. A patroazinha vive que nem rainha. Está sozinha, é verdade, mas é com gosto. E além disso meus patrões têm motivos sérios.

Finalmente, certa noite, no fim da primavera, a sra. Grandet, devorada pelo pesar, mais que pela doença, não tendo conseguido reconciliar Eugénie e o pai, apesar das súplicas, confiou suas dores secretas aos Cruchots.

– Fazer uma moça de 23 anos passar a pão e água!... – exclamou o juiz-presidente de Bonfons. – E sem motivo! Isso constitui *sevícia, rigor injusto*; *ela pode apresentar queixa, tanto no quanto sobre...*

– Ora, sobrinho – disse o notário –, pare com esse palavreado de tribunal. A senhora pode ficar tranquila, amanhã mesmo acabo com essa reclusão.

Ao ouvir seu nome, Eugénie saiu do quarto.

– Senhores – disse adiantando-se com um movimento cheio de altivez –, peço-lhes que não se preocupem com esse assunto. Meu pai é quem manda nesta casa. Enquanto eu morar aqui, devo-lhe obediência. A conduta dele não poderia ser submetida à aprovação nem à desaprovação da sociedade, ele só deve contas a Deus. Exijo, em nome de nossa amizade, o mais profundo silêncio sobre isso. Censurar meu pai seria atacar nossa própria dignidade. Sou grata aos senhores pelo interesse que demonstram; e serei ainda mais grata se os senhores puserem fim aos comentários ofensivos que correm na cidade, sobre os quais fui informada por acaso.

– Ela tem razão – disse a sra. Grandet.

– Senhorita, a melhor maneira de impedir que a sociedade comente é devolver-lhe a liberdade – respondeu respeitosamente o velho notário, impressionado com a beleza que o recolhimento, a melancolia e o amor haviam conferido a Eugénie.

– Então, minha filha, deixe que o sr. Cruchot cuide desse assunto, pois ele será responsável pelos resultados. Ele conhece seu pai e sabe como lidar com ele. Se quiser me ver feliz durante o pouco tempo que me resta de vida, será preciso que se reconcilie com seu pai a qualquer custo.

No dia seguinte, conforme era hábito desde que começara a reclusão de Eugénie, Grandet foi dar umas voltas pelo jardinzinho. Fazia esse passeio na hora em que Eugénie se penteava. Quando o bom Grandet chegava perto da grande nogueira, escondia-se atrás do tronco e ficava alguns minutos a contemplar os cabelos compridos da filha, decerto oscilando entre os pensamentos sugeridos pela tenacidade de seu caráter e o desejo de abraçar a moça. Muitas vezes ficava sentado no banco de madeira apodrecida onde Charles e Eugénie haviam jurado amor eterno, enquanto ela também olhava o pai furtivamente ou pelo espelho. Se ele se levantava e voltava a passear, ela se sentava complacentemente à janela e punha-se a contemplar o muro de onde pendiam flores belíssimas, de cujas fendas saíam cabelos-de-vênus, campânulas e uma planta suculenta, amarela ou branca, um *sedum*[67] muito abundante nas vinhas de Saumur e Tours. Era um belo dia de junho, e mestre Cruchot chegou cedo, encontrando o velho vinhateiro sentado no banquinho, com as costas apoiadas na parede, ocupado a ver a filha.

– Que bons ventos o trazem, mestre Cruchot? – disse quando avistou o notário.

– Venho falar de negócios.

– Ah! Ah! Tem algum ouro para trocar com meus escudos?

– Não, não, não se trata de dinheiro, mas de sua filha Eugénie. Todos estão falando dela e de você.

– E por que se metem? Cada um é rei em sua casa.

– É verdade, e um rei em sua casa pode até se matar ou, o que é pior, jogar dinheiro pela janela.

– Como assim?

– Sua mulher está muito doente, meu amigo. Você deveria consultar o sr. Bergerin, ela está em risco de morrer. Se ela viesse a morrer sem ter recebido os cuidados necessários, você não teria sossego, acredito.

– Ta-ta-ta-tá! Você sabe o que minha mulher tem! Esses médicos, depois que põem o pé em sua casa, voltam cinco a seis vezes por dia.

– Enfim, Grandet, você faça como bem entender. Somos velhos amigos; em toda Saumur não há ninguém que se interesse mais do que eu pelo que lhe diz respeito; por isso me senti na obrigação de dizer essas coisas. Agora, aconteça o que acontecer, você é maior, sabe o que faz. Esse, aliás, não é o assunto que me traz aqui. Trata-se de coisa mais grave para você, talvez. Afinal, você não tem vontade de matar sua mulher, ela lhe é muito útil. Mas pense em que situação você ficaria perante sua filha, se a sra. Grandet morresse. Precisaria prestar contas a Eugénie, porque está casado em comunhão de bens. Sua filha terá o direito de exigir a partilha de sua fortuna,

67. Substância que Balzac faz reaparecer em outras obras de *A comédia humana*, como *Ilusões perdidas*. (N.E.)

de querer a venda de Froidfond. Enfim, ela sucede à mãe, de quem você não pode herdar.

Essas palavras caíram como um raio sobre o bom Grandet, que não era tão bom em leis quanto podia ser em comércio. Nunca tinha pensado numa licitação.

– Por isso, eu o aconselho a tratá-la bem – disse Cruchot para terminar.

– Mas você sabe o que ela fez, Cruchot?!

– O quê? – perguntou o notário, desejoso de ouvir uma confidência do tio Grandet e ficar conhecendo a causa da briga.

– Ela deu o ouro dela.

– Bom, não era dela? – perguntou o notário.

– Todos me dizem isso! – disse o velhote, deixando os braços penderem num gesto trágico.

– Por uma miséria – continuou Cruchot – você vai criar obstáculos às concessões que vai precisar pedir-lhe depois da morte da mãe?

– Ah! Você chama de miséria seis mil francos de ouro?

– Ei, meu velho amigo, sabe quanto custarão o inventário e a partilha da herança de sua mulher, se Eugénie exigir?

– Quanto?

– Duzentos, trezentos ou quatrocentos mil francos, talvez! Não vai ser preciso licitar e vender para conhecer o verdadeiro valor? Ao passo que se entendendo...

– Pela foice do meu pai! – exclamou o vinhateiro, sentando-se pálido. – Vamos ver isso, Cruchot.

Depois de um momento de silêncio ou de agonia, o bom Grandet olhou o notário e disse:

– A vida é bem dura! Tem muitas dores. Cruchot – continuou ele solenemente –, você não está querendo me enganar, jure pela sua honra que isso que você está dizendo é de Direito. Mostre o Código, quero ver o Código!

– Meu caro amigo – respondeu o notário –, e eu não conheço o meu ofício?

– Bom, é verdade. Vou ser esbulhado, traído, morto, devorado pela minha filha.

– Ela é herdeira da mãe.

– Então para que servem os filhos! Ah! Minha mulher, eu gosto dela. Felizmente ela é rija. É uma La Bertellière.

– Ela não tem um mês de vida.

O toneleiro bateu na testa, começou a andar, voltou e, dirigindo um olhar assustador a Cruchot, disse:

– Que fazer?

– Eugénie poderá pura e simplesmente renunciar à sucessão da mãe. Você não quer deserdá-la, não é? Mas, para obter uma partilha desse tipo, não a trate mal. O que estou dizendo, meu velho, contraria meu próprio interesse. Afinal, qual é meu trabalho?... Fazer liquidações, inventários, vendas, partilhas...

– Vamos ver, vamos ver. Não vamos mais falar disso, Cruchot. Você está me revirando as entranhas. Recebeu ouro?

– Não, mas tenho uns luíses velhos, uns dez, dou-os a você. Meu caro amigo, faça as pazes com Eugénie. Está vendo, toda Saumur está contra você.

– Uma corja!

– Vamos lá, os fundos públicos estão a 99. Fique contente pelo menos uma vez na vida.

– A 99, Cruchot?

– Sim.

– Eh! Eh! 99! – disse o bom Grandet acompanhando o velho notário até a porta da rua.

Depois, agitado demais com o que acabava de ouvir para ficar em casa, subiu para o quarto da mulher e lhe disse:

– Pronto, mamãe, pode passar o dia com sua filha, estou indo para Froidfond. Sejam boazinhas as duas. Hoje é dia de aniversário do nosso casamento, minha boa mulher: tome, aqui estão dez escudos para um altarzinho do Santíssimo Sacramento. Há muito tempo você quer construir um, faça bom proveito! Divirtam-se, alegrem-se, comportem-se bem. Viva a alegria!

Jogou dez escudos de seis francos na cama da mulher e tomou a cabeça dela, para beijar-lhe a testa.

– Boa mulher, está melhor, não está?

– Como o senhor pode pensar em receber Deus misericordioso em casa se mantém sua filha exilada de seu coração? – disse ela emocionada.

– Ta-ta-ta-ta-tá – disse o pai com voz acariciadora –, vamos ver isso.

– Deus seja louvado! Eugénie – gritou a mãe, corando de alegria –, venha abraçar seu pai! Ele a perdoa!

Mas o bom Grandet já tinha desaparecido. Ia num pé só em direção a suas quintas, tentando pôr em ordem suas ideias convulsionadas. Grandet iniciava então o septuagésimo sexto ano de sua vida. Havia dois anos, principalmente, sua avareza aumentara, como aumentam todas as paixões persistentes do homem. De acordo com uma observação feita com avarentos, ambiciosos e todas as pessoas que dedicaram a vida a uma ideia dominante, seus sentimentos se haviam apegado em especial a um símbolo de sua paixão. Ver ouro, possuir ouro, essa se tornara a sua monomania. Seu despotismo crescera proporcionalmente à sua avareza, e renunciar à direção da menor parcela de seus bens com a morte da mulher parecia-lhe uma coisa *antinatural*. Declarar sua fortuna à filha, inventariar a totalidade de seus bens móveis e imóveis para uma licitação? Seria o mesmo que se degolar, era o que pensava em voz alta no meio de uma quinta, examinando as cepas. Por fim, tomou uma decisão. Voltou para Saumur na hora do jantar, decidido a inclinar-se diante de Eugénie, afagá-la, engodá-la para poder morrer regiamente, segurando até o último suspiro as rédeas de seus milhões. Enquanto o bom Grandet, que por acaso havia levado sua chave mestra, subia as escadas com passos de gato para ir ao quarto da mulher, Eugénie havia levado para a cama da mãe o belo *nécessaire*. As duas, na ausência de Grandet, entregavam-se ao prazer de ver o retrato de Charles, examinando o de sua mãe.

– A testa e a boca são iguaizinhas! – dizia Eugénie quando o vinhateiro abriu a porta. Diante do olhar que o marido lançou para o ouro, a sra. Grandet gritou:

– Meu Deus, tende piedade de nós!

O velhote atirou-se para o estojo como um tigre se precipita sobre uma criança adormecida.

– O que é isso? – disse ele arrebatando o tesouro e indo postar-se junto à janela. Ouro do bom! Ouro! – exclamou. – Muito ouro! Isto pesa duas libras. Ah! Ah! Charles lhe deu isso em troca daquelas belas moedas. Hein! Por que não me disse? É um bom negócio, filhinha! Você é minha filha, estou reconhecendo.

Eugénie tremia da cabeça aos pés.

– Não é mesmo? Isto é de Charles? – continuou o bom Grandet.

– É, meu pai, não é meu. Esse objeto é um penhor sagrado.

– Ta-ta-tá! Ele levou sua fortuna, é preciso refazer aquele tesourinho.

– Papai?...

O bom Grandet quis pegar o canivete para retirar uma placa de ouro, e foi obrigado a pôr o estojo numa cadeira. Eugénie precipitou-se para pegá-lo de volta, mas o toneleiro, que vigiava ao mesmo tempo a filha e o estojo, esticou o braço e empurrou-a com tanta força, que ela foi cair na cama da mãe.

– Senhor, senhor – gritou a mãe erguendo-se na cama.

Grandet puxara o canivete e preparava-se para levantar o ouro.

– Papai – gritou Eugénie ajoelhando-se no chão e caminhando de joelhos para chegar mais perto do velhote e erguer as mãos para ele –, papai, em nome de todos os Santos e da Virgem Maria, em nome de Cristo, que morreu na cruz, em nome de sua salvação eterna, papai, em nome da minha vida, não toque nisso! Esse estojo não é seu nem meu; é de um parente infeliz que o confiou a mim, e eu preciso devolvê-lo intacto.

– Por que estava olhando, se é um penhor? Ver é pior que tocar.

– Papai, não o destrua, não me desonre. Papai, está ouvindo?

– Senhor, por favor! – disse a mãe.

– Papai!

Eugénie gritou com voz tão estridente que Nanon subiu, assustada. Eugénie precipitou-se para uma faca que estava a seu alcance e armou-se com ela.

– E aí? – disse-lhe friamente Grandet, com um sorriso amarelo.

– O senhor está me assassinando! – disse a mãe.

– Papai, se essa faca tirar nem que seja um pedacinho desse ouro, eu me mato com esta. Por sua causa, minha mãe está mortalmente doente, o senhor matará também a filha. Continue, ferimento por ferimento.

Grandet mantinha o canivete sobre o estojo e olhava hesitante para a filha.

– Você seria mesmo capaz, Eugénie? – perguntou.

– Seria – disse a mãe.

– Ela vai fazer o que está dizendo – gritou Nanon. – Tenha juízo, patrão, uma vez na vida.

O toneleiro olhou alternadamente para o ouro e para a filha. A sra. Grandet desmaiou.

– Está vendo, patrão? A patroa está morrendo – gritou Nanon.

– Veja só, minha filha, estamos brigando por causa de um estojo. Pegue! – exclamou com vivacidade o toneleiro, jogando o estojo na cama. – Nanon, vá chamar o senhor Bergerin.

– Acorde, mamãe – disse beijando a mão da mulher –, não foi nada, vá: nós fizemos as pazes. Não é verdade, filhinha? Acabou o pão seco, você vai comer tudo o que quiser. Ah! Ela está abrindo os olhos. Ei, mãe, mamãe, mamamãe, acorde, vamos! Olhe, veja, estou abraçando Eugénie. Ela ama o primo, vai se casar com ele se quiser, vai ficar com o estojinho. Mas viva muito tempo, minha pobre mulher. Vamos, mexa-se! Escute, você vai ter o mais lindo altarzinho que já se fez em Saumur.

– Meu Deus, como pode tratar assim sua mulher e sua filha! – disse com voz fraca a sra. Grandet.

– Não faço mais, nunca mais – gritou o toneleiro. – Você vai ver, minha pobre mulher.

Foi até seu gabinete, voltou com um punhado de luíses e espalhou-os na cama.

– Tome, Eugénie, tome, mulher, é para vocês – disse manipulando os luíses. – Vamos, alegre-se, mulher; fique boa, não lhe faltará nada, nem a Eugénie. Veja, cem luíses de ouro para ela. Estes você não vai dar, hein Eugénie?

A sra. Grandet e a filha olharam-se assombradas.

– Pegue de volta, papai; só precisamos de seu carinho.

– Bom, se é assim – disse embolsando os luíses –, vamos viver como bons amigos. Vamos todos descer e jantar na sala, para jogar víspora todas as noites por dois soldos. Divirtam-se à vontade! Hein, mulher?

– Ai, bem que eu gostaria, já que isso lhe agrada – disse a moribunda –, mas não conseguiria me levantar.

– Coitadinha – disse o toneleiro –, você não sabe como eu gosto de você. E você, minha filha! – Abraçou-a, beijou-a. – Ah! Como é bom beijar a filha depois de uma briga! Minha filhinha! Olhe, está vendo a mamãezinha? Agora nós estamos unidos. Vá guardar aquilo – disse a Eugénie mostrando o estojo. – Vá, não tenha medo. Nunca mais vou falar nisso.

O senhor Bergerin, o médico mais famoso de Saumur, chegou depressa. Feita a consulta, declarou categoricamente a Grandet que sua mulher estava bem doente, mas que, com paz de espírito, dieta leve e muitos cuidados, sua morte poderia ser adiada para fins do outono.

– Vai ser caro? – perguntou o bom Grandet. – Vai precisar de remédios?

– Poucos remédios, mas muitos cuidados – respondeu o médico, que não conseguiu segurar um sorriso.

– Enfim, sr. Bergerin – respondeu Grandet –, o senhor é um homem honesto, não é verdade? Confio no senhor, venha ver minha mulher sempre que achar conveniente. Salve a vida da minha boa mulher; eu gosto muito dela, veja bem, embora não pareça, porque, em mim, tudo acontece lá dentro e me revira a alma. Sinto muita tristeza. A tristeza entrou em mim com a morte do meu irmão, e por ele estou gastando uma fortuna em Paris... os olhos da cara, enfim! E não acaba nunca. Até logo, se for possível salvar minha mulher, salve-a, mesmo que para isso seja preciso gastar cem ou duzentos francos.

Apesar dos fervorosos votos de Grandet pelo restabelecimento da saúde da mulher – pois a abertura de seu inventário seria uma primeira morte para ele –, apesar da indulgência que demonstrava em todas as oportunidades pelas mínimas vontades da mãe e da filha, sempre admiradas, apesar dos cuidados desvelados dispensados por Eugénie, a sra. Grandet avançou rapidamente para a morte. A cada dia ela se enfraquecia e definhava como definha a maioria das mulheres atingidas nessa idade pela doença. Estava frágil, como as folhas das árvores no outono. Os raios do céu a faziam resplandecer como as folhas que o sol atravessa e doura. Foi uma morte digna de sua vida, uma morte cristã; é o mesmo que dizer sublime. No mês de outubro de 1822 foi mais intenso o brilho de suas virtudes, de sua paciência de anjo e de seu amor pela filha; ela se extinguiu sem deixar escapar queixa alguma. Cordeiro sem mácula, subiu ao céu, levando daqui saudades só da doce companheira de sua fria existência, para quem seus últimos olhares pareciam predizer mil desgraças. Temia deixar aquela ovelha, branca como ela, sozinha no meio de um mundo egoísta, que queria arrebatar-lhe seu tosão, seus tesouros.

– Minha criança – disse-lhe antes de expirar –, só existe felicidade no céu, um dia você saberá.

No dia seguinte a essa morte, Eugénie encontrou novos motivos para apegar-se àquela casa onde nascera, onde sofrera tanto, onde sua mãe acabara de morrer. Não pode contemplar o vão da janela e a cadeira com calços sem derramar lágrimas. Acreditou que conhecia mal a alma de seu velho pai, ao se ver alvo de sua atenção e de sua ternura: ele vinha dar-lhe o braço quando desciam para o almoço; ele a olhava de um modo quase bondoso durante horas inteiras; enfim, ele a contemplava como se ela fosse de ouro. O velho toneleiro se parecia tão pouco com o que fora, tremia tanto diante da filha, que Nanon e os cruchotinos, testemunhas de sua fraqueza, a atribuíram à velhice e temeram por algum enfraquecimento de suas faculdades mentais; mas no dia em que a família vestiu luto, depois do jantar para o qual foi convidado mestre Cruchot, único que conhecia o segredo de seu cliente, a conduta do bom Grandet encontrou explicação.

– Minha querida filha – disse ele a Eugénie depois que a mesa foi tirada e as portas cuidadosamente fechadas –, você agora é herdeira de sua mãe, e nós temos uns negocinhos para resolver aqui entre nós. Não é mesmo, Cruchot?

– É.

– Mas é tão necessário cuidar disso hoje, papai?

– É, sim, filhinha. Eu não poderia continuar na incerteza em que estou. Não acredito que você queira me causar desgosto.

– Oh! Papai.

– Pois bem, é preciso acertar tudo esta noite.

– O que o senhor quer que eu faça?

– Filhinha, isso não é comigo. Diga você, Cruchot.

– Senhorita, o senhor seu pai não gostaria de partilhar nem de vender seus bens, nem de pagar altíssimos impostos pelo dinheiro vivo que possa possuir. Então, por isso, seria preciso deixar de fazer o inventário de toda a fortuna que hoje está indivisa entre a senhora e o senhor seu pai...

– Cruchot, você tem certeza de tudo isso, para falar assim na frente de uma criança?

– Deixe isso comigo, Grandet.

– Sim, sim, meu amigo. Nem você nem minha filha querem me espoliar. Não é mesmo, filhinha?

– Mas, senhor Cruchot, o que eu preciso fazer? – perguntou Eugénie impaciente.

– Bom – disse o notário –, seria preciso assinar este documento pelo qual a senhorita renunciaria à sucessão da senhora sua mãe e deixaria para seu pai o usufruto de todos os bens indivisos entre os dois, dos quais ele lhe dá a nua propriedade...

– Não entendo nada de nada do que o senhor está dizendo – respondeu Eugénie –, dê-me o documento e mostre-me onde devo assinar.

O tio Grandet olhava alternadamente para o documento e a filha, para a filha e o documento, dominado por emoções tão violentas que precisou enxugar algumas gotas de suor que lhe brotaram da testa.

– Filhinha – disse –, em vez de assinar esse documento que vai ser caro para registrar, se você quisesse renunciar pura e simplesmente à sucessão de sua pobre e saudosa mãe e confiar em mim para o futuro, eu preferia. Eu lhe daria, então, todos os meses uma boa renda de cem francos. Veja, você poderia pagar quantas missas quisesse para quem você ache que deve mandar rezá-las... Hein! Cem francos por mês, em libras?

– Faço tudo o que o senhor quiser, papai.

– Senhorita – disse o notário –, é meu dever alertá-la para o fato de que a senhorita se despoja...

– Ai, meu Deus – disse ela –, que me importa?

– Chega, Cruchot. O que está dito está dito – exclamou Grandet pegando a mão da filha e dando palmadinhas nela. – Eugénie, você não se desmentirá, você é uma moça honesta, hein?

– Oh! Papai!...

Ele a beijou com efusão e estreitou-a nos braços a ponto de sufocá-la.

– Olhe, minha menina, você está dando vida a seu pai; mas está devolvendo o que ele lhe deu: assim estamos quites. É assim que devem ser feitos os negócios. A vida é um negócio. Eu a abençoo! Você é uma menina virtuosa, que gosta do seu papai. Faça o que quiser agora. Até amanhã então, Cruchot – disse olhando para o notário, que estava espantado. – Cuide de preparar o ato de renúncia no cartório do Tribunal.

No dia seguinte, por volta do meio-dia, foi assinada a declaração na qual Eugénie realizava sua própria espoliação. No entanto, apesar da palavra dada, no fim do primeiro ano o velho toneleiro ainda não dera um tostão dos cem francos mensais tão solenemente prometidos à filha. Por isso, quando Eugénie falou do assunto com bom humor, ele não pôde deixar de corar; subiu correndo ao gabinete, voltou e apresentou-lhe cerca de um terço das joias que tomara do sobrinho.

– Tome, menina – disse em tom de ironia –, aceita isto pelos duzentos francos?

– Ô papai! Está me dando mesmo?

– Vou lhe dar outro tanto no ano que vem – disse, jogando as joias em seu avental. – Assim, em pouco tempo, você vai ter todas as bugigangas *dele* – acrescentou esfregando as mãos, feliz por poder explorar os sentimentos da filha. Contudo, o velhote, embora ainda robusto, sentiu necessidade de iniciar a filha nos segredos da administração da casa. Nos dois anos seguintes, fez com que ela organizasse o cardápio em sua presença e passasse a receber os apréstamos dos arrendamentos. Ensinou-lhe, devagar e sucessivamente, os nomes e a área de suas vinhas e quintas. Depois de cerca de três anos, ele a acostumara tão bem a todos os seus modos de avarento, estava tão claro que estes se haviam transformado em hábito para ela, que ele lhe confiou sem medo as chaves da despensa e a constituiu dona da casa.

Cinco anos se passaram sem nenhum acontecimento marcante na existência monótona de Eugénie e do pai. Foram os mesmos atos, constantemente cumpridos com a regularidade cronométrica dos movimentos do velho relógio de pêndulo. A profunda melancolia da senhorita Grandet não era segredo para ninguém; mas, embora todos pressentissem a causa, nenhuma palavra por ela pronunciada jamais fundamentou as desconfianças que todos os grupos de Saumur alimentavam sobre o estado do coração da rica herdeira. Sua única companhia eram os três Cruchots e alguns amigos que eles foram imperceptivelmente introduzindo na casa. Estes a ensinaram a jogar uíste e iam todas as noites jogar uma partida. No ano de 1827, seu pai, sentindo o peso dos achaques da velhice, foi obrigado a iniciá-la nos segredos de sua fortuna territorial, dizendo-lhe que, em caso de dificuldade, recorresse a Cruchot, o notário, cuja honestidade ele bem conhecia. Depois, no fim daquele ano, o bom Grandet, com a idade de 82 anos, foi acometido por uma paralisia que fez rápidos progressos. Foi desenganado pelo sr. Bergerin. Vendo que logo ficaria sozinha no mundo, Eugénie, por assim dizer, achegou-se mais ao pai e estreitou mais aqueles últimos laços de afeição. Em seu pensamento, como no de todas as mulheres que amam, o amor era o mundo, e Charles não estava. Foi sublime o modo como cuidou e atendeu o velho pai, cujas faculdades mentais começavam a fraquejar, mas cuja avareza se sustinha instintivamente.

Por isso, a morte daquele homem não contrastou com sua vida. Logo de manhã pedia que empurrassem sua cadeira de rodas da lareira de seu quarto até a porta do gabinete, decerto cheio de ouro. Ficava lá, imóvel, mas olhava com ansiedade ora aqueles que iam visitá-lo, ora a porta chapeada de ferro. Pedia explicação dos menores ruídos que ouvia; e, para grande espanto do notário, ouvia os bocejos do cachorro, no pátio. Acordava do aparente estupor no dia e na hora em que era preciso receber arrendamentos, fazer contas com os feitores ou dar quitações. Então agitava a cadeira de rodas até chegar à frente da porta de seu gabinete. Mandava a filha abri-la e vigiava enquanto, em segredo, ela amontoava pessoalmente os sacos de dinheiro e fechava a porta. Depois, voltava para seu lugar, silenciosamente, assim que ela lhe devolvia a chave preciosa, sempre colocada no bolsinho do colete, que ele apalpava de vez em quando. Entrementes, seu velho amigo notário, percebendo que a rica herdeira se casaria, necessariamente, com seu sobrinho juiz, caso Charles Grandet não voltasse, desdobrou-se em cuidados e atenções: ia todos os dias pôr-se à disposição de Grandet, ia por ordem sua a Froidfond, às terras, aos prados, às vinhas, vendia colheitas e transmutava tudo em ouro e prata, que iam juntar-se secretamente aos sacos empilhados no gabinete. Chegaram, enfim, os dias de agonia, durante os quais a forte constituição do bom Grandet pelejou contra a destruição. Quis ficar sentado ao pé do fogo, diante da porta do gabinete. Puxava para si e enrolava todas as cobertas que punham sobre ele, e dizia a Nanon:

– Guarde, guarde, para ninguém roubar.

Quando conseguia abrir os olhos, nos quais se refugiara toda a sua vida, voltava-os para a porta do gabinete onde jaziam seus tesouros, dizendo à filha:

– Estão lá? Estão lá? – com uma voz que denotava uma espécie de pânico.

– Estão, papai.

– Cuide do ouro, ponha ouro na minha frente.

Eugénie espalhava luíses sobre uma mesa, e ele ficava horas inteiras com o olhar fixo nos luíses, como uma criança que está começando a enxergar e contempla estupidamente o mesmo objeto; e, como à criança, escapava-lhe um sorriso penoso.

– Isso me aquece de novo! – dizia às vezes, deixando transparecer no rosto uma expressão de beatitude. Quando o vigário da paróquia foi administrar-lhe a extrema-unção, seus olhos, aparentemente mortos havia algumas horas, reanimaram-se com a visão da cruz, dos candelabros e da caldeirinha de prata, que ficou olhando fixamente, e seu lobinho se movimentou pela última vez. Quando o padre aproximou de seus lábios o crucifixo de *vermeil*, para que ele o beijasse, Grandet fez um movimento medonho para agarrá-lo, e esse esforço supremo custou-lhe a vida; chamou Eugénie, que ele não enxergava, apesar de estar ajoelhada à sua frente, vertendo lágrimas sobre uma mão já fria.

– A bênção, meu pai?... – pediu ela.

– Cuide bem de tudo. Vai me prestar contas no outro mundo – disse, provando com estas últimas palavras que o cristianismo deve ser a religião dos avarentos.

Eugénie Grandet viu-se, portanto, sozinha no mundo, naquela casa com Nanon, única pessoa para quem podia olhar com a certeza de ser entendida e compreendida, Nanon, único ser que a amava pelo que ela era e com quem podia falar de suas tristezas. A Grande Nanon era uma providência para Eugénie. Por isso, deixou de ser criada, para ser humilde amiga.

Depois da morte do pai, Eugénie ouviu de mestre Cruchot que possuía trezentas mil libras de rendas em bens de raiz na região de Saumur, seis milhões aplicados a três por cento em títulos de sessenta francos que valiam então 77 francos; mais dois milhões em ouro e cem mil francos em escudos, sem contar os pagamentos a receber. A estimativa total de seus bens somava dezessete milhões.

– Onde estará meu primo? – dizia ela.

No dia em que mestre Cruchot entregou à cliente a descrição de seus bens, agora líquidos e certos, Eugénie e Nanon ficaram sozinhas, cada uma sentada de um lado da lareira daquela sala tão vazia, onde tudo eram lembranças, desde a cadeira com calços na qual a mãe se sentava até o copo no qual o primo havia bebido.

– Nanon, estamos sozinhas...

– Sim, patroazinha; e, se eu soubesse onde ele está, o menino, eu ia a pé até lá.

– Entre nós está o mar – disse ela.

Enquanto a pobre herdeira chorava assim, em companhia de sua velha criada, naquela casa fria e escura casa, que para ela compunha todo o universo, de Nantes a Orléans só se falava dos dezessete milhões da srta. Grandet. Um de seus primeiros atos foi dar mil e duzentos francos de renda vitalícia a Nanon, que, possuindo já outros seiscentos francos, tornou-se um ótimo partido. Em menos de um mês, passou do estado de moça ao de mulher, sob a proteção de Antoine Cornoiller, que foi nomeado guarda-geral das terras e das propriedades da srta. Grandet. A sra. Cornoiller teve sobre suas contemporâneas uma imensa vantagem. Embora tivesse 59 anos, não parecia ter mais de quarenta. Seus traços grosseiros haviam resistido aos ataques do tempo. Graças ao regime monástico de vida, lograva a velhice com tez corada e saúde de ferro. Talvez nunca se tivesse mostrado tão bem como no dia do casamento. Da feiura, extraiu os lucros, e apareceu grande, robusta, forte, trazendo no rosto uma expressão de felicidade indestrutível que fez algumas pessoas invejarem a sorte de Cornoiller.

– Tem boa cor – dizia o comerciante de panos[68].

– Ainda é capaz de fazer filhos – disse o comerciante de sal –; parece que se conservou em salmoura, com todo respeito.

– Ela está rica, e o danado do Cornoiller está fazendo um bom negócio – dizia outro vizinho.

Ao sair da velha casa, Nanon, que era amada por toda a vizinhança, só recebeu elogios enquanto descia a rua tortuosa para ir à igreja. Como presente de casamento, Eugénie deu-lhe três dúzias de talheres. Cornoiller, surpreso com tamanha magnificência, falava da patroa com lágrimas nos olhos: ele se deixaria esquartejar por ela. Tornando-se mulher de confiança de Eugénie, a sra. Cornoiller passou a nutrir uma felicidade igual à de ter um marido. Tinha, enfim, uma despensa para abrir, fechar, provisões para distribuir pela manhã, como fazia seu finado patrão. Além disso, passou a ter sob sua responsabilidade duas domésticas, uma cozinheira e uma criada de quarto, encarregada de cuidar da roupa da casa, de fazer os vestidos da patroa. Cornoiller acumulou as funções de guarda e administrador. É ocioso dizer que a cozinheira e a criada de quarto escolhidas por Nanon eram verdadeiras pérolas. A srta. Grandet tinha, assim, quatro criados de um devotamento sem limites. Os rendeiros das terras não se aperceberam da morte do bom Grandet, pois os usos e costumes de sua administração, por ele estabelecidos com tanta severidade, foram escrupulosamente observados pelo sr. e pela sra. Cornoiller.

Aos trinta anos, Eugénie ainda não conhecia nenhuma das felicidades da vida. Sua infância pálida e triste transcorrera ao pé de uma mãe cujo coração, ignorado e espezinhado, sempre sofrera. Ao deixar a vida com alegria, aquela mãe lastimou a filha por ter de viver, deixando-lhe na alma ligeiros remorsos e eternas saudades. O primeiro e único amor de Eugénie era-lhe motivo de melancolia. Depois de entrever o bem-amado durante alguns dias, entregara a ele o coração entre dois beijos

68. Aqui há um trocadilho. *Être bon teint* é *não desbotar* (o pano) e também *ser rijo, ser de boa cepa* (para as pessoas). Como quem diz isso é o vendedor de tecidos, preferi dar ênfase à cor. (N.T.)

furtivamente dados e recebidos; depois ele partira, pondo um mundo inteiro entre os dois. Aquele amor, amaldiçoado pelo pai, quase lhe custara a mãe e só lhe dava dores misturadas a débeis esperanças. Assim, até aquele momento, ela correra em direção à felicidade, perdendo forças, sem as recobrar. Na vida espiritual, assim como na física, há uma aspiração e uma expiração: a alma precisa absorver os sentimentos de outra alma, assimilá-los para devolvê-los mais ricos. Sem esse belo fenômeno humano, não há vida no coração; falta-lhe ar, ele sofre e perece. Eugénie começava a sofrer. Para ela, a fortuna não era poder nem consolo; ela só podia existir pelo amor, pela religião, pela fé no futuro. O amor explicava-lhe a eternidade. Seu coração e o Evangelho mostravam-lhe que devia esperar dois mundos. Ela mergulhava noite e dia em dois pensamentos infinitos, que talvez representassem um só, para ela. Recolhia-se em si mesma, amando e acreditando-se amada. Fazia sete anos que sua paixão invadira tudo. Seus tesouros não eram os milhões que amontoavam rendimentos, mas o estojo de Charles, os dois retratos suspensos junto ao leito, as joias resgatadas ao pai, orgulhosamente estendidas sobre uma camada de algodão numa gaveta do baú, o dedal da tia, que fora usado por sua mãe, dedal que ela pegava todos os dias, religiosamente, para trabalhar num bordado, obra de Penélope[69], só para pôr no dedo aquele ouro cheio de recordações. Não parecia provável que a srta. Grandet quisesse casar-se durante o período de luto. Todos conheciam sua piedade genuína. Por isso, a família Cruchot, cuja política era sabiamente orientada pelo velho padre, contentou-se em rodear a herdeira, cercando-a de atenções afetuosas. Todas as noites, sua sala se enchia de uma sociedade composta dos mais calorosos e devotados cruchotinos da região, que se esforçavam por cantar louvores à dona da casa em todos

69. Penélope, esposa de Ulisses. Durante vinte anos de ausência do marido, rejeitou os pedidos dos pretendentes à sua mão. Prometeu que escolheria um quando terminasse de tecer um pano; mas desmanchava à noite o trabalho que fazia durante o dia, e assim nunca o terminava. (N.T.)

os tons. Ela tinha seu médico da corte, seu capelão-mor, seu camarista, sua açafata, seu primeiro-ministro, seu chanceler, principalmente um chanceler que desejava dizer-lhe tudo. Se a herdeira desejasse um caudatário, teria aparecido um. Era uma rainha, a mais habilmente adulada de todas as rainhas. A adulação nunca brota das grandes almas, é apanágio das pequenas, que conseguem apequenar-se ainda mais para caber na esfera vital da pessoa em torno da qual gravitam. A adulação subentende interesse. Por isso, as pessoas que iam lotar todas as noites a sala da srta. Grandet, que chamavam de srta. de Froidfond, tinham maravilhoso sucesso em cobri-la de louvores. Aquele concerto de elogios, novidade para Eugénie, no início a deixava acanhada; mas, sem perceber, por mais grosseiros que fossem os cumprimentos, seus ouvidos foram se acostumando tanto a ouvir gabações à sua beleza, que, se algum recém-chegado a achasse feia, essa crítica a teria sensibilizado muito mais então do que oito anos antes. Depois, acabou por gostar daquelas lisonjas, que ela, secretamente, punha aos pés de seu ídolo. Habituou-se então gradualmente a deixar-se tratar como soberana e a ver sua corte cheia todas as noites. O sr. juiz-presidente de Bonfons era o herói daquele pequeno círculo, que incessantemente lhe gabava o talento, a pessoa, a instrução e a amabilidade. Uns chamavam a atenção para o fato de que, nos últimos sete anos, ele havia aumentado muito sua fortuna; que Bonfons valia pelo menos dez mil francos de renda e estava encravado, como todos os bens dos Cruchots, nos vastos domínios da herdeira.

– Sabe, senhorita – dizia um dos frequentadores –, que os Cruchots têm quarenta mil libras de rendas?

– Mais as economias – acrescentava uma velha cruchotina, a srta. de Gribeaucourt. – Um senhor de Paris veio recentemente oferecer ao sr. Cruchot duzentos mil francos por seu cartório. Deve vendê-lo, se puder ser nomeado juiz de paz.

– Ele quer suceder o sr. de Bonfons na presidência do tribunal e toma suas providências – respondeu a sra. de Orsonval – porque o sr. presidente se tornará conselheiro e depois presidente da Corte; são muitos os seus meios, impossível que não chegue.

– Sim, é um homem muito distinto – dizia outro. – Não acha, senhorita?

O sr. juiz-presidente tentava combinar com o papel que queria desempenhar. Apesar de ter quarenta anos, apesar do rosto amorenado e rebarbativo, sem viço, como quase todas as fisionomias judiciárias, vestia-se como rapaz, vivia a voltear uma bengala, não aspirava rapé em casa da srta. de Froidfond, ia sempre de gravata branca e usava uma camisa com bofes[70] de pregas grossas, que lhe davam um ar de família com os indivíduos do gênero peru. Falava com familiaridade à bela herdeira, dizendo "Nossa cara Eugénie!". Enfim, afora o número de pessoas, substituindo-se a víspora pelo uíste e eliminando as figuras do sr. e da sra. Grandet, a cena com a qual começa esta história era mais ou menos a mesma da do passado. A matilha continuava perseguindo Eugénie e seus milhões; mas a matilha maior latia melhor e cercava a presa em conjunto. Se Charles, naquele momento, chegasse dos confins das Índias, teria encontrado as mesmas personagens e os mesmos interesses. A sra. Des Grassins, para quem Eugénie era a graça e a bondade perfeitas, persistia em atormentar os Cruchots. Mas agora, como antes, a figura de Eugénie teria dominado o quadro; como antes, Charles ainda teria sido o soberano. No entanto, havia um progresso. O buquê, antes presenteado a Eugénie nos dias de festa pelo juiz-presidente, tornara-se periódico. Todas as noites, ele levava à rica herdeira um buquê grande e magnífico, que a sra. Cornoiller punha ostensivamente num vaso e jogava secretamente a um canto do pátio, tão logo os visitantes saíam. No começo da primavera, a sra. Des Grassins tentou perturbar a felicidade dos cruchotinos falando a Eugénie do marquês de Froidfond, cuja casa arruinada poderia reerguer-se, caso a herdeira concordasse em devolver-lhe as terras por meio de um contrato de casamento. A sra. Des Grassins falava em alto

70. Renda ou tira de pano franzido, pregueado ou tufado, usada como enfeite na indumentária, sobretudo em punhos e peitilhos de camisa. (N.T.)

e bom som do pariato, do título de marquesa, e, tomando por aprovação o sorriso de desdém de Eugénie, saía dizendo que o casamento do sr. juiz-presidente Cruchot não progredia tanto quanto se acreditava.

– Embora tenha cinquenta anos, o sr. de Froidfond não aparenta mais idade que o sr. Cruchot. Ele é viúvo e tem filhos, é verdade, mas é marquês, será par de França, e, nos tempos que correm, quem encontra casamento desse quilate? Sei, com conhecimento de causa, que o tio Grandet, quando somou todos os seus bens às terras de Froidfond, tinha a intenção de unir-se aos Froidfonds. Ele me disse isso várias vezes. O bom Grandet era esperto.

– Nanon – disse uma noite Eugénie ao deitar-se –, como é que ele não me escreve nem uma vez em sete anos?...

Enquanto essas coisas ocorriam em Saumur, Charles fazia fortuna nas Índias. Sua pacotilha já de início foi muito bem-vendida. Imediatamente juntou uma soma de seis mil dólares. Com o batismo do Equador, perdeu muitos preconceitos; percebeu que o melhor meio de ficar rico nas regiões intertropicais, assim como na Europa, era comprar e vender homens. Foi então para as costas da África e traficou negros, juntando a seu comércio de homens o comércio das mercadorias que pudessem ser trocadas com mais lucro nos diversos mercados para os quais seus interesses o levassem. Sua atividade nos negócios não lhe deixava nenhum momento de folga. Era dominado pela ideia de reaparecer em Paris cercado do esplendor de uma grande fortuna e de recobrar posição mais brilhante do que aquela de onde caíra. À força de girar entre homens e países diferentes, de observar seus costumes contrários, suas ideias se modificaram, e ele se tornou cético. Deixou de ter noções fixas sobre o justo e o injusto, ao ver tachado de crime num país aquilo que era virtude em outro. Em contato perpétuo com interesses, seu coração esfriou, contraiu-se, secou. O sangue dos Grandets não renegou seu destino. Charles tornou-se duro, ganancioso. Vendeu chineses, negros, ninhos de andorinhas[71], crianças, artistas; praticou a usura em grande estilo. O hábito de fraudar os direitos alfandegários tornou-o menos escrupuloso quanto aos direitos humanos. Ia a Saint Thomas comprar por preço vil as mercadorias roubadas pelos piratas e as levava para os locais onde faltavam. Ainda que o nobre e puro semblante de Eugénie o acompanhasse na primeira viagem, tal como a imagem da Virgem que os marinheiros espanhóis põem em seu navio, ainda que atribuísse seus primeiros sucessos à mágica influência dos votos e das preces daquela moça meiga, mais tarde as negras, as mulatas, as brancas, as javanesas, as egípcias dançarinas, suas orgias de todas as cores e as aventuras que teve em diversos países apagaram completamente a lembrança da prima de Saumur, da casa, do banco, do beijo no corredor. Lembrava-se apenas do jardinzinho cercado de velhos muros porque lá começara seu destino incerto; mas renegava sua família: o tio era um velho cão que lhe rapinara as joias; Eugénie não ocupava seu coração nem seus pensamentos, ocupava um lugar em seus negócios, como credora de seis mil francos. Essa conduta e essas ideias explicam o silêncio de Charles Grandet. Nas Índias, em Saint Thomas, na costa da África, em Lisboa e nos Estados Unidos, o especulador, para não comprometer seu nome, assumira o pseudônimo de Sepherd. Carl Sepherd podia aparecer sem perigo em todos os lugares, incansável, audacioso, ávido, como homem que, resolvido a fazer fortuna *quibuscumque viis*[72], apressa-se a livrar-se logo da infâmia para viver como homem honesto durante o restante de seus dias. Com esse sistema, a fortuna foi rápida e brilhante. Em 1827, voltou a Bordeaux no Marie-Caroline, belo brigue pertencente a uma casa de comércio realista. Possuía um milhão e novecentos mil francos em ouro, em três tonéis de pólvora bem reforçados, dos quais esperava extrair sete ou oito por cento comerciando-os em Paris. No brigue estava também um gentil-homem da câmara

71. Trata-se de uma iguaria apreciada no Oriente. (N.T.)

72. Por todos os meios. (N.T.)

de S. M. o rei Carlos X, o sr. de Aubrion[73], bom velhote que fizera a loucura de se casar com uma mulher da moda e cuja fortuna estava nas ilhas. Para reparar as prodigalidades da sra. de Aubrion, ele fora vender suas propriedades. O sr. e a sra. de Aubrion, da casa de Aubrion de Buch, cujo último *captal*[74] morrera antes de 1789, estavam reduzidos a uma renda de aproximadamente vinte mil libras e tinham uma filha bastante feia, que a mãe queria casar sem dote, já que sua fortuna mal dava para viver em Paris. Era um projeto cujo sucesso teria parecido problemático a qualquer frequentador da alta roda, a despeito da habilidade que se costuma atribuir às mulheres da moda. Por isso, a própria sra. de Aubrion, olhando para a filha, quase perdia as esperanças de amarrá-la a quem quer que fosse, mesmo que a um homem ávido de nobreza. A srta. De Aubrion era uma donzelinha comprida como o inseto do mesmo nome: magra, franzina, tinha uma boca desdenhosa sobre a qual descia um nariz comprido demais, grosso na ponta, flavescente em estado normal, mas completamente vermelho após as refeições, espécie de fenômeno vegetal, mais desagradável no centro de um rosto pálido e enfadado do que em qualquer outro. Enfim, ela era tal qual podia desejar uma mãe de 38 anos bela ainda, ainda cheia de pretensões. Mas, para contrabalançar tais desvantagens, a marquesa de Aubrion transmitira à filha um ar muito distinto e também a submetera a uma higiene que mantinha, provisoriamente, um tom razoável no nariz; ensinara-lhe a arte de vestir-se com gosto e a dotara de belas maneiras; ensinara-lhe como olhar daquele jeito melancólico que desperta o interesse do homem e o faz acreditar que vai encontrar o anjo que em vão procura; mostrara-lhe a manobra do pé: fazê-lo avançar na hora certa para que fosse admirada a sua pequenez, no momento em que o nariz tivesse a impertinência de ficar vermelho; enfim, extraíra da filha um proveito bem satisfatório. Em meio a mangas largas, corpetes mentirosos, vestidos bufantes cuidadosamente guarnecidos e

73. Marquês de Aubrion, personagem fictícia de Balzac. (N.E.)

74. Título de nobreza do sul da França, equivalente ao conde. (N.T.)

um espartilho de alta pressão, ela obtivera produtos femininos tão curiosos, que deveriam ser expostos em museu, para instrução das mães.

Charles ligou-se muito à sra. de Aubrion, que queria, justamente, ligar-se a ele. Várias pessoas chegam a afirmar que, durante a travessia, a bela sra. de Aubrion não desprezou meio algum de capturar genro tão rico. Ao desembarcar em Bordeaux, no mês de junho de 1827, o sr., a sra. e a srta. de Aubrion e Charles hospedaram-se juntos no mesmo hotel e juntos partiram para Paris. O palacete de Aubrion estava coberto de hipotecas, que Charles deveria levantar. A mãe já falara da felicidade que sentiria em ceder o pavimento térreo ao genro e à filha. Não compartilhando os preconceitos do sr. de Aubrion sobre a nobreza, ela prometera a Charles Grandet que obteria do bom Carlos X um decreto régio que autorizasse Grandet a usar o nome de Aubrion, a adotar seus brasões e a suceder a de Aubrion, mediante a constituição de um morgado[75] de 36 mil libras de renda, no título de *captal* de Buch e marquês de Aubrion. Reunindo as duas fortunas, vivendo em harmonia e mediante sinecuras, seria possível juntar cento e poucas mil libras de renda no palacete de Aubrion.

– E quem tiver cem mil libras de renda, um nome, uma família e frequentar a corte (pois eu farei que você seja nomeado gentil-homem da câmara) será tudo o que quiser – dizia ela a Charles. – Assim você será, segundo queira, referendário do Conselho de Estado, governador, secretário de embaixada, embaixador. Carlos X gosta muito de Aubrion, eles se conhecem desde a infância.

Embriagado de ambição por aquela mulher, durante a travessia Charles acalentara todas as esperanças que lhe foram apresentadas por mão hábil e na forma de confidências despejadas de coração a coração. Acreditando que os negócios

75. O morgado, segundo definição do próprio Balzac (*O contrato de casamento)*, é "uma fortuna inalienável, retirada da fortuna dos dois cônjuges e constituída a favor do primogênito da casa, em cada geração, sem que este fique privado de seus direitos na partilha igual dos outros bens". (N.T.)

de seu pai haviam sido acertados pelo tio, via-se de repente ancorado no *faubourg* Saint-Germain, onde todos queriam então entrar, e onde, à sombra do nariz azul da srta. Mathilde, ele reaparecia como conde de Aubrion, tal como os Dreux repareceram um dia como Brézé[76]. Deslumbrado pela prosperidade da Restauração[77], que ele deixara periclitante, conquistado pelo esplendor das ideias aristocráticas, sua embriaguez começara no navio e continuou em Paris, onde resolveu fazer de tudo para chegar à alta posição que sua sogra egoísta o fazia entrever. Para ele, portanto, a prima não passava de um ponto no espaço daquela brilhante perspectiva. Reviu Annette. Como mulher da alta roda, Annette aconselhou veementemente o ex-amante a contrair aquela aliança e prometeu-lhe apoio em todas as iniciativas ambiciosas. Annette estava radiante por fazê-lo casar-se com uma donzelinha feia e maçante, uma vez que a estada nas Índias tornara Charles muito sedutor: sua tez se amorenara, suas maneiras se tornaram resolutas, ousadas, como as dos homens habituados a decidir, dominar, vencer. Charles respirava mais à vontade em Paris, ao ver que podia lá desempenhar algum papel. Des Grassins, sabendo de seu retorno, do casamento próximo, de sua riqueza, foi visitá-lo para lhe falar dos trezentos mil francos com os quais poderia liquidar as dívidas do pai. Encontrou Charles em reunião com o joalheiro ao qual encomendara as joias que daria de presente de casamento à srta. de Aubrion; aquele lhe mostrava os desenhos. Apesar dos magníficos diamantes que Charles trouxera das Índias, o feitio, a argentaria, a joalheria sólida e fútil do jovem casal chegava a mais de duzentos mil francos. Charles recebeu Des Grassins – que ele não reconheceu – com

76. Dreux: família condal da Normandia que ascendeu ao marquesado como Dreux-Brézé pela união de Louis de Brézé, conde de Maulévrier, com Catherine de Brézé, na primeira metade do século XVI. (N.T.)

77. Restauração: nome dado na França ao regime que durou de 1814 a 1830, marcado pelo restabelecimento dos Bourbons, após o período de domínio de Napoleão. Na verdade, a "primeira Restauração" foi interrompida pelo episódio dos Cem Dias (abril de 1814 a março de 1815), durante os quais Napoleão retomou o poder. (N.T.)

a impertinência de um jovem da moda que, nas Índias, matara quatro homens em diferentes duelos. O sr. Des Grassins já fora lá três vezes. Charles ouviu-o com frieza e depois lhe respondeu, sem tê-lo entendido bem:

– Os negócios de meu pai não são os meus. Sou-lhe muito grato, cavalheiro, pelo trabalho que o senhor teve, mas que não será proveitoso para mim. Não amealhei quase dois milhões com o suor de meu rosto para ir despejá-los na cabeça dos credores de meu pai.

– E se fosse declarada a falência do senhor seu pai daqui a alguns dias?

– Cavalheiro, daqui a alguns dias eu me chamarei conde de Aubrion. Entenda que isso me será perfeitamente indiferente. Aliás, o senhor sabe melhor do que eu que, quando um homem tem cem mil libras de renda, o pai dele nunca faliu – acrescentou, induzindo polidamente o sr. Des Grassins para a porta.

No começo do mês de agosto daquele ano, Eugénie estava sentada no banco de madeira onde seu primo lhe havia jurado eterno amor e onde ela ia almoçar quando o tempo estava bonito. Naquele momento de uma manhã fresca e alegre, a pobre moça se comprazia em rememorar os grandes e pequenos acontecimentos de seu amor e as catástrofes subsequentes. O sol iluminava o belo pedaço de muro fendido, quase em ruínas, no qual a fantasista herdeira proibia que tocassem, embora Cornoiller repetisse frequentemente que algum dia ele os esmagaria. Naquele momento, o carteiro bateu e entregou uma carta à sra. Cornoiller, que foi ao jardim gritando:

– Patroazinha, uma carta!

Entregou a carta à patroa, perguntando:

– É aquela que está esperando?

Essas palavras ressoaram com tanta força no coração de Eugénie que ressoaram realmente entre as muralhas do pátio e do jardim.

– Paris! É dele. Ele voltou.

Eugénie empalideceu e ficou segurando a carta durante um momento. Estava palpitando demais para conseguir abrir e ler a carta. A Grande Nanon ficou em pé, com as duas mãos na cintura, e a alegria parecia escapar como fumaça por entre as gretas de seu rosto moreno.

– Leia, patroazinha...

– Ah! Nanon, por que ele voltou por Paris, se foi por Saumur?

– Leia e ficará sabendo.

Eugénie abriu a carta tremendo. Dela caiu um cheque para a casa *Madame Des Grassins et Corret* de Saumur. Nanon o apanhou.

– Prezada senhora minha prima...

"Já não sou Eugénie", pensou ela. E seu coração se apertou.

"A senhora terá informações..."

Ele dizia *você*!

Cruzou os braços, não ousava ler a carta, e seus olhos se encheram de lágrimas.

– Ele morreu? – perguntou Nanon.

– Não teria escrito – disse Eugénie.

E leu toda a carta:

> A senhora terá informações, acredito que com prazer, sobre o sucesso de minhas iniciativas. Deu-me sorte, fiquei rico, segui os conselhos de meu tio; acabo de saber do falecimento dele e do de minha tia pelo sr. Des Grassins. A morte de nossos pais faz parte da natureza, e nós devemos suceder-lhes. Espero que esteja consolada. Nada resiste ao tempo, percebo. Sim, prezada prima, infelizmente para mim, o período das ilusões passou. Que fazer! Viajando por numerosos países, refleti sobre a vida. Parti criança, voltei homem. Hoje, penso em muitas coisas com as quais nem sonhava antes. A senhora é livre,

e eu ainda sou livre; nada impediria, aparentemente, a realização de nossos pequenos projetos; mas tenho um caráter leal demais para esconder-lhe a situação de meus negócios. Não me esqueci do compromisso assumido; durante minhas longas travessias sempre me lembrei do banco de madeira...

Eugénie levantou-se como se estivesse sentada em brasas, e foi sentar-se num dos degraus do pátio.

... do banco de madeira onde juramos amor eterno, do corredor, da sala cinzenta, de meu quarto na mansarda e da noite em que sua delicada cortesia tornou mais fácil o meu futuro. Sim, essas lembranças fortaleceram minha coragem, e eu me dizia que a senhora pensava tanto em mim como eu, que a tinha frequentemente no pensamento na hora combinada. Realmente olhou as nuvens às nove horas? Então é sim, não é? Por isso, não quero trair uma amizade sagrada para mim; não, não devo enganá-la. Neste momento, trata-se de uma aliança que satisfaz todas as ideias que concebi sobre o casamento. O amor, no casamento, é uma quimera. Hoje minha experiência me diz que é preciso obedecer a todas as leis sociais e reunir todas as conveniências exigidas pelo mundo no casamento. Ora, já há entre nós uma diferença de idade que talvez viesse a influir mais sobre seu futuro, minha prezada prima, do que sobre o meu. Isso para não falar de seus costumes, de sua educação e de seus hábitos, que não têm relação alguma com a vida de Paris, e provavelmente não quadrariam com meus projetos ulteriores. Está nos meus planos manter uma casa em grande estilo, receber muita gente, e, se bem me lembro, a senhora prefere uma vida amena e tranquila. Não, serei mais franco, quero que seja árbitro de minha situação; cabe-lhe conhecê-la, e tem o direito julgá-la. Hoje possuo oitenta mil libras de renda. Essa fortuna possibilita-me unir-me à família

Aubrion, cuja herdeira, jovem de dezenove anos, me propicia, com o casamento, seu nome, um título, o posto de gentil-homem honorário da câmara de Sua Majestade e uma posição das mais destacadas. Devo confessar-lhe, minha prezada prima, que não amo a srta. de Aubrion, mas que, unindo-me a ela, garanto a meus filhos uma situação social cujas vantagens futuras são incalculáveis: dia a dia, as ideias monárquicas vão readquirindo força. Portanto, daqui a alguns anos, meu filho, que se tornará marquês de Aubrion, com um morgado de quarenta mil libras de renda, poderá assumir no Estado o posto que escolher. Temos compromissos com nossos filhos.

Veja então, prima, com que boa-fé lhe exponho a situação de meu coração, de minhas esperanças e de minha fortuna. É possível que, de seu lado, a senhora tenha esquecido nossas criancices, depois de sete anos de ausência; mas eu não esqueci sua indulgência nem minhas palavras; lembro-me de todas, mesmo das mais ligeiras, nas quais um homem menos consciencioso que eu, com um coração menos jovem e menos probo, já nem sequer pensaria. Dizer-lhe que só pretendo casar-me por conveniência, e que ainda me lembro de nosso amor de criança, não será o mesmo que me pôr inteiramente à sua disposição, torná-la dona de meu destino, dizer-lhe que, se precisar renunciar às minhas ambições sociais, ficarei satisfeito com a felicidade simples e pura de que a senhora me ofereceu imagens tão comoventes?

Tan, ta, ta. – Tan, ta, ti. – Tinn, ta, ta. Tum ! – Tum, ta, ti. – Tinn, ta, ta..., etc. cantara Charles Grandet, da ária *Non più andrai,*[78] assinando:

Seu primo devotado,
CHARLES.

78. Da ópera *Le Nozze di Figaro*, de Mozart. É cantada por Figaro, que se regozijava porque um adolescente, apaixonado, seria engajado no exército.

– Com mil raios! Isso é que se chama cumprir as formalidades – disse. Procurou o cheque e acrescentou o seguinte:

> P. S. Anexo a esta um cheque para a casa Des Grassins de oito mil francos a seu favor, pagável em ouro, incluindo juros e capital da soma que a senhora teve a bondade de emprestar-me. Espere, de Bordeaux, a chegada uma caixa com alguns objetos que tomo a liberdade de oferecer-lhe como prova de meu eterno reconhecimento. Peço-lhe que envie pela diligência o meu estojo para Hôtel d'Aubrion, Rue Hillerin-Bertin.

– Pela diligência! – disse Eugénie. – Uma coisa pela qual eu teria dado mil vezes a minha vida!

Terrível e completo desastre. O navio afundava sem deixar nem um cabo, nem uma tábua no vasto oceano das esperanças. Vendo-se abandonadas, algumas mulheres vão arrancar o amante dos braços da rival, matam-na e fogem para o fim do mundo, para o cadafalso ou para o túmulo. Coisa bonita deveras; o motivo desses crimes é uma paixão sublime que exige justiça humana. Outras mulheres abaixam a cabeça e sofrem em silêncio: caminham moribundas e resignadas, chorando e perdoando, orando e recordando-se até o último suspiro. Isso é amor, amor verdadeiro, amor dos anjos, amor altivo que vive e morre da própria dor. Foi esse o sentimento de Eugénie, depois de ler aquela carta horrível. Volveu os olhos para o céu, pensando nas últimas palavras da mãe, que, como ocorre com alguns moribundos, projetara para o futuro um olhar penetrante e lúcido; Eugénie, lembrando-se daquela morte e daquela vida profética, mediu de um relance todo o seu destino. Só lhe cabia abrir as asas, tender ao céu e viver em preces até o dia da libertação.

– Minha mãe tinha razão – disse, chorando. – Sofrer e morrer.

Caminhou lentamente do jardim para a sala. Contrariando seus hábitos, não passou pelo corredor, mas reencontrou a lembrança do primo naquele velho salão cinzento, sobre a lareira, onde estava sempre certo pratinho que ela usava todas as manhãs no almoço, como usava o açucareiro de velha porcelana de Sèvres. Aquela manhã seria solene e cheia de acontecimentos para ela. Nanon anunciou-lhe o vigário da paróquia. Aquele vigário, parente dos Cruchots, defendia os interesses do juiz-presidente de Bonfons. Havia alguns dias, o velho padre o convencera a falar com a srta. Grandet, em sentido puramente religioso, da obrigação que ela tinha de contrair matrimônio. Ao ver seu pastor, Eugénie acreditou que ele ia buscar os mil francos que ela dava mensalmente aos pobres, e disse a Nanon que os fosse pegar; mas o vigário começou a sorrir.

– Hoje venho falar de uma pobre moça, pela qual toda a cidade de Saumur se interessa, mas que não vive vida cristã porque carece de caridade por si mesma.

– Meu Deus! Senhor vigário, estou passando por um momento em que não consigo pensar no próximo, estou totalmente absorvida por mim mesma. Sinto-me muito infeliz e só poderei encontrar refúgio na Igreja; ela tem um coração bastante grande para conter todas as nossas dores e sentimentos bastante fecundos para que possamos recorrer a eles, sem medo de esgotá-los.

– Pois bem, se tratarmos dessa moça, estaremos tratando da senhora. Ouça. Se quiser a salvação, só terá dois caminhos: ou deixar o mundo ou acatar suas leis. Obedecer a seu destino terreno ou a seu destino celeste.

– Ah! Sua voz me fala num momento em que eu bem queria ouvir alguma voz. É Deus que o manda aqui. Quero dizer adeus ao mundo e viver só para Deus no silêncio e no recolhimento.

– Minha filha, é preciso refletir durante muito tempo nessa decisão drástica. O casamento é vida, o véu é morte.

– Então a morte, a morte imediatamente, senhor vigário – disse ela com espantosa vivacidade.

– A morte! Mas a senhora tem grandes obrigações para cumprir perante a sociedade. Porventura não é a mãe dos pobres, aos quais dá roupas, lenha no inverno e trabalho no verão? Sua grande fortuna é um empréstimo que cumpre devolver, e a senhora a aceitou santamente assim. Enterrar-se num convento seria egoísmo; continuar solteira é coisa que não deve fazer. Em primeiro lugar, poderia administrar sozinha sua imensa fortuna? Talvez a perdesse. Logo teria de enfrentar mil processos e estaria entaramelada em dificuldades inextricáveis. Acredite no seu pastor: um marido lhe será útil, a senhora deve conservar o que Deus lhe deu. Falo como se fala a uma ovelha querida. A senhora ama a Deus com muita sinceridade para não atingir a sua salvação no próprio seio do mundo, onde é um dos mais belos ornamentos e ao qual dá santos exemplos.

Naquele momento, a sra. Des Grassins fez-se anunciar. Vinha conduzida pela vingança e por grande desesperança.

– Senhorita – disse ela. – Ah! Está aí o senhor vigário. Então me calo, vinha conversar sobre negócios, e vejo que está em grande conferência.

– Minha senhora – disse o vigário –, deixo o campo livre.

– Oh! Senhor vigário – disse Eugénie –, volte daqui a pouco, preciso muito de seu apoio neste momento.

– Precisa sim, minha pobre menina – disse a sra. Des Grassins.

– Que quer dizer? – perguntaram Eugénie e o vigário.

– Pensa que não sei da volta de seu primo, do casamento dele com a srta. de Aubrion. As mulheres nunca deixam escapar nada.

Eugénie corou e emudeceu; mas tomou a decisão de, no futuro, afetar a impassibilidade que seu pai soubera demonstrar.

– Pois então, minha senhora – respondeu com ironia –, devo ter deixado escapar muita coisa, porque não estou entendendo. Pode falar diante do vigário, a senhora sabe que ele é meu orientador.

– Pois bem, senhorita, veja o que Des Grassins me escreveu. Leia.

Eugénie leu a seguinte carta:

> Minha cara mulher, Charles Grandet chegou das Índias; está em Paris há um mês...

"Um mês!", pensou Eugénie deixando a mão tombar. Depois de uma pausa, retomou a carta.

> ... Precisei amargar a sala de espera duas vezes, antes de conseguir falar com o futuro visconde de Aubrion. Embora toda Paris fale de seu casamento, e todas as proclamas já tenham sido publicadas...

"Então ele me escrevia quando...", pensou Eugénie. Não terminou, não exclamou como uma parisiense:

– Patife!

Mas, nem por ter deixado de ser expresso, o desprezo foi menor.

> Esse casamento está longe de se concretizar; o marquês de Aubrion não dará a filha ao filho de um falido: fui comunicar-lhe as providências que seu tio e eu havíamos tomado em relação aos negócios de seu pai e as hábeis manobras com que conseguimos deixar os credores tranquilos até hoje. E não é que o impertinente teve o descaramento de me responder, a mim, que durante cinco anos me dediquei noite e dia a seus interesses e à sua honra, *que os negócios de seu pai não eram os seus*? Um advogado teria o direito de lhe pedir trinta a quarenta mil francos de honorários, a um por cento sobre o total do débito. Mas, paciência, ele deve, legitimamente, um milhão e duzentos mil francos aos credores, e eu vou deixar que seja declarada a falência de seu pai. Embarquei nesse negócio confiando na palavra daquele crocodilo velho do

Grandet, e fiz promessas em nome da família. Se o senhor visconde de Aubrion se preocupa pouco com sua honra, a minha me interessa muito. Por isso, vou explicar minha posição aos credores. No entanto, tenho muito respeito pela srta. Eugénie, com a qual, em tempos mais felizes, pensamos em firmar uma aliança; por esse motivo não agirei sem que você lhe fale sobre o assunto...

Nessa altura, Eugénie devolveu friamente a carta sem terminar.

– Agradecida – disse à sra. Des Grassins. – *Vamos ver isso...*

– Agora a senhora falou com a voz do finado seu pai – disse a sra. Des Grassins.

– Sra. Des Grassins, a senhora nos deve oito mil e cem francos em ouro – disse Nanon.

– É verdade; faça o obséquio de me acompanhar, sra. Cornoiller.

– Senhor vigário – disse Eugénie com o nobre sangue-frio conferido pelo pensamento que ia expressar –, seria pecado continuar em estado de virgindade no casamento?

– Esse é um caso de consciência; não conheço a solução. Se quiser saber o que o célebre Sanchez pensa a respeito em sua suma *De Matrimonio*[79], posso dizer-lhe amanhã.

O vigário saiu, e a srta. Grandet subiu ao gabinete do pai, onde passou sozinha o dia inteiro, sem querer descer na hora do jantar, apesar da insistência de Nanon. Só apareceu à noite, na hora em que chegaram os frequentadores de seu círculo. Nunca o salão dos Grandets ficara tão cheio como naquela noite. A notícia do retorno e da estúpida traição de Charles se espalhara por toda a cidade. No entanto, por mais atenta que fosse, a curiosidade dos visitantes não foi satisfeita. Eugénie, que esperava por aquilo, não deixou transparecer no rosto calmo nenhuma das cruéis emoções que a agitavam. Soube

79. Sanchez, jesuíta e teólogo espanhol (1550-1610). Foi muito combatido por Pascal. (N.T.)

ostentar um semblante risonho para responder àqueles que quiseram demonstrar interesse por meio de olhares ou de palavras melancólicas. Soube, enfim, cobrir sua dor sob os véus da cortesia. Por volta de nove horas, as partidas terminavam, e os jogadores deixavam as mesas, pagavam-se e discutiam os últimos lances de uíste enquanto se juntavam ao círculo dos que conversavam. No momento em que a assembleia se levantou em massa para deixar a casa, houve um lance teatral que repercutiu em Saumur, de lá nas redondezas e nas quatro prefeituras dos arredores.

– Fique, senhor juiz-presidente – disse Eugénie ao sr. de Bonfons, quando o viu pegar a bengala.

Ouvindo essas palavras, não houve, naquela numerosa assembleia, quem não se sentisse emocionado. O juiz-presidente empalideceu e foi obrigado de sentar-se.

– Ao presidente os milhões – disse a srta. de Gribeaucourt.

– É claro, o juiz-presidente de Bonfons se casa com a srta. Grandet – exclamou a srta. De Orsonval.

– Esse foi o melhor lance da partida – disse o padre.

– Um belo *slam*[80] – disse o notário.

Cada um disse sua palavrinha, cada um fez seu trocadilho, todos viam a herdeira montada em seus milhões, como num pedestal. O drama que começara nove anos antes chegava ao desfecho. Diante de toda Saumur, dizer ao juiz-presidente que ficasse não era anunciar que o queria para marido? Nas cidades pequenas, as conveniências são observadas com tanto rigor, que uma infração desse tipo constitui a mais solene das promessas.

– Senhor juiz-presidente – disse Eugénie com voz emocionada, quando ficaram sozinhos –, sei o que lhe agrada em mim. Jure que me deixará livre durante toda a minha vida, que não me cobrará nenhum dos direitos que o casamento lhe dá sobre mim, e minha mão será sua. Oh! – continuou quando

80. No uíste, ou *whist*, *slam* é o que se diz quando dois parceiros ganham todas as treze vazas do jogo. A grafia usada por Balzac aqui é *schleen*. (N.T.)

o viu ajoelhar-se – ainda não acabei. Não vou enganá-lo. Tenho no coração um sentimento inextinguível. Amizade será o único sentimento que poderei dar a meu marido: não quero ofendê-lo, nem transgredir as leis de meu coração. Mas o senhor só terá minha mão e minha fortuna em troca de um imenso serviço.

– Estou disposto a tudo – disse o juiz.

– Aqui o senhor tem um milhão e quinhentos mil francos, senhor juiz – disse ela puxando do seio um comprovante de cem ações do Banco da França. – Vá para Paris, não amanhã, nem hoje à noite, mas imediatamente. Vá à casa do sr. Des Grassins, ponha-se a par do nome de todos os credores de meu tio, reúna-os, pague tudo o que o espólio possa estar devendo, capital e juros a cinco por cento desde o dia da dívida até o do reembolso; enfim, trate de realizar uma quitação geral e registrada em cartório, segundo todas as formalidades. O senhor é magistrado, é a única pessoa em quem confio. É um homem honesto, um cavalheiro; confiarei na sua palavra para enfrentar os perigos da vida ao abrigo de seu nome. Seremos indulgentes um com o outro. Nós nos conhecemos há tanto tempo que somos quase parentes; o senhor não desejaria a minha infelicidade.

O juiz caiu aos pés da rica herdeira palpitante de alegria e angústia.

– Serei seu escravo – disse ele.

– Quando tiver a quitação – continuou ela, olhando-o com frieza – o senhor a levará com todos os títulos a meu primo Grandet e lhe entregará esta carta. Quando voltar, cumprirei minha promessa.

O juiz entendeu que teria a senhorita Grandet graças a um despeito amoroso; por isso, apressou-se a executar suas ordens com a maior rapidez, para que não ocorresse nenhuma reconciliação entre os dois amantes.

Quando o sr. de Bonfons partiu, Eugénie atirou-se na poltrona e desfez-se em lágrimas. Tudo estava consumado. O juiz pegou a diligência e chegou a Paris no dia seguinte ao cair da noite. Na manhã do dia seguinte, foi à casa de Des Grassins. O magistrado convocou os credores para o cartório onde estavam depositados os títulos; nenhum deixou de atender à convocação. Apesar de serem credores, faça-se justiça: foram corretíssimos. Lá, o juiz de Bonfons, em nome da srta. Grandet, pagou-lhes o capital e os juros. O pagamento dos juros foi um dos acontecimentos mais espantosos da época para o comércio parisiense. Depois que a quitação foi registrada e Des Grassins foi pago por seus serviços com uma soma de cinquenta mil francos, a isso destinada por Eugénie, o juiz dirigiu-se ao palacete de Aubrion, onde encontrou Charles no momento em que voltava para seu apartamento, amofinado pelo sogro. O velho marquês acabara de lhe dizer que não lhe daria a mão da filha, a não ser que todos os credores de Guillaume Grandet fossem pagos.

Antes de mais nada, o juiz deu-lhe a seguinte carta:

> Senhor meu primo, o juiz-presidente de Bonfons encarregou-se de entregar-lhe a quitação de todos os valores devidos por meu tio e a declaração na qual reconheço tê-los recebido do senhor. Falaram-me de falência!... Imaginei que o filho de um falido não poderia, talvez, casar-se com a srta. de Aubrion. Sim, meu primo, o senhor julgou corretamente minha alma e minhas maneiras: nada tenho em comum com a alta sociedade, não conheço seus cálculos nem seus costumes e não saberia dar-lhe os prazeres que o senhor deseja nela encontrar. Seja feliz, segundo as convenções sociais pelas quais sacrifica nosso primeiro amor. Para tornar completa a sua felicidade, só posso oferecer-lhe a honra de seu pai. Adeus, terá sempre uma amiga fiel nesta sua prima.
>
> EUGÉNIE.

O juiz sorriu da exclamação que aquele ambicioso não conseguiu reprimir no momento em que recebeu o documento autenticado.

– Anunciaremos um ao outro nossos respectivos casamentos – disse-lhe.

– Ah! O senhor se casa com Eugénie. Bom, fico contente, é uma boa moça. Mas – continuou, tomado de repente por uma reflexão luminosa –, então ela é rica?

O juiz respondeu com um ar zombeteiro:

– Há quatro dias ela possuía cerca de dezenove milhões; mas hoje só tem dezessete.

Charles olhou boquiaberto para o juiz.

– Dezessete... mil...

– Dezessete milhões, sim, senhor. A srta. Grandet e eu, casando-nos, reunimos setecentos e cinquenta mil libras de renda.

– Caro primo – disse Charles, recobrando um pouco de confiança em si –, poderemos nos ajudar mutuamente.

– Concordo – disse o juiz. – Além disso, tenho aqui uma caixinha que só posso entregar ao senhor pessoalmente – acrescentou, depositando na mesa o cofrinho no qual estava o estojo.

– Ora, meu querido – disse a marquesa de Aubrion, entrando sem prestar atenção a Cruchot –, não se preocupe com o que o pobre do senhor de Aubrion acaba de lhe dizer; foi a duquesa de Chaulieu[81] que lhe virou a cabeça. Eu digo e repito: nada impedirá seu casamento...

– Nada, minha senhora – respondeu Charles. – Os três milhões que meu pai devia foram quitados ontem.

– Em dinheiro? – perguntou ela.

– Integralmente, juros e capital, e eu vou reabilitar a memória dele.

– Que bobagem! – exclamou a sogra. – Quem é este senhor? – cochichou ao ouvido do genro, quando viu Cruchot.

– Meu agente de negócios – respondeu ele em voz baixa.

A marquesa cumprimentou o sr. de Bonfons com desdém e saiu.

---

81. Chaulieu, duquesa Éléonore de: personagem fictícia. Sua família tem grande participação em *A comédia humana*. (N.T.)

– Já nos ajudamos – disse o juiz, apanhando o chapéu. – Adeus, primo.

– Essa cacatua de Saumur está zombando de mim. Tenho vontade de lhe fincar um palmo de espada na barriga.

O juiz fora embora. Três dias depois, o sr. de Bonfons, de volta a Saumur, publicou as proclamas de seu casamento com Eugénie. Seis meses depois, foi nomeado conselheiro da Corte Régia de Angers. Antes de sair de Saumur, Eugénie mandou fundir o ouro das joias que durante tanto tempo haviam sido preciosas para seu coração, destinando-as assim, bem como os oito mil francos do primo, a um ostensório de ouro, que doou à igreja onde tanto havia rezado por *ele*!

Aliás, dividia o tempo entre Angers e Saumur. O marido, que deu mostras de devotamento em certa circunstância política, tornou-se presidente de câmara do Tribunal de Apelação e primeiro-presidente depois de alguns anos. Esperou impacientemente a reeleição geral[82] para ter um assento na Câmara dos Deputados. Já ambicionava o pariato, e aí...

– Aí o rei vai ser seu primo – dizia Nanon, a Grande Nanon, sra. Cornoiller, burguesa de Saumur, a quem a patroa anunciava as grandezas que lhe eram destinadas.

No entanto, o sr. juiz-presidente de Bonfons (que, finalmente, abolira o patronímico Cruchot) não conseguiu realizar nenhuma de suas ideias ambiciosas. Morreu oito dias depois de nomeado deputado de Saumur. Deus, que tudo vê e nunca erra, decerto o punia por seus cálculos e pela habilidade jurídica com que redigira, *accurante Cruchot*[83], o seu contrato de casamento, segundo o qual os dois noivos transfeririam mutuamente, *em caso de não terem filhos, a integridade de seus bens, móveis e imóveis, sem ressalvas nem restrições, em regime de propriedade plena, eximindo-se da formalidade do inventário, sem que a omissão do referido inventário seja oponível a seus herdeiros ou terceiros interessados, entendendo-se que a referida doação etc.* Essa cláusula pode

82. Reeleição geral que ocorreu em julho de 1830. (N.T.)

83. Sob os cuidados de Cruchot. (N.T.)

explicar o profundo respeito que o juiz sempre teve pelas vontades e pela solidão da sra. de Bonfons. As mulheres citavam o senhor primeiro-presidente como um dos homens mais delicados, lamentavam sua sorte e chegavam a acusar a dor e a paixão de Eugénie, como sabem acusar outra mulher, com a gentileza mais cruel.

– A sra. presidente de Bonfons deve estar passando muito mal para deixar o marido sozinho. Coitadinha! Será que vai ficar boa logo? Mas o que ela tem? Gastrite, câncer? Por que não procura um médico? Anda amarela de uns tempos para cá; deveria consultar as celebridades de Paris. Como pode não querer ter filho? Dizem que ama muito o marido... como não lhe dar um herdeiro, em sua posição? Sabe, isso é horrível; se for só por capricho, pior ainda. Pobre presidente!

Dotada do tato fino que o solitário exercita com suas perpétuas meditações e com a visão refinada com que apreende as coisas que caem em sua esfera, Eugénie, habituada pela dor e pelo aprendizado a adivinhar tudo, sabia que o presidente desejava sua morte para tomar posse daquela imensa fortuna, aumentada também pela herança do tio notário e do tio padre, que Deus houve por bem chamar a si. A pobre reclusa tinha pena do presidente. A Providência vingou-a dos cálculos e da infame indiferença de um esposo que respeitava, como a melhor das garantias, a paixão sem esperança de que Eugénie se nutria. Dar vida a um filho não seria matar as esperanças do egoísmo, as alegrias da ambição acalentada pelo primeiro-presidente? Deus, portanto, destinou aquela massa de ouro à prisioneira, para quem o ouro era indiferente, prisioneira que aspirava ao céu, que vivia, piedosa e boa, em santos pensamentos, que socorria incessantemente os infelizes em segredo. A sra. de Bonfons ficou viúva aos 33 anos, dona de oitocentas mil libras de renda, ainda bonita, mas com a boniteza da mulher perto dos quarenta anos. Tem o rosto branco, repousado, calmo. A voz é suave e recolhida, as maneiras, simples. Tem todas as nobrezas da dor, a santidade da pessoa que não maculou sua alma no contato com o mundo, mas também a rigidez da solteirona e os hábitos mesquinhos da vida limitada da província. Apesar das oitocentas mil libras de renda, vive como vivera a pobre Eugénie Grandet, só acendendo a lareira do quarto nos dias em que outrora seu pai lhe permitia acender o fogo na sala, apagando-a de acordo com o programa em vigor nos anos da juventude. Continua a vestir-se como a mãe. A casa de Saumur, casa sem sol, sem calor, sempre na sombra, melancólica, é a imagem de sua vida. Ela acumula cuidadosamente seus rendimentos e talvez parecesse parcimoniosa, caso não desmentisse a maledicência com o nobre emprego de sua fortuna. Fundações pias e filantrópicas, um asilo para velhinhos e escolas cristãs para as crianças, uma biblioteca pública ricamente dotada são coisas que depõem todos os anos contra a avareza de que certas pessoas a acusam. As igrejas de Saumur devem-lhe alguns ornamentos. A sra. de Bonfons que, por brincadeira, é chamada de senhorita, costuma inspirar respeito religioso. Seu nobre coração, que só batia pelos sentimentos mais ternos, devia submeter-se aos cálculos do interesse humano. O dinheiro devia transmitir seus tons frios àquela vida celestial e levar a desconfiar dos sentimentos uma mulher que era toda sentimentos.

– Só você gosta de mim – dizia ela a Nanon.

A mão daquela mulher cura as chagas secretas de todas as famílias. Eugénie caminha para o céu acompanhada de um cortejo de benfeitorias. A grandeza de sua alma diminui as pequenezes de sua educação e os costumes do início de sua vida. Essa é a história daquela mulher que não é do mundo em meio ao mundo, que, feita para ser magnífica esposa e mãe, não tem marido, filhos nem família. Há alguns dias se fala de novo casamento para ela. A gente de Saumur fala dela e do senhor marquês de Froidfond, cuja família começa a rodear a rica viúva, como outrora fizeram os Cruchots. Dizem que Nanon e Cornoiller defendem os interesses do marquês, mas nada é mais falso. A Grande Nanon e Cornoiller não têm inteligência suficiente para entender as corrupções do mundo.

PARIS, SETEMBRO DE 1833.

Este desfecho frustra necessariamente a curiosidade. Talvez isso ocorra com todos os desfechos verdadeiros. As tragédias, os dramas – para falar a linguagem destes tempos – são coisas raras na natureza. Lembremos o preâmbulo. Esta história é uma tradução imperfeita de algumas páginas esquecidas pelos copistas no grande livro do mundo. Aqui, não há invenção. A obra é uma humilde miniatura para a qual foi preciso mais paciência que arte. Cada lugar tem seu Grandet. A única diferença é que o Grandet de Mayenne ou de Lille não é tão rico quanto o ex-prefeito de Saumur. O autor pode ter forçado alguma característica, esboçado mal seus anjos terrestres, posto cor demais ou de menos em seu velino. Talvez tenha carregado no ouro com que contornou a cabeça de sua Maria, talvez não tenha distribuído a luz de acordo com as regras da arte; enfim, talvez tenha escurecido demais as cores já negras de seu velhote, imagem inteiramente material. Mas que ninguém negue indulgência ao monge paciente, que vive no recesso de sua célula, humilde adorador da *Rosa mundi*, de Maria, bela imagem de todo o sexo, mulher do monge, segunda Eva dos cristãos.

Se, apesar das críticas, ele continua atribuindo tantas perfeições à mulher, é porque pensa ainda, como jovem, que a mulher é a mais perfeita das criaturas. Saída das últimas demãos que plasmavam os mundos, ela deve exprimir o pensamento divino com mais pureza que qualquer outra. Por isso, ao contrário do homem, não está presa ao granito primordial, transformado em argila mole pelos dedos de Deus; não, tirada dos flancos do homem, matéria flexível e dúctil, ela é uma criação de transição entre o homem e o anjo. Por isso, vê-se que ela é forte como o homem, e que tem sentimentos delicadamente inteligentes como o anjo. Não se haveria de unir nela essas duas naturezas, incumbindo-a de sempre portar a espécie no coração? Para ela, uma criança não é toda a humanidade?

Entre as mulheres, Eugénie Grandet será talvez um tipo, o tipo dos devotamentos que, lançados em meio às tormentas do mundo, neles se engolfam tal como uma nobre estátua que, retirada da Grécia, caia no mar durante o transporte e lá fique, para sempre ignorada.

Outubro de 1833

1799 – 20 de maio: nasce em Tours, no interior da França, Honoré de Balzac, segundo filho de Bernard-François Balzac (antes, Balssa) e Anne-Charlotte-Laure Sallambier (outros filhos seguirão: Laure, 1800, Laurence, 1802, e Henri-François, 1807).

1807 – Aluno interno no Colégio dos Oratorianos, em Vendôme, onde ficará seis anos.

1813-1816 – Estudos primários e secundários em Paris e Tours.

1816 – Começa a trabalhar como auxiliar de tabelião e matricula-se na Faculdade de Direito.

1819 – É reprovado num dos exames de bacharel. Decide tornar-se escritor. Nessa época, é muito influenciado pelo escritor escocês Walter Scott (1771-1832).

1822 – Publicação dos cinco primeiros romances de Balzac, sob os pseudônimos de lorde R'Hoone e Horace de Saint-Aubin. Início da relação com madame de Berny (1777-1836).

1823 – Colaboração jornalística com vários jornais, o que dura até 1833.

1825 – Lança-se como editor. Torna-se amante da duquesa d'Abrantès (1784-1838).

1826 – Por meio de empréstimos, compra uma gráfica.

1827 – Conhece o escritor Victor Hugo. Entra como sócio em uma fundição de tipos gráficos.

1828 – Vende sua parte na gráfica e na fundição.

1829 – Publicação do primeiro texto assinado com seu nome, *Le Dernier Chouan* ou *La Bretagne en 1800* (posteriormente *Os Chouans*), de "Honoré de Balzac", e de *A fisiologia do casamento*, de autoria de "um jovem solteiro".

1830 – *La Mode* publica *El Verdugo*, de "H. de Balzac". Demais obras em periódicos: *Estudo de mulher, O elixir da longa vida, Sarrasine* etc. Em livro: *Cenas da vida privada*, com contos.

1831 – *A pele de onagro* e *Contos filosóficos* o consagram como romancista da moda. Início do relacionamento com a marquesa de Castries (1796-1861). *Os proscritos, A obra-prima desconhecida, Mestre Cornélius* etc.

1832 – Recebe uma carta assinada por "A Estrangeira", na verdade Ève Hanska. Em periódicos: *Madame Firmiani, A mulher abandonada.* Em livro: *Contos jocosos*.

1833 – Ligação secreta com Maria du Fresnay (1809-1892). Encontra madame Hanska pela primeira vez. Em periódicos: *Ferragus*, início de *A duquesa de Langeais*, *Teoria do caminhar, O médico de campanha.* Em livro: *Louis Lambert.* Publicação dos primeiros volumes (*Eugénie Grandet* e *O ilustre Gaudissart*) de *Études des moeurs au XIXème siècle*, que é dividido em "Cenas da vida privada", "Cenas da vida de província", "Cenas da vida parisiense": a pedra fundamental da futura *A comédia humana.*

1834 – Consciente da unidade da sua obra, pensa em dividi-la em três partes: *Estudos de costumes*, *Estudos filosóficos* e *Estudos analíticos*. Passa a utilizar sistematicamente os mesmos personagens em vários romances. Em livro: *História dos treze* (menos o final de *A menina dos olhos de ouro*), *A busca do absoluto*, *A mulher de trinta anos*; primeiro volume de *Estudos filosóficos*.

1835 – Encontra madame Hanska em Viena. Folhetim: *O pai Goriot*, *O lírio do vale* (início). Em livro: *O pai Goriot*, quarto volume de *Cenas da vida parisiense* (com o final de *A menina dos olhos de ouro*). Compra o jornal *La Chronique de Paris*.

1836 – Inicia um relacionamento amoroso com "Louise", cuja identidade é desconhecida. Publica, em seu próprio jornal, *A missa do ateu, A interdição* etc. *La Chronique de Paris* entra em falência. Pela primeira vez na França um romance (*A *solteirona*, de Balzac) é publicado em folhetins diários, no *La presse*. Em livro: *O lírio do vale*.

1837 – Últimos volumes de *Études des moeurs au XIXème siècle* (contendo o início de *As ilusões perdidas*), *Estudos filosóficos*, *Facino Cane, César Birotteau* etc.

1838 – Morre a duquesa de Abrantès. Folhetim: *O gabinete das antiguidades*. Em livro: *A casa de Nucingen*, início de *Esplendor e miséria das cortesãs*.

1839 – Retira candidatura à Academia em favor de Victor Hugo, que não é eleito. Em folhetim: *Uma filha de Eva, O cura da aldeia, Beatriz* etc. Em livro: *Tratado dos excitantes modernos*.

1840 – Completa-se a publicação de *Estudos filosóficos*, com *Os proscritos, Massimilla Doni* e *Seráfita*. Encontra o nome *A comédia humana* para sua obra.

1841 – Acordo com os editores Furne, Hetzel, Dubochet e Paulin para publicação de suas obras completas sob o título *A comédia humana* (17 tomos, publicados de 1842 a 1848, mais um póstumo, em 1855). Em folhetim: *Um caso tenebroso, Ursule Mirouët, Memórias de duas jovens esposas, A falsa amante.*

1842 – Folhetim: *Albert Savarus*, *Uma estreia na vida* etc. Saem os primeiros volumes de *A comédia humana*, com textos inteiramente revistos.

1843 – Encontra madame Hanska em São Petersburgo. Em folhetim: *Honorine* e a parte final de *Ilusões perdidas.*

1844 – Folhetim: *Modeste Mignon, Os camponeses* etc. Faz um *Catálogo das obras que conterá A comédia humana* (ao ser publicado, em 1845, prevê 137 obras, das quais cinquenta por fazer).

1845 – Viaja com madame Hanska pela Europa. Em folhetim: a segunda parte de *Pequenas misérias da vida conjugal, O homem de negócios*. Em livro: *Outro estudo de mulher* etc.

1846 – Em folhetim: terceira parte de *Esplendor e miséria das cortesãs, A prima Bette.* O editor Furne publica os últimos volumes de *A comédia humana.*

1847 – Separa-se da sua governanta, Louise de Brugnol, por exigência de madame Hanska. Em testamento, lega a madame Hanska todos seus bens e o manuscrito de *A comédia humana* (os exemplares da edição Furne corrigidos à mão por ele próprio). Simultaneamente em romance-folhetim: *O primo Pons*, *O deputado de Arcis*.

1848 – Em Paris, assiste à revolução e à proclamação da Segunda República. Napoleão III é presidente. Primeiros sintomas de doença cardíaca. É publicado *Os parentes pobres*, o 17º volume de *A comédia humana.*

1850 – 14 de março: casa-se com madame Hanska. Os problemas de saúde se agravam. O casal volta a Paris. Diagnosticada uma peritonite. Morre a 18 de agosto. O caixão é carregado da igreja Saint-Philippe-du-Roule ao cemitério Père-Lachaise pelos escritores Victor Hugo e Alexandre Dumas, pelo crítico Sainte-Beuve e pelo ministro do Interior. Hugo pronuncia o elogio fúnebre.

Coleção L&PM POCKET (lançamentos mais recentes)

297.**Poesia de Florbela Espanca** vol. 1
298.**Poesia de Florbela Espanca** vol. 2
299.**Escreva certo** – E. Oliveira e M. E. Bernd
300.**O vermelho e o negro** – Stendhal
301.**Ecce homo** – Friedrich Nietzsche
302(7).**Comer bem, sem culpa** – Dr. Fernando Lucchese, A. Gourmet e Iotti
303.**O livro de Cesário Verde** – Cesário Verde
305.**100 receitas de macarrão** – S. Lancellotti
306.**160 receitas de molhos** – S. Lancellotti
307.**100 receitas light** – H. e Â. Tonetto
308.**100 receitas de sobremesas** – Celia Ribeiro
309.**Mais de 100 dicas de churrasco** – Leon Diziekaniak
310.**100 receitas de acompanhamentos** – C. Cabeda
311.**Honra ou vendetta** – S. Lancellotti
312.**A alma do homem sob o socialismo** – Oscar Wilde
313.**Tudo sobre Yôga** – Mestre De Rose
314.**Os varões assinalados** – Tabajara Ruas
315.**Édipo em Colono** – Sófocles
316.**Lisístrata** – Aristófanes / trad. Millôr
317.**Sonhos de Bunker Hill** – John Fante
318.**Os deuses de Raquel** – Moacyr Scliar
319.**O colosso de Marússia** – Henry Miller
320.**As eruditas** – Molière / trad. Millôr
321.**Radicci 1** – Iotti
322.**Os Sete contra Tebas** – Ésquilo
323.**Brasil Terra à vista** – Eduardo Bueno
324.**Radicci 2** – Iotti
325.**Júlio César** – William Shakespeare
326.**A carta de Pero Vaz de Caminha**
327.**Cozinha Clássica** – Sílvio Lancellotti
328.**Madame Bovary** – Gustave Flaubert
329.**Dicionário do viajante insólito** – M. Scliar
330.**O capitão saiu para o almoço...** – Bukowski
331.**A carta roubada** – Edgar Allan Poe
332.**É tarde para saber** – Josué Guimarães
333.**O livro de bolso da Astrologia** – Maggy Harrisonx e Mellina Li
334.**1933 foi um ano ruim** – John Fante
335.**100 receitas de arroz** – Aninha Comas
336.**Guia prático do Português correto – vol. 1** – Cláudio Moreno
337.**Bartleby, o escriturário** – H. Melville
338.**Enterrem meu coração na curva do rio** – Dee Brown
339.**Um conto de Natal** – Charles Dickens
340.**Cozinha sem segredos** – J. A. P. Machado
341.**A dama das Camélias** – A. Dumas Filho
342.**Alimentação saudável** – H. e Â. Tonetto
343.**Continhos galantes** – Dalton Trevisan
344.**A Divina Comédia** – Dante Alighieri
345.**A Dupla Sertanojo** – Santiago
346.**Cavalos do amanhecer** – Mario Arregui
347.**Biografia de Vincent van Gogh por sua cunhada** – Jo van Gogh-Bonger
348.**Radicci 3** – Iotti
349.**Nada de novo no front** – E. M. Remarque
350.**A hora dos assassinos** – Henry Miller
351.**Flush – Memórias de um cão** – Virginia Woolf
352.**A guerra no Bom Fim** – M. Scliar
353(1).**O caso Saint-Fiacre** – Simenon
354(2).**Morte na alta sociedade** – Simenon
355(3).**O cão amarelo** – Simenon
356(4).**Maigret e o homem do banco** – Simenon
357.**As uvas e o vento** – Pablo Neruda
358.**On the road** – Jack Kerouac
359.**O coração amarelo** – Pablo Neruda
360.**Livro das perguntas** – Pablo Neruda
361.**Noite de Reis** – William Shakespeare
362.**Manual de Ecologia** – vol.1 – J. Lutzenberger
363.**O mais longo dos dias** – Cornelius Ryan
364.**Foi bom prá você?** – Nani
365.**Crepusculário** – Pablo Neruda
366.**A comédia dos erros** – Shakespeare
367(5).**A primeira investigação de Maigret** – Simenon
368(6).**As férias de Maigret** – Simenon
369.**Mate-me por favor (vol.1)** – L. McNeil
370.**Mate-me por favor (vol.2)** – L. McNeil
371.**Carta ao pai** – Kafka
372.**Os vagabundos iluminados** – J. Kerouac
373(7).**O enforcado** – Simenon
374(8).**A fúria de Maigret** – Simenon
375.**Vargas, uma biografia política** – H. Silva
376.**Poesia reunida (vol.1)** – A. R. de Sant'Anna
377.**Poesia reunida (vol.2)** – A. R. de Sant'Anna
378.**Alice no país do espelho** – Lewis Carroll
379.**Residência na Terra 1** – Pablo Neruda
380.**Residência na Terra 2** – Pablo Neruda
381.**Terceira Residência** – Pablo Neruda
382.**O delírio amoroso** – Bocage
383.**Futebol ao sol e à sombra** – E. Galeano
384(9).**O porto das brumas** – Simenon
385(10).**Maigret e seu morto** – Simenon
386.**Radicci 4** – Iotti
387.**Boas maneiras & sucesso nos negócios** – Celia Ribeiro
388.**Uma história Farroupilha** – M. Scliar
389.**Na mesa ninguém envelhece** – J. A. Pinheiro Machado
390.**200 receitas inéditas do Anonymus Gourmet** – J. A. Pinheiro Machado
391.**Guia prático do Português correto – vol.2** – Cláudio Moreno
392.**Breviário das terras do Brasil** – Assis Brasil
393.**Cantos Cerimoniais** – Pablo Neruda
394.**Jardim de Inverno** – Pablo Neruda
395.**Antonio e Cleópatra** – William Shakespeare
396.**Tróia** – Cláudio Moreno
397.**Meu tio matou um cara** – Jorge Furtado
398.**O anatomista** – Federico Andahazi
399.**As viagens de Gulliver** – Jonathan Swift
400.**Dom Quixote** – (v. 1) – Miguel de Cervantes
401.**Dom Quixote** – (v. 2) – Miguel de Cervantes
402.**Sozinho no Pólo Norte** – Thomaz Brandolin
403.**Matadouro 5** – Kurt Vonnegut
404.**Delta de Vênus** – Anaïs Nin
405.**O melhor de Hagar 2** – Dik Browne

406.**É grave Doutor?** – Nani
407.**Orai pornô** – Nani
408(11).**Maigret em Nova York** – Simenon
409(12).**O assassino sem rosto** – Simenon
410(13).**O mistério das jóias roubadas** – Simenon
411.**A irmãzinha** – Raymond Chandler
412.**Três contos** – Gustave Flaubert
413.**De ratos e homens** – John Steinbeck
414.**Lazarilho de Tormes** – Anônimo do séc. XVI
415.**Triângulo das águas** – Caio Fernando Abreu
416.**100 receitas de carnes** – Sílvio Lancellotti
417.**Histórias de robôs:** vol. 1 – org. Isaac Asimov
418.**Histórias de robôs:** vol. 2 – org. Isaac Asimov
419.**Histórias de robôs:** vol. 3 – org. Isaac Asimov
420.**O país dos centauros** – Tabajara Ruas
421.**A república de Anita** – Tabajara Ruas
422.**A carga dos lanceiros** – Tabajara Ruas
423.**Um amigo de Kafka** – Isaac Singer
424.**As alegres matronas de Windsor** – Shakespeare
425.**Amor e exílio** – Isaac Bashevis Singer
426.**Use & abuse do seu signo** – Marília Fiorillo e Marylou Simonsen
427.**Pigmaleão** – Bernard Shaw
428.**As fenícias** – Eurípides
429.**Everest** – Thomaz Brandolin
430.**A arte de furtar** – Anônimo do séc. XVI
431.**Billy Bud** – Herman Melville
432.**A rosa separada** – Pablo Neruda
433.**Elegia** – Pablo Neruda
434.**A garota de Cassidy** – David Goodis
435.**Como fazer a guerra: máximas de Napoleão** – Balzac
436.**Poemas escolhidos** – Emily Dickinson
437.**Gracias por el fuego** – Mario Benedetti
438.**O sofá** – Crébillon Fils
439.**O "Martín Fierro"** – Jorge Luis Borges
440.**Trabalhos de amor perdidos** – W. Shakespeare
441.**O melhor de Hagar 3** – Dik Browne
442.**Os Maias (volume1)** – Eça de Queiroz
443.**Os Maias (volume2)** – Eça de Queiroz
444.**Anti-Justine** – Restif de La Bretonne
445.**Juventude** – Joseph Conrad
446.**Contos** – Eça de Queiroz
447.**Janela para a morte** – Raymond Chandler
448.**Um amor de Swann** – Marcel Proust
449.**À paz perpétua** – Immanuel Kant
450.**A conquista do México** – Hernan Cortez
451.**Defeitos escolhidos e 2000** – Pablo Neruda
452.**O casamento do céu e do inferno** – William Blake
453.**A primeira viagem ao redor do mundo** – Antonio Pigafetta
454(14).**Uma sombra na janela** – Simenon
455(15).**A noite da encruzilhada** – Simenon
456(16).**A velha senhora** – Simenon
457.**Sartre** – Annie Cohen-Solal
458.**Discurso do método** – René Descartes
459.**Garfield em grande forma (1)** – Jim Davis
460.**Garfield está de dieta** (2) – Jim Davis
461.**O livro das feras** – Patricia Highsmith
462.**Viajante solitário** – Jack Kerouac
463.**Auto da barca do inferno** – Gil Vicente
464.**O livro vermelho dos pensamentos de Millôr** – Millôr Fernandes
465.**O livro dos abraços** – Eduardo Galeano
466.**Voltaremos!** – José Antonio Pinheiro Machado
467.**Rango** – Edgar Vasques
468(8).**Dieta mediterrânea** – Dr. Fernando Lucchese e José Antonio Pinheiro Machado
469.**Radicci 5** – Iotti
470.**Pequenos pássaros** – Anaïs Nin
471.**Guia prático do Português correto – vol.3** – Cláudio Moreno
472.**Atire no pianista** – David Goodis
473.**Antologia Poética** – García Lorca
474.**Alexandre e César** – Plutarco
475.**Uma espiã na casa do amor** – Anaïs Nin
476.**A gorda do Tiki Bar** – Dalton Trevisan
477.**Garfield um gato de peso (3)** – Jim Davis
478.**Canibais** – David Coimbra
479.**A arte de escrever** – Arthur Schopenhauer
480.**Pinóquio** – Carlo Collodi
481.**Misto-quente** – Bukowski
482.**A lua na sarjeta** – David Goodis
483.**O melhor do Recruta Zero (1)** – Mort Walker
484.**Aline: TPM – tensão pré-monstrual (2)** – Adão Iturrusgarai
485.**Sermões do Padre Antonio Vieira**
486.**Garfield numa boa (4)** – Jim Davis
487.**Mensagem** – Fernando Pessoa
488.**Vendeta** *seguido de* **A paz conjugal** – Balzac
489.**Poemas de Alberto Caeiro** – Fernando Pessoa
490.**Ferragus** – Honoré de Balzac
491.**A duquesa de Langeais** – Honoré de Balzac
492.**A menina dos olhos de ouro** – Honoré de Balzac
493.**O lírio do vale** – Honoré de Balzac
494(17).**A barcaça da morte** – Simenon
495(18).**As testemunhas rebeldes** – Simenon
496(19).**Um engano de Maigret** – Simenon
497(1).**A noite das bruxas** – Agatha Christie
498(2).**Um passe de mágica** – Agatha Christie
499(3).**Nêmesis** – Agatha Christie
500.**Esboço para uma teoria das emoções** – Sartre
501.**Renda básica de cidadania** – Eduardo Suplicy
502(1).**Pílulas para viver melhor** – Dr. Lucchese
503(2).**Pílulas para prolongar a juventude** – Dr. Lucchese
504(3).**Desembarcando o diabetes** – Dr. Lucchese
505(4).**Desembarcando o sedentarismo** – Dr. Fernando Lucchese e Cláudio Castro
506(5).**Desembarcando a hipertensão** – Dr. Lucchese
507(6).**Desembarcando o colesterol** – Dr. Fernando Lucchese e Fernanda Lucchese
508.**Estudos de mulher** – Balzac
509.**O terceiro tira** – Flann O'Brien
510.**100 receitas de aves e ovos** – J. A. P. Machado
511.**Garfield em toneladas de diversão** (5) – Jim Davis
512.**Trem-bala** – Martha Medeiros
513.**Os cães ladram** – Truman Capote
514.**O Kama Sutra de Vatsyayana**
515.**O crime do Padre Amaro** – Eça de Queiroz
516.**Odes de Ricardo Reis** – Fernando Pessoa
517.**O inverno da nossa desesperança** – Steinbeck
518.**Piratas do Tietê (1)** – Laerte
519.**Rê Bordosa: do começo ao fim** – Angeli
520.**O Harlem é escuro** – Chester Himes

521.**Café-da-manhã dos campeões** – Kurt Vonnegut
522.**Eugénie Grandet** – Balzac
523.**O último magnata** – F. Scott Fitzgerald
524.**Carol** – Patricia Highsmith
525.**100 receitas de patisseria** – Sílvio Lancellotti
526.**O fator humano** – Graham Greene
527.**Tristessa** – Jack Kerouac
528.**O diamante do tamanho do Ritz** – Scott Fitzgerald
529.**As melhores histórias de Sherlock Holmes** – Arthur Conan Doyle
530.**Cartas a um jovem poeta** – Rilke
531(20).**Memórias de Maigret** – Simenon
532(4).**O misterioso sr. Quin** – Agatha Christie
533.**Os analectos** – Confúcio
534(21).**Maigret e os homens de bem** – Simenon
535(22).**O medo de Maigret** – Simenon
536.**Ascensão e queda de César Birotteau** – Balzac
537.**Sexta-feira negra** – David Goodis
538.**Ora bolas – O humor de Mario Quintana** – Juarez Fonseca
539.**Longe daqui aqui mesmo** – Antonio Bivar
540(5).**É fácil matar** – Agatha Christie
541.**O pai Goriot** – Balzac
542.**Brasil, um país do futuro** – Stefan Zweig
543.**O processo** – Kafka
544.**O melhor de Hagar 4** – Dik Browne
545(6).**Por que não pediram a Evans?** – Agatha Christie
546.**Fanny Hill** – John Cleland
547.**O gato por dentro** – William S. Burroughs
548.**Sobre a brevidade da vida** – Sêneca
549.**Geraldão (1)** – Glauco
550.**Piratas do Tietê (2)** – Laerte
551.**Pagando o pato** – Ciça
552.**Garfield de bom humor (6)** – Jim Davis
553.**Conhece o Mário?** vol.1 – Santiago
554.**Radicci 6** – Iotti
555.**Os subterrâneos** – Jack Kerouac
556(1).**Balzac** – François Taillandier
557(2).**Modigliani** – Christian Parisot
558(3).**Kafka** – Gérard-Georges Lemaire
559(4).**Júlio César** – Joël Schmidt
560.**Receitas da família** – J. A. Pinheiro Machado
561.**Boas maneiras à mesa** – Celia Ribeiro
562(9).**Filhos sadios, pais felizes** – R. Pagnoncelli
563(10).**Fatos & mitos** – Dr. Fernando Lucchese
564.**Ménage à trois** – Paula Taitelbaum
565.**Mulheres!** – David Coimbra
566.**Poemas de Álvaro de Campos** – Fernando Pessoa
567.**Medo e outras histórias** – Stefan Zweig
568.**Snoopy e sua turma (1)** – Schulz
569.**Piadas para sempre (1)** – Visconde da Casa Verde
570.**O alvo móvel** – Ross Macdonald
571.**O melhor do Recruta Zero (2)** – Mort Walker
572.**Um sonho americano** – Norman Mailer
573.**Os broncos também amam** – Angeli
574.**Crônica de um amor louco** – Bukowski
575(5).**Freud** – René Major e Chantal Talagrand
576(6).**Picasso** – Gilles Plazy
577(7).**Gandhi** – Christine Jordis
578.**A tumba** – H. P. Lovecraft
579.**O príncipe e o mendigo** – Mark Twain
580.**Garfield, um charme de gato (7)** – Jim Davis
581.**Ilusões perdidas** – Balzac
582.**Esplendores e misérias das cortesãs** – Balzac
583.**Walter Ego** – Angeli
584.**Striptiras (1)** – Laerte
585.**Fagundes: um puxa-saco de mão cheia** – Laerte
586.**Depois do último trem** – Josué Guimarães
587.**Ricardo III** – Shakespeare
588.**Dona Anja** – Josué Guimarães
589.**24 horas na vida de uma mulher** – Stefan Zweig
590.**O terceiro homem** – Graham Greene
591.**Mulher no escuro** – Dashiell Hammett
592.**No que acredito** – Bertrand Russell
593.**Odisséia (1): Telemaquia** – Homero
594.**O cavalo cego** – Josué Guimarães
595.**Henrique V** – Shakespeare
596.**Fabulário geral do delírio cotidiano** – Bukowski
597.**Tiros na noite 1: A mulher do bandido** – Dashiell Hammett
598.**Snoopy em Feliz Dia dos Namorados! (2)** – Schulz
599.**Mas não se matam cavalos?** – Horace McCoy
600.**Crime e castigo** – Dostoiévski
601(7).**Mistério no Caribe** – Agatha Christie
602.**Odisséia (2): Regresso** – Homero
603.**Piadas para sempre (2)** – Visconde da Casa Verde
604.**À sombra do vulcão** – Malcolm Lowry
605(8).**Kerouac** – Yves Buin
606.**E agora são cinzas** – Angeli
607.**As mil e uma noites** – Paulo Caruso
608.**Um assassino entre nós** – Ruth Rendell
609.**Crack-up** – F. Scott Fitzgerald
610.**Do amor** – Stendhal
611.**Cartas do Yage** – William Burroughs e Allen Ginsberg
612.**Striptiras (2)** – Laerte
613.**Henry & June** – Anaïs Nin
614.**A piscina mortal** – Ross Macdonald
615.**Geraldão (2)** – Glauco
616.**Tempo de delicadeza** – A. R. de Sant'Anna
617.**Tiros na noite 2: Medo de tiro** – Dashiell Hammett
618.**Snoopy em Assim é a vida, Charlie Brown! (3)** – Schulz
619.**1954 – Um tiro no coração** – Hélio Silva
620.**Sobre a inspiração poética (Íon)** e ... – Platão
621.**Garfield e seus amigos (8)** – Jim Davis
622.**Odisséia (3): Ítaca** – Homero
623.**A louca matança** – Chester Himes
624.**Factótum** – Bukowski
625.**Guerra e Paz: volume 1** – Tolstói
626.**Guerra e Paz: volume 2** – Tolstói
627.**Guerra e Paz: volume 3** – Tolstói
628.**Guerra e Paz: volume 4** – Tolstói
629(9).**Shakespeare** – Claude Mourthé
630.**Bem está o que bem acaba** – Shakespeare
631.**O contrato social** – Rousseau
632.**Geração Beat** – Jack Kerouac
633.**Snoopy: É Natal! (4)** – Charles Schulz
634(8).**Testemunha da acusação** – Agatha Christie

635.**Um elefante no caos** – Millôr Fernandes
636.**Guia de leitura (100 autores que você precisa ler)** – Organização de Léa Masina
637.**Pistoleiros também mandam flores** – David Coimbra
638.**O prazer das palavras** – vol. 1 – Cláudio Moreno
639.**O prazer das palavras** – vol. 2 – Cláudio Moreno
640.**Novíssimo testamento: com Deus e o diabo, a dupla da criação** – Iotti
641.**Literatura Brasileira: modos de usar** – Luís Augusto Fischer
642.**Dicionário de Porto-Alegrês** – Luís A. Fischer
643.**Clô Dias & Noites** – Sérgio Jockymann
644.**Memorial de Isla Negra** – Pablo Neruda
645.**Um homem extraordinário e outras histórias** – Tchékhov
646.**Ana sem terra** – Alcy Cheuiche
647.**Adultérios** – Woody Allen
648.**Para sempre ou nunca mais** – R. Chandler
649.**Nosso homem em Havana** – Graham Greene
650.**Dicionário Caldas Aulete de Bolso**
651.**Snoopy: Posso fazer uma pergunta, professora? (5)** – Charles Schulz
652(10).**Luís XVI** – Bernard Vincent
653.**O mercador de Veneza** – Shakespeare
654.**Cancioneiro** – Fernando Pessoa
655.**Non-Stop** – Martha Medeiros
656.**Carpinteiros, levantem bem alto a cumeeira & Seymour, uma apresentação** – J.D.Salinger
657.**Ensaios céticos** – Bertrand Russell
658.**O melhor de Hagar 5** – Dik e Chris Browne
659.**Primeiro amor** – Ivan Turguêniev
660.**A trégua** – Mario Benedetti
661.**Um parque de diversões da cabeça** – Lawrence Ferlinghetti
662.**Aprendendo a viver** – Sêneca
663.**Garfield, um gato em apuros (9)** – Jim Davis
664.**Dilbert 1** – Scott Adams
665.**Dicionário de dificuldades** – Domingos Paschoal Cegalla
666.**A imaginação** – Jean-Paul Sartre
667.**O ladrão e os cães** – Naguib Mahfuz
668.**Gramática do português contemporâneo** – Celso Cunha
669.**A volta do parafuso** *seguido de* **Daisy Miller** – Henry James
670.**Notas do subsolo** – Dostoiévski
671.**Abobrinhas da Brasilônia** – Glauco
672.**Geraldão (3)** – Glauco
673.**Piadas para sempre (3)** – Visconde da Casa Verde
674.**Duas viagens ao Brasil** – Hans Staden
675.**Bandeira de bolso** – Manuel Bandeira
676.**A arte da guerra** – Maquiavel
677.**Além do bem e do mal** – Nietzsche
678.**O coronel Chabert** *seguido de* **A mulher abandonada** – Balzac
679.**O sorriso de marfim** – Ross Macdonald
680.**100 receitas de pescados** – Sílvio Lancellotti
681.**O juiz e seu carrasco** – Friedrich Dürrenmatt
682.**Noites brancas** – Dostoiévski
683.**Quadras ao gosto popular** – Fernando Pessoa
684.**Romanceiro da Inconfidência** – Cecília Meireles
685.**Kaos** – Millôr Fernandes
686.**A pele de onagro** – Balzac
687.**As ligações perigosas** – Choderlos de Laclos
688.**Dicionário de matemática** – Luiz Fernandes Cardoso
689.**Os Lusíadas** – Luís Vaz de Camões
690(11).**Átila** – Éric Deschodt
691.**Um jeito tranqüilo de matar** – Chester Himes
692.**A felicidade conjugal** *seguido de* **O diabo** – Tolstói
693.**Viagem de um naturalista ao redor do mundo** – vol. 1 – Charles Darwin
694.**Viagem de um naturalista ao redor do mundo** – vol. 2 – Charles Darwin
695.**Memórias da casa dos mortos** – Dostoiévski
696.**A Celestina** – Fernando de Rojas
697.**Snoopy: Como você é azarado, Charlie Brown! (6)** – Charles Schulz
698.**Dez (quase) amores** – Claudia Tajes
699(9).**Poirot sempre espera** – Agatha Christie
700.**Cecília de bolso** – Cecília Meireles
701.**Apologia de Sócrates** *precedido de* **Êutifron** e *seguido de* **Críton** – Platão
702.**Wood & Stock** – Angeli
703.**Striptiras (3)** – Laerte
704.**Discurso sobre a origem e os fundamentos da desigualdade entre os homens** – Rousseau
705.**Os duelistas** – Joseph Conrad
706.**Dilbert (2)** – Scott Adams
707.**Viver e escrever** (vol. 1) – Edla van Steen
708.**Viver e escrever** (vol. 2) – Edla van Steen
709.**Viver e escrever** (vol. 3) – Edla van Steen
710(10).**A teia da aranha** – Agatha Christie
711.**O banquete** – Platão
712.**Os belos e malditos** – F. Scott Fitzgerald
713.**Libelo contra a arte moderna** – Salvador Dalí
714.**Akropolis** – Valerio Massimo Manfredi
715.**Devoradores de mortos** – Michael Crichton
716.**Sob o sol da Toscana** – Frances Mayes
717.**Batom na cueca** – Nani
718.**Vida dura** – Claudia Tajes
719.**Carne trêmula** – Ruth Rendell
720.**Cris, a fera** – David Coimbra
721.**O anticristo** – Nietzsche
722.**Como um romance** – Daniel Pennac
723.**Emboscada no Forte Bragg** – Tom Wolfe
724.**Assédio sexual** – Michael Crichton
725.**O espírito do Zen** – Alan W.Watts
726.**Um bonde chamado desejo** – Tennessee Williams
727.**Como gostais** *seguido de* **Conto de inverno** – Shakespeare
728.**Tratado sobre a tolerância** – Voltaire
729.**Snoopy: Doces ou travessuras? (7)** – Charles Schulz
730.**Cardápios do Anonymus Gourmet** – J.A. Pinheiro Machado
731.**100 receitas com lata** – J.A. Pinheiro Machado
732.**Conhece o Mário?** vol.2 – Santiago
733.**Dilbert (3)** – Scott Adams
734.**História de um louco amor** *seguido de* **Passado amor** – Horacio Quiroga
735(11).**Sexo: muito prazer** – Laura Meyer da Silva
736(12).**Para entender o adolescente** – Dr. Ronald Pagnoncelli

737(13).**Desembarcando a tristeza** – Dr. Fernando Lucchese
738.**Poirot e o mistério da arca espanhola & outras histórias** – Agatha Christie
739.**A última legião** – Valerio Massimo Manfredi
740.**As virgens suicidas** – Jeffrey Eugenides
741.**Sol nascente** – Michael Crichton
742.**Duzentos ladrões** – Dalton Trevisan
743.**Os devaneios do caminhante solitário** – Rousseau
744.**Garfield, o rei da preguiça (10)** – Jim Davis
745.**Os magnatas** – Charles R. Morris
746.**Pulp** – Charles Bukowski
747.**Enquanto agonizo** – William Faulkner
748.**Aline: viciada em sexo (3)** – Adão Iturrusgarai
749.**A dama do cachorrinho** – Anton Tchékhov
750.**Tito Andrônico** – Shakespeare
751.**Antologia poética** – Anna Akhmátova
752.**O melhor de Hagar 6** – Dik e Chris Browne
753(12).**Michelangelo** – Nadine Sautel
754.**Dilbert (4)** – Scott Adams
755.**O jardim das cerejeiras** *seguido de* **Tio Vânia** – Tchékhov
756.**Geração Beat** – Claudio Willer
757.**Santos Dumont** – Alcy Cheuiche
758.**Budismo** – Claude B. Levenson
759.**Cleópatra** – Christian-Georges Schwentzel
760.**Revolução Francesa** – Frédéric Bluche, Stéphane Rials e Jean Tulard
761.**A crise de 1929** – Bernard Gazier
762.**Sigmund Freud** – Edson Sousa e Paulo Endo
763.**Império Romano** – Patrick Le Roux
764.**Cruzadas** – Cécile Morrisson
765.**O mistério do Trem Azul** – Agatha Christie
766.**Os escrúpulos de Maigret** – Simenon
767.**Maigret se diverte** – Simenon
768.**Senso comum** – Thomas Paine
769.**O parque dos dinossauros** – Michael Crichton
770.**Trilogia da paixão** – Goethe
771.**A simples arte de matar** (vol.1) – R. Chandler
772.**A simples arte de matar** (vol.2) – R. Chandler
773.**Snoopy: No mundo da lua! (8)** – Charles Schulz
774.**Os Quatro Grandes** – Agatha Christie
775.**Um brinde de cianureto** – Agatha Christie
776.**Súplicas atendidas** – Truman Capote
777.**Ainda restam aveleiras** – Simenon
778.**Maigret e o ladrão preguiçoso** – Simenon
779.**A viúva imortal** – Millôr Fernandes
780.**Cabala** – Roland Goetschel
781.**Capitalismo** – Claude Jessua
782.**Mitologia grega** – Pierre Grimal
783.**Economia: 100 palavras-chave** – Jean-Paul Betbèze
784.**Marxismo** – Henri Lefebvre
785.**Punição para a inocência** – Agatha Christie
786.**A extravagância do morto** – Agatha Christie
787(13).**Cézanne** – Bernard Fauconnier
788.**A identidade Bourne** – Robert Ludlum
789.**Da tranquilidade da alma** – Sêneca
790.**Um artista da fome** *seguido de* **Na colônia penal e outras histórias** – Kafka
791.**Histórias de fantasmas** – Charles Dickens
792.**A louca de Maigret** – Simenon
793.**O amigo de infância de Maigret** – Simenon
794.**O revólver de Maigret** – Simenon
795.**A fuga do sr. Monde** – Simenon
796.**O Uraguai** – Basílio da Gama
797.**A mão misteriosa** – Agatha Christie
798.**Testemunha ocular do crime** – Agatha Christie
799.**Crepúsculo dos ídolos** – Friedrich Nietzsche
800.**Maigret e o negociante de vinhos** – Simemon
801.**Maigret e o mendigo** – Simenon
802.**O grande golpe** – Dashiell Hammett
803.**Humor barra pesada** – Nani
804.**Vinho** – Jean-François Gautier
805.**Egito Antigo** – Sophie Desplancques
806(14).**Baudelaire** – Jean-Baptiste Baronian
807.**Caminho da sabedoria, caminho da paz** – Dalai Lama e Felizitas von Schönborn
808.**Senhor e servo e outras histórias** – Tolstói
809.**Os cadernos de Malte Laurids Brigge** – Rilke
810.**Dilbert (5)** – Scott Adams
811.**Big Sur** – Jack Kerouac
812.**Seguindo a correnteza** – Agatha Christie
813.**O álibi** – Sandra Brown
814.**Montanha-russa** – Martha Medeiros
815.**Coisas da vida** – Martha Medeiros
816.**A cantada infalível** *seguido de* **A mulher do centroavante** – David Coimbra
817.**Maigret e os crimes do cais** – Simenon
818.**Sinal vermelho** – Simenon
819.**Snoopy: Pausa para a soneca (9)** – Charles Schulz
820.**De pernas pro ar** – Eduardo Galeano
821.**Tragédias gregas** – Pascal Thiercy
822.**Existencialismo** – Jacques Colette
823.**Nietzsche** – Jean Granier
824.**Amar ou depender?** – Walter Riso
825.**Darmapada: A doutrina budista em versos**
826.**J'Accuse...! – a verdade em marcha** – Zola
827.**Os crimes ABC** – Agatha Christie
828.**Um gato entre os pombos** – Agatha Christie
829.**Maigret e o sumiço do sr. Charles** – Simenon
830.**Maigret e a morte do jogador** – Simenon
831.**Dicionário de teatro** – Luiz Paulo Vasconcellos
832.**Cartas extraviadas** – Martha Medeiros
833.**A longa viagem de prazer** – J. J. Morosoli
834.**Receitas fáceis** – J. A. Pinheiro Machado
835.(14).**Mais fatos & mitos** – Dr. Fernando Lucchese
836.(15).**Boa viagem!** – Dr. Fernando Lucchese
837.**Aline: Finalmente nua!!!** (4) – Adão Iturrusgarai
838.**Mônica tem uma novidade!** – Mauricio de Sousa
839.**Cebolinha em apuros!** – Mauricio de Sousa
840.**Sócios no crime** – Agatha Christie
841.**Bocas do tempo** – Eduardo Galeano
842.**Orgulho e preconceito** – Jane Austen
843.**Impressionismo** – Dominique Lobstein
844.**Escrita chinesa** – Viviane Alleton
845.**Paris: uma história** – Yvan Combeau
846(15).**Van Gogh** – David Haziot
847.**Maigret e o corpo sem cabeça** – Simenon
848.**Portal do destino** – Agatha Christie
849.**O futuro de uma ilusão** – Freud
850.**O mal-estar na cultura** – Freud
851.**Maigret e o matador** – Simenon
852.**Maigret e o fantasma** – Simenon

853.**Um crime adormecido** – Agatha Christie
854.**Satori em Paris** – Jack Kerouac
855.**Medo e delírio em Las Vegas** – Hunter Thompson
856.**Um negócio fracassado e outros contos de humor** – Tchékhov
857.**Mônica está de férias!** – Mauricio de Sousa
858.**De quem é esse coelho?** – Mauricio de Sousa
859.**O burgomestre de Furnes** – Simenon
860.**O mistério Sittaford** – Agatha Christie
861.**Manhã transfigurada** – Luiz Antonio de Assis Brasil
862.**Alexandre, o Grande** – Pierre Briant
863.**Jesus** – Charles Perrot
864.**Islã** – Paul Balta
865.**Guerra da Secessão** – Farid Ameur
866.**Um rio que vem da Grécia** – Cláudio Moreno
867.**Maigret e os colegas americanos** – Simenon
868.**Assassinato na casa do pastor** – Agatha Christie
869.**Manual do líder** – Napoleão Bonaparte
870(16).**Billie Holiday** – Sylvia Fol
871.**Bidu arrasando!** – Mauricio de Sousa
872.**Desventuras em família** – Mauricio de Sousa
873.**Liberty Bar** – Simenon
874.**E no final a morte** – Agatha Christie
875.**Guia prático do Português correto – vol. 4** – Cláudio Moreno
876.**Dilbert (6)** – Scott Adams
877(17).**Leonardo da Vinci** – Sophie Chauveau
878.**Bella Toscana** – Frances Mayes
879.**A arte da ficção** – David Lodge
880.**Striptiras (4)** – Laerte
881.**Skrotinhos** – Angeli
882.**Depois do funeral** – Agatha Christie
883.**Radicci 7** – Iotti
884.**Walden** – H. D. Thoreau
885.**Lincoln** – Allen C. Guelzo
886.**Primeira Guerra Mundial** – Michael Howard
887.**A linha de sombra** – Joseph Conrad
888.**O amor é um cão dos diabos** – Bukowski
889.**Maigret sai em viagem** – Simenon
890.**Despertar: uma vida de Buda** – Jack Kerouac
891(18).**Albert Einstein** – Laurent Seksik
892.**Hell's Angels** – Hunter Thompson
893.**Ausência na primavera** – Agatha Christie
894.**Dilbert (7)** – Scott Adams
895.**Ao sul de lugar nenhum** – Bukowski
896.**Maquiavel** – Quentin Skinner
897.**Sócrates** – C.C.W. Taylor
898.**A casa do canal** – Simenon
899.**O Natal de Poirot** – Agatha Christie
900.**As veias abertas da América Latina** – Eduardo Galeano
901.**Snoopy: Sempre alerta! (10)** – Charles Schulz
902.**Chico Bento: Plantando confusão** – Mauricio de Sousa
903.**Penadinho: Quem é morto sempre aparece** – Mauricio de Sousa
904.**A vida sexual da mulher feia** – Claudia Tajes
905.**100 segredos de liquidificador** – José Antonio Pinheiro Machado
906.**Sexo muito prazer 2** – Laura Meyer da Silva
907.**Os nascimentos** – Eduardo Galeano
908.**As caras e as máscaras** – Eduardo Galeano
909.**O século do vento** – Eduardo Galeano
910.**Poirot perde uma cliente** – Agatha Christie
911.**Cérebro** – Michael O'Shea
912.**O escaravelho de ouro e outras histórias** – Edgar Allan Poe
913.**Piadas para sempre (4)** – Visconde da Casa Verde
914.**100 receitas de massas light** – Helena Tonetto
915(19).**Oscar Wilde** – Daniel Salvatore Schiffer
916.**Uma breve história do mundo** – H. G. Wells
917.**A Casa do Penhasco** – Agatha Christie
918.**Maigret e o finado sr. Gallet** – Simenon
919.**John M. Keynes** – Bernard Gazier
920(20).**Virginia Woolf** – Alexandra Lemasson
921.**Peter e Wendy** *seguido de* **Peter Pan em Kensington Gardens** – J. M. Barrie
922.**Aline: numas de colegial (5)** – Adão Iturrusgarai
923.**Uma dose mortal** – Agatha Christie
924.**Os trabalhos de Hércules** – Agatha Christie
925.**Maigret na escola** – Simenon
926.**Kant** – Roger Scruton
927.**A inocência do Padre Brown** – G.K. Chesterton
928.**Casa Velha** – Machado de Assis
929.**Marcas de nascença** – Nancy Huston
930.**Aulete de bolso**
931.**Hora Zero** – Agatha Christie
932.**Morte na Mesopotâmia** – Agatha Christie
933.**Um crime na Holanda** – Simenon
934.**Nem te conto, João** – Dalton Trevisan
935.**As aventuras de Huckleberry Finn** – Mark Twain
936(21).**Marilyn Monroe** – Anne Plantagenet
937.**China moderna** – Rana Mitter
938.**Dinossauros** – David Norman
939.**Louca por homem** – Claudia Tajes
940.**Amores de alto risco** – Walter Riso
941.**Jogo de damas** – David Coimbra
942.**Filha é filha** – Agatha Christie
943.**M ou N?** – Agatha Christie
944.**Maigret se defende** – Simenon
945.**Bidu: diversão em dobro!** – Mauricio de Sousa
946.**Fogo** – Anaïs Nin
947.**Rum: diário de um jornalista bêbado** – Hunter Thompson
948.**Persuasão** – Jane Austen
949.**Lágrimas na chuva** – Sergio Faraco
950.**Mulheres** – Bukowski
951.**Um pressentimento funesto** – Agatha Christie
952.**Cartas na mesa** – Agatha Christie
953.**Maigret em Vichy** – Simenon
954.**O lobo do mar** – Jack London
955.**Os gatos** – Patricia Highsmith
956.**Jesus** – Christiane Rancé
957.**História da medicina** – William Bynum
958.**O Morro dos Ventos Uivantes** – Emily Brontë
959.**A filosofia na era trágica dos gregos** – Nietzsche
960.**Os treze problemas** – Agatha Christie
961.**A massagista japonesa** – Moacyr Scliar
962.**A taberna dos dois tostões** – Simenon
963.**Humor do miserê** – Nani
964.**Todo o mundo tem dúvida, inclusive você** – Édison Oliveira
965.**A dama do Bar Nevada** – Sergio Faraco

IMPRESSÃO:

GRÁFICA EDITORA
Pallotti
IMAGEM DE QUALIDADE

Santa Maria - RS - Fone/Fax: (55) 3220.4500
www.pallotti.com.br